Alexandra Kui

TRÜGERISCHER SOG

ALEXANDRA KUI

TRÜGERISCHER SOG

THRILLER

cbj

Bei diesem Buch wurden die durch das verwendete Material und die Produktion entstandenen CO_2-Emissionen ausgeglichen, indem der cbj-Verlag ein Projekt zur Aufforstung in Brasilien unterstützt.
Weitere Informationen zu dem Projekt unter:
www.ClimatePartner.com/14044-1912-1001

FSC www.fsc.org
MIX
Papier aus verantwortungsvollen Quellen
FSC® C083411

Wir produzieren Klimaneutral
ClimatePartner.com/14044-1912-1001
Druckprodukt

Penguin Random House
Verlagsgruppe FSC® N001967

S. 5 Lied »Schrei nach Liebe«, Die Ärzte, 1993
Musik und Text: Bela B (Dirk Felsenheimer) und Farin Urlaub (Jan Vetter)
© Universal Music Publishing Group
S. 121 Gedicht »Trutz, blanker Hans« von Detlev von Liliencron, 1883
S. 190 Zitat Christian Friedrich Hebbel
S. 315 Gedicht »Meeresstrand« von Theodor Storm, vermutlich 1853

1. Auflage 2021

Umschlaggestaltung: semper smile, München
Umschlagmotiv: © Shutterstock
(Rush Photography Calgary; Andrzej Puchta; Abstractor)
FK · Herstellung: MJ
Satz: Uhl + Massopust, Aalen
Druck: CPI books GmbH, Leck
ISBN 978-3-570-16594-2
Printed in the Czech Republic

www.cbj-verlag.de
Dieses Buch ist auch als E-Book erhältlich.

»Deine Gewalt ist nur ein stummer Schrei nach Liebe«

– Die Ärzte

Prolog

Ein Boot ist ein Boot, kein Geist. Ertrunkene sehen anders aus, oder? Dass wir trotzdem erblassen, dass unsere Hände zu zittern beginnen, liegt daran, dass es rot ist, rot wie die Glut in den Trümmern von gestern, wie die Sonne, die im Meer versinkt … Es gibt sonst keine roten Ruderboote auf der Insel, die meisten sind weiß, manche hellblau, ein gelbes hier und da, aber rot, kein Zweifel, das muss die Hoffnung sein, ihr Boot.

Frau Hoppe.

Hope.

Sie fehlt uns schon jetzt.

Der Sturm hat sich gelegt, die See ist glatt wie ein Spiegel für die Hässlichkeit unserer Seelen. Die Hoffnung hat Schlagseite.

Los, fass mal mit an. Wir müssen sie bergen. Zier dich nicht so. Gib zu, gestern bei Ebbe, als das rote Boot vor uns im harten Sand lag, von Frau Hoppe keine Spur, da hast du doch auch daran gedacht, die Ankerleine von der Boje zu lösen, nicht wahr? Genau wie ich.

Wir wollten sie loswerden, weil sie uns loswerden wollte. Deswegen ging sie so weit raus: Sie hatte uns gründlich satt. Wir liebten und wir hassten sie, beides aus demselben Grund. Weil sie jemand war, statt bloß irgendwer, ein heller Stern an einem Himmel voller Trabanten, ihr Name war von Bedeutung. Wir nannten sie Hope!

Die Hoffnung ist störrisch, sie will sich nicht von uns einfangen lassen, aber wir lassen sie nicht entkommen. Das zerschnittene Tau ist nass und schwer, es schürft die Haut an den Händen auf, Ruder und Motor fehlen, im Rumpf schwappt das Salzwasser trotzig auf und ab. Hoffnung, da steht es, weiße Schrift auf rotem Grund, der letzte Anstrich keine zwei Wochen alt, ein Willkommensgeschenk, das den Tod brachte. Du berührst die Buchstaben, deine Stimme ist nur ein Flüstern.

»Sie ist es.«

Hattest du Zweifel?

Ohne die Hoffnung kann die Hoppe, kann Hope es nicht an Land geschafft haben, nicht bei diesem Wetter. Erst der Sturm, dann die Flut. Sie hat so viel riskiert – und sie tat es für uns.

Was hat sie jetzt davon? Sie ist erledigt da draußen auf See.

Am Ende doch wieder eine von uns.

Willkommen unter den Namenlosen.

Warnung

Ich lese viel. Am liebsten Geschichten, in denen Leute ein stinknormales Leben führen, um dann in irgendeine krasse Sache reingezogen zu werden, die alles auf den Kopf stellt. Plötzlich stecken sie in tödlicher Gefahr und müssen sich so richtig durchbeißen. Idealerweise erweisen sie sich dann als Helden.

Falls ihr euch gerade langweilt und euch daher sehnlich wünscht, dasselbe könnte euch auch passieren, hier ist mein Rat: Wünscht euch lieber etwas anderes. Es geht nichts über ein stinknormales Leben. Ich muss es wissen, ich hatte eins – und dann wurde schlagartig alles anders. Erst ungemütlich, dann schlimm, dann schlimmer als schlimm. Und es ist noch nicht zu Ende, Ausgang offen.

Helden sind mir bisher keine begegnet, weder beim Blick in den Spiegel, noch sonst irgendwo.

Wenn ihr damit nicht klarkommt, lest nicht weiter!

Die Veränderung

Kim

Ich merkte erst, wie wütend die Hoppe war, als das Reagenzglas in ihrer Hand zersplitterte. Es hatte mal wieder Zoff gegeben. Frau Hoppe verzog selten eine Miene, aber die Hände hatte sie zu Fäusten geballt und dabei war es passiert. Blut sickerte hervor und tropfte auf den weißen Laborkittel und den Fußboden. Zuerst waren alle wie erstarrt, aber dann sprang die halbe Klasse auf, um ihr zu helfen, und ein heilloses Chaos entstand.

Sara blieb sitzen.

Ich auch.

Unsere Blicke begegneten sich genau in dem Moment zum allerersten Mal. Das Gefühl, das dabei in meiner Magengegend entstand, kann ich nicht beschreiben. Es war schön und schrecklich zugleich. Draußen trommelte Regen gegen die Scheiben. Drinnen kreischten die Mädchen, die kein Blut sehen konnten, um die Wette.

Zu der Zeit war ich heimlich verknallt.

In Sara – und in Frau Hoppe, unsere Klassenlehrerin.

Etwas Blöderes hätte mir nicht passieren können. Meine Gefühle fuhren pausenlos Achterbahn, während weder die eine noch die andere groß von mir Notiz nahm.

Nach einer Weile hatte die Hoppe die Situation unter Kontrolle. Ihre Hand war verbunden, die Scherben aufgefegt. Zum Glück war das Reagenzglas noch leer gewesen, sonst hätte sie Kupfersulfat in die Wunde bekommen, und das ist bekanntlich ätzend. Der geplante Versuch, auf den ich mich gefreut hatte, weil ich Chemieversuche meistens ziemlich unterhaltsam fand, erst recht, wenn Frau Hoppe sie vorführte, fiel nun aus. Stattdessen redete sie uns bis zum Klingeln ins Gewissen, sie war mächtig in Rage und ließ kein gutes Haar an uns, jeder, wirklich jeder bekam sein Fett weg.

Zugegeben, ich fand das unfair, da es wie immer Sara gewesen war, die den ganzen Stress ausgelöst hatte. Was ich nicht wahrhaben wollte, war, dass diejenigen, die glauben, sich alles erlauben zu können, und die, die alles mit sich machen lassen, in gewisser Weise im selben Team spielen. Wir alle machten unsere Schule damals zu einem Ort, den Sara unbarmherzig, wie sie war, »Friedhof der Namenlosen« getauft hatte.

»So geht es nicht weiter«, sagte die Hoppe zum Schluss, und sie hatte natürlich recht.

Genau wie Sara war sie noch nicht lange an der Schule und wir wussten, dass die anderen Lehrer sie noch skeptisch sahen, weil sie jung und irgendwie keine typische Lehrerin war. Dauernd schlug sie Aktivitäten vor, die für die Kollegen und sie selbst mit einem gewissen Aufwand verbunden waren. Einmal machten wir zum Beispiel eine Rallye durch Hamburg, bei der wir ausschließlich die U-Bahn benutzen durften – für uns Landeier eine ziemliche Herausforderung. Drei Leute gingen vorübergehend verloren und gerieten in Panik. Die Eltern waren entsetzt, eine Mutter rief sogar die Polizei, und es gab tagelang Stress, sogar das Jugendamt schaltete sich ein.

Ihr eigentliches Ziel, die Klassengemeinschaft zu verbessern, erfüllte die Aktion leider nicht. Wir waren schwer zu knacken, gefangen in unserem Trott. Die Stimmung unter uns war nicht einfach nur schlecht, sie war unterirdisch. Und zwar genau seit dem Tag, an dem Sara auf der Bildfläche erschienen war und unsere heile Welt in ein Minenfeld verwandelt hatte.

Allen war klar, dass sich etwas ändern musste, doch leider besaß niemand den Mut, anzufangen. Meine Freunde und ich redeten oft vom Schwänzen, aber am Ende hockten wir doch wieder jeden Tag von acht bis halb zwei in unserer muffigen »Klassen-Gruft« im zweiten Stock und versuchten klarzukommen, unser Ding zu machen, ohne aufzufallen, denn das war gefährlich. Wir waren die Namenlosen, die schweigende Mehrheit.

Wenn andere Lehrer uns fragten, was mit uns los sei, zuckten wir mit den Schultern und starrten auf die Sneaker an unseren Füßen oder an die verblassenden Klassenregeln an der Wand, ein Überbleibsel aus Klasse fünf, als die Welt noch in Ordnung gewesen war:

Wir helfen uns und sind freundlich zueinander.

Wir schlagen nicht.

Wir petzen nicht.

Tatsächlich petzte niemand, auch nicht zu Hause, wo unsere Eltern ebenfalls anfingen, Fragen zu stellen, doch wir winkten ab und ließen sie hilflos stehen, verkrochen uns in unsere Zimmer, die Temperamentvollen knallten vielleicht die Türen hinter sich zu.

Ich nicht, ich bin keiner, der Türen knallt. Lärm ist überhaupt nicht so mein Ding, das war einer der Gründe, warum ich die Schule hasste, denn für einen Friedhof war es dort verdammt laut. Tausend Leute ohne Plan in einem Bunker aus Glas und Beton, ringsum Felder und Käffer, und eine wütende Großstadtgöre, die den Ton angab. Sie entschied, wer aus der anonymen Masse der lebenden Leichen auferstehen durfte, um im Kreis ihrer Gang Ruhm und Ehre zu erlangen. Die Führungselite bestand aus folgenden Arschgeigen: Lilli, unsere Klassensprecherin, Charlotte und natürlich Nick, fürs Grobe. Niemand wollte Nicks Stiefel in die Quere kommen, er trat zu, wann immer sich eine Gelegenheit bot. Seine Gewalttätigkeit machte selbst vor hilflosen Tieren nicht halt. Einmal, so raunten wir uns zu, hatte er aus Spaß das Schaf eines Nachbarn angezündet, einfach so.

»Er ertränkt Katzenbabys.«

»Er verprügelt seine eigene Mutter, wenn ihm das Essen nicht schmeckt.«

»Halloween hat er eine alte Oma zu Tode erschreckt. Sie hatte einen Infarkt, ich schwöre.«

Das waren noch die harmlosen Sachen, die wir uns über Nick erzählten.

Allein die Tatsache, dass dieser Typ wie ein Schatten an Saras Seite wachte, sicherte ihre Machtposition weit über unsere Klasse hinaus. Und ausgerechnet in so eine musste ich mich verlieben, als wäre es nicht schon schlimm genug, auf die eigene Klassenlehrerin abzufahren.

Beide waren wie gesagt erst vor Kurzem in mein Leben getreten und hatten mich zunächst mit ihrer Schönheit umgehauen. Frau Hoppe hatte feuerrotes Haar und Lippen und lackierte Nägel in derselben Farbe. Sara sah aus wie ein Engel, gleichzeitig war sie klug, zielstrebig und für uns allein schon deswegen interessant, weil sie aus der Großstadt kam – ein Mädchen wie sie hätte locker die beliebteste Schülerin jeder verfluchten Schule bei uns auf dem platten Land werden können, ohne dafür irgendjemanden terrorisieren zu müssen.

Nachtrag: Es versteht sich von selbst, dass ihr Team die Hamburger U-Bahn-Rallye gewonnen hatte (und ganz nebenbei die drei Idioten, die zwischendurch abhandengekommen waren, in eine falsche Richtung geschickt hatte). Ständig zeigte sie uns unsere Grenzen auf – als ob wir die nicht längst gekannt hätten.

Sara dagegen konnte tun, lassen und besitzen, was immer sie wollte, sie schöpfte aus dem Vollen. Ihre Familie lebte in einem schönen Haus, ihr Vater war Flugzeugingenieur und pendelte nach Hamburg, ihre Mutter arbeitete halbtags bei der Gemeindeverwaltung. Nette Leute, die regelmäßig bei Schulfesten mithalfen. Was ich nicht kapierte, war, warum das alles ihr nicht reichte. Warum musste sie so boshaft sein? Einfach nur, weil sie es konnte? Aus schierer Langeweile, Frust über die Verbannung in eine Welt voller Traktoren und Maisfelder? Oder gab es da ein dunkles Geheimnis, das sie zu dem gemacht hatte, was sie war?

Okay, ich gebe zu, ich zerbrach mir ziemlich oft den Kopf über Sara, ich war ihr geradezu verfallen. Zum einen, weil sie in der Klasse schräg vor mir saß, so nah, dass ich den Duft ihres Shampoos riechen konnte. Vor allem in den langweiligen Stunden musste ich mir größte Mühe geben, nicht dauernd ihre langen Haare anzustarren, die wie Weizen in der Sonne glänzten, wenn sie sie lachend zurückwarf. Zum anderen, weil ich unabhängig von meiner Verknalltheit eine Heidenangst vor ihr hatte. Da ging es mir wie allen anderen.

Und dann also dieser Blickkontakt nach dem »Blutbad« in Chemie. Es war einfach unbeschreiblich. Und zufällig genau der Moment, in dem sich mein Leben auf den Kopf stellte – was ich natürlich nicht wusste, aber ich ahnte es. Es war wie in einem Film, wenn die spannende Musik einsetzt.

≈

Ich kann fürs Protokoll ja mal kurz erzählen, was davor passiert war. Eigentlich ist die Geschichte banal: Sara hatte sich einen Spaß daraus gemacht, Julian alle paar Minuten mit Spucke getränkte Papierkügelchen in den Nacken zu werfen, was ja Kinderkram für ein Mädchen ist, das einen Schläger und Stiefeltreter zum Freund hat und in Sachen Cybermobbing in der ersten Liga spielt. Doch Julian stand in Chemie auf fünf und brauchte dringend Pluspunkte für seine mündliche Note, weshalb er versuchte mitzuarbeiten. Die beharrlichen Störungen hinderten ihn natürlich daran. Manchmal sind die einfachsten Streiche die effektivsten, von Generationen von Schülern vor uns erprobt. Wenn er aufgerufen wurde, redete er den größten Mist und Saras Gang lachte sich kaputt. Genau deswegen waren die Papierkügelchen eben doch keine Lappalie, sie überbrachten eine unmissverständliche Botschaft: Das hier ist mein Klassenzimmer. Ich entscheide, wer hier heute etwas lernt und wer nicht. Hinter Saras Engelsfassade schwelte die Bereitschaft, wann immer in ihren Augen nötig, Gewalt anzuwenden.

Bis die Hoppe wollte, dass Sara und Julian ihre Plätze tauschen – und ausgerechnet Julian sich weigerte. Das soll einer verstehen: Sie bot ihm einen eleganten Ausweg aus seiner Misere und er probte zum ersten und letzten Mal in seiner Schülerkarriere den Aufstand. Julian, das Lamm.

Dann platzte das Reagenzglas.

Worauf unsere Klassenlehrerin spontan beschloss, uns alle auf eine einsame Insel zu verfrachten. Vier Wochen im Frühherbst, ein Unterrichtsprojekt. Als sie uns am nächsten Tag davon erzählte, war klar, dass sie es gegen alle Widerstände durchboxen würde.

So war die Hoppe, man konnte ihr schlecht etwas abschlagen. In gewisser Weise ähnelten Sara und sie einander. Vielleicht fingen sie deshalb irgendwann an, sich zu hassen.

»Nicht mit mir«, sagte Sara mit eisiger Stimme. »Ich gehe bestimmt nicht auf so eine Scheißinsel.«

»Wir werden die Fähre nehmen«, erwiderte die Hoppe trocken. »Und zwar alle.«

Niemand lachte.

Mit einem Ortswechsel ist es so eine Sache. Wer aufbricht, kehrt nie zurück, hat meine Oma immer gesagt und damit die Veränderungen gemeint, die Reisende allein durch die Horizonterweiterung unweigerlich durchleben. Da sie sich ziemlich toll fand, blieb sie lieber, wo sie war.

Ich dagegen reiste gern, fand mich eher semitoll und hatte große Lust, ein anderer zu werden: ein Mensch mit einem Namen, der zählt. Übrigens: Ich heiße Kim.

Fürstin

Sara

Mein Name ist Sara. Macht was her, oder? Schlicht, aber edel. Hebräisch für Prinzessin, Fürstin oder Herrin. Eine Prinzessin wollte ich nie sein, nicht mal mit fünf in einem integrativen Kindergarten namens Schokoladenfabrik, als die Erzieherinnen mich mit meinen Goldlöckchen so niedlich fanden, dass sie mir alles durchgehen ließen, wofür die Jungs, vor allem, wenn sie Kevin oder Mohammed hießen und davon hatten wir einige, ohne Umwege auf die stille Bank verbannt wurden. Prinzessinnen sind sterbenslangweilig, irgendwelche Püppchen, die hübsch aussehen müssen und nichts zu melden haben, bemitleidenswerte Geschöpfe. Falls man in der Lage ist, Mitleid zu empfinden; ich persönlich wollte damit in der achten Klasse keine Zeit vergeuden. Fürstin oder Herrin, das gefiel mir besser, damit konnte ich mich identifizieren.

Meinen Thron hatte ich mir natürlich erobern müssen,

ungerechterweise war ich nicht als Blaublüterin zur Welt gekommen und Normalsterbliche kriegen nichts geschenkt im Leben. Und was noch schlimmer ist: Alles, was man hat, kann einem genommen werden. Wenn das jemand früh begriffen hatte, dann ich.

Deshalb war ich maximal unfroh, als die Hoppe die Idee mit der extralangen Klassenreise hatte, um bessere, also in erster Linie teamfähigere Menschen aus uns zu machen. Schließlich hatte ich gerade erst eine ziemlich frustrierende Pechsträhne und einen Umzug überstanden und mir in der Verbannung mit viel Mühe und der Hilfe eines komplett dorftrotteligen Fußvolks ein neues Königreich geschaffen: den Friedhof der Namenlosen.

Ein besserer Mensch wollte ich keinesfalls werden, im Gegenteil, es fing gerade erst an Spaß zu machen, fies, jung und unsterblich zu sein. Und dann das: Verbannung Nummer zwei, diesmal gleich auf eine Insel mit dem merkwürdigen Namen Maroog, der absolute Supergau. Als wären die Wälder und Felder ringsum, an die ich mich langsam gewöhnte, nicht schon Arsch der Welt genug. Mit dem Meer hatte ich mich noch nie anfreunden können. Zu nass, zu tief, zu unheimlich. Ich weiß, die meisten stehen drauf, ich nicht.

»Interessantes Projekt, aber leider kann ich nicht mitfahren, fürchte ich«, verkündete ich meinen Eltern beim Essen. Wir aßen jeden Abend zusammen. Am Esstisch, nicht vor dem Fernseher oder so. Gutes Geschirr, Handyverbot. Darauf legten sie Wert. Einmal am Tag machten wir einen auf Familie.

»Nicht?«, fragte mein Vater. Er war leicht zu durchschauen: Ich wusste sofort, dass seine Motivation, diese Unterhaltung zu führen, gegen null tendierte. Was nebenbei bemerkt auf die meisten Unterhaltungen mit mir zutraf, weshalb es idiotisch war, an diesem blöden Essensritual festzuhalten. Die reinste Heuchelei.

»Wisst ihr, ich habe doch diese Salzwasserallergie, die damals im Urlaub auf Fuerteventura aufgetreten ist.«

»Das war eine Chlorallergie«, sagte meine Mutter. »Die hast du dir im Hotelpool geholt.«

»Was nie bewiesen wurde.«

Meine Eltern tauschten gequälte Blicke aus. »Das war auch nicht nötig. Es ging ja von allein wieder weg«, sagte meine Mutter betont geduldig.

Im Hintergrund dudelte Bach. Meine Eltern liebten Klassik. Die musikalische Berieselung sollte wahrscheinlich für eine harmonische Atmosphäre am Tisch sorgen, machte mich aber aggressiv. Dennoch versuchte ich zu argumentieren. »Allergien können sich verschlimmern, wenn sie wiederholt auftreten. Und woher willst du überhaupt wissen, dass dieser angebliche Arzt da im Hotel überhaupt Medizin studiert hatte? Hat er dir vielleicht seine Zulassung gezeigt? Vielleicht hat er was Wichtiges übersehen. Beim nächsten Kontakt mit Salzwasser bekomme ich bestimmt einen anaphylaktischen Schock.«

»Den Gefallen tust du uns ganz sicher nicht«, brummte mein Vater und sezierte das mediterrane Pfannengemüse auf seinem Teller mit Hingabe.

»Also bitte«, sagte meine Mutter zu ihm. »Das war nicht sehr nett.« Und zu mir: »Schätzchen, das wird ganz sicher nicht passieren.«

Ich wusste, dass ihre Empörung gespielt war, letzten Endes stand sie immer auf seiner Seite. Meine Eltern mochten mich nicht besonders, ich war eben gerade nicht ihr »Schätzchen«, insgeheim hielten sie mich sogar für eine schreckliche Bitch, was mir egal war. Es gab Gründe für mein Verhalten. Gründe, die sie natürlich kannten, gerade deshalb konnten sie ja nicht auf mich eingehen, dann hätten sie sich selbst infrage stellen müssen.

Klingt kompliziert? Ist es auch. Wenn die Schule ein Friedhof war, war unsere kleine Familie eine Art Vorhölle. Auch wenn alle das Gegenteil glaubten: Mein Leben war kein Wunschkonzert.

Ich ging in mein Zimmer und bearbeitete geradezu streberhaft meine Hausaufgaben für die ganze Woche, bevor ich versuchte, so viel wie möglich über Maroog in Erfahrung zu bringen. Letzteres erwies sich komischerweise als schwieriges Unterfangen, denn Google spuckte verdächtig wenig aus. Da waren ein paar Hochglanzbilder, die die Kurverwaltung ins Netz gestellt hatte – Dünen, Strand und Gischt, Gänsekolonien auf Salzwiesen, dazu die Abfahrtszeiten der Fähre (in der Nebensaison fuhr maximal eine pro Tag, wenn überhaupt). Es gab Werbung für ein Drachenfestival und die überteuerten Wellnessangebote eines Hotels, das mit »Digital Detox« warb. Laut Klimaaufzeichnungen war dort anscheinend ein bösartiges Sturmtief am Himmel festgezimmert, was in mir den Wunsch weckte, so viele Schals und Mützen zu bestellen, wie die Kreditkarte meiner Mutter zuließ. Unwetter machten mich nervös. Beim Gedanken an die Überfahrt wurde mir jetzt schon schlecht.

Maroog. Wie kam man auf so ein abgeschiedenes Fleckchen Erde? Wer außer vielleicht einer Handvoll erschöpfter Rentner, die auf den Tod warteten, könnte allen Ernstes dorthin verreisen wollen?

Am Ende warfen mich zwei Dinge aus der Bahn: Erstens sprach die Formulierung »Digital Detox« dafür, dass die Internetversorgung lausig war, und ohne Internet würde ich nirgends auf der Welt klarkommen, davon war ich überzeugt. Meine Handflächen wurden feucht, mein Mund zum Ausgleich staubtrocken, als ich mir vorstellte, wie es sich anfühlen würde, offline zu sein. Mein Herz raste.

Ich brauchte das Netz. Es hatte Linn zerstört und mich groß gemacht.

Zweitens, und auch dieses Problem hatte indirekt mit Linn zu tun: Maroog war autofrei. Alle Wege auf der Insel musste man zu Fuß oder mit dem Rad zurücklegen, auf längeren Strecken und für schwere Lasten wurden Kutschen eingesetzt. Kutschen! Diese altertümlichen Fuhrwerke, die von Pferden gezogen wurden. Pferde – ausgerechnet. Es dauerte eine Weile, bis mein Hirn die Tragweite dieser Informationen verarbeitet hatte, dann sprang ich auf, um mich nochmals mit meinen Eltern anzulegen.

Sie mussten mir eine Entschuldigung für diese dämliche Reise schreiben, sie mussten einfach. Denn ich hasste Pferde, und das wussten sie genau. Unter meinen zahlreichen Feinden in der Tierwelt nahmen Pferde eine Sonderstellung ein, denn im Gegensatz zu Menschen, die leicht zu manipulieren waren, waren mir diese Biester ein Rätsel. Alles an ihnen beunruhigte mich. Ihre schiere Größe. Ihre Hufe. Der irre Blick in ihren Augen, wenn sie aufgeregt waren.

In meiner Verzweiflung vergaß ich, dass ich meine Zimmertür aus Prinzip immer verschlossen halte, und rannte mit voller Wucht dagegen. Es muss ziemlich witzig ausgesehen haben, doch ich lachte natürlich nicht, ich stöhnte. Ich hatte mir die Stirn gestoßen.

Als ich die Tür endlich aufbekam, stand meine Mutter davor, ihre Miene besorgt wie lange nicht: »Kleine, was ist denn los? Hast du dir wehgetan? Zeig mal her.«

Sie führte mich auf mein Bett und untersuchte die Beule vorsichtig. Sonst sprang sie wesentlich rabiater mit mir um.

Die ungewohnte Fürsorge tat gut und eine Weile ließ ich mich einfach nur bemuttern. Bis ich begriff, dass ich aus der Situation Profit schlagen konnte und musste.

»Mama, ich schwöre, ich fahre auf keinen Fall mit nach Maroog«, sagte ich.

»Natürlich wirst du fahren. Es ist eine schulische Veranstaltung. Der Unterricht geht dort weiter.«

»Ich lerne daheim. Du kannst meine Hausaufgaben kontrollieren, alles schon erledigt.«

»Vielleicht wird es netter, als du denkst.«

Ich stöhnte auf. »Niemals. Es wird die Hölle.«

»Warum denn bloß?«

»Es gibt keine Autos.«

Meine Mutter musste lachen. »Na und? Du hast doch sowieso noch keinen Führerschein.«

»Kapierst du nicht? Sie haben keine Autos, aber dafür Kutschen. Damit machen sie sogar Werbung. Die ganze verdammte Insel ist verseucht mit Pferden!«

»Pferde? Ach, wirklich.« Für den Bruchteil einer Sekunde sah es aus, als hätte ich meine Mutter überzeugt. Doch dann senkte sie den Blick und redete, ohne mir in die Augen zu sehen, mit dieser leisen, intensiven Stimme weiter, die ich an ihr am meisten hasste: »Weißt du, ich kann verstehen, dass dich das erschreckt, aber wer weiß? Vielleicht soll das so sein. Vielleicht hilft es dir sogar. Ich kann es nämlich nicht und dein Vater noch weniger. Ein neuer Ort. Eine neue Chance. Die Pferde werden dir nichts tun. Es sind keine Monster.«

In meiner Welt waren sie genau das.

»Ich befinde mich bereits an einem neuen Ort«, erinnerte ich meine Mutter. »Und ich brauche keine verdammte Hilfe. Ich will einfach in Ruhe mein Leben leben!« Ich betonte jedes einzelne Wort, doch ich wusste, dass die Entscheidung gefallen war. Maroog erwartete mich.

Ich war keine achtzehn, was sollte ich tun? Abhauen? Unter einer Brücke schlafen?

Meine Mutter wirkte unendlich müde, man sah es an

ihren Augen und den runtergezogenen Mundwinkeln. Ihre Haare waren strähnig, die Haut fahl. Sie war diejenige, die eine Entgiftung brauchte – ein Tochter-Detox. Ihr trauriger Anblick machte mir bewusst, wie sehr die Vorstellung, die Verantwortung für mich wenigstens für eine Weile abzugeben, ihr behagte.

Das tat mir leid, aber es machte mich auch stinkwütend. Es war ihre Entscheidung gewesen, mich in die Welt zu setzen. Ihre und die meines Vaters, der meiner Lehrerin sicherlich auch die Erlaubnis erteilt hätte, mich mit dieser Ansammlung von Opfern, die jetzt meine Klassenkameraden waren, ins All zu schießen, am besten gleich in ein anderes Sonnensystem.

Was konnte ich dafür, dass ich ihr Kind war? Dass ich überhaupt lebte? Hatte mich jemand gefragt? Meine Antwort hätte ihnen wahrscheinlich nicht gefallen, denn ich hätte Forderungen aufgestellt. Mir eine bessere Realität ausgehandelt.

Ich wartete, bis sie gegangen war, dann brachte ich Helena dazu, mir ein ziemlich heißes Foto von sich in Unterwäsche zu schicken. Helena aus meiner Klasse. Sie stand schon eine Weile auf meiner Abschussliste. Anfangs hatte ich sie gemocht, jetzt fand ich sie nur noch lästig.

Ständig hatte sie Liebeskummer und laberte mich damit zu. Natürlich schickte sie das besagte Bild nicht absichtlich mir, sie glaubte, mit diesem extrem gut aussehenden Schlagzeugspieler aus der Elften zu chatten, in den sie aktuell verschossen war.

Unfassbar bescheuert, oder? Merkte die noch was? Warum sollte so ein Typ sich mit ihr abgeben? Er spielte in mehreren Bands, hatte den Local-Hero-Wettbewerb als Drummer eingeheimst. Der konnte doch jede haben.

Es war wirklich dumm, seinen eigenen Marktwert nicht zu kennen. Noch dümmer war es, als kleiner Fisch in einem Haifischbecken die Schwarmdeckung zu verlassen. Nackt im Netz – dieses gehörte den Profis, die wussten, wie man damit reich wurde.

Obwohl wir ständig von unseren Eltern und irgendwelchen Klugscheißern vor den Gefahren des Internets gewarnt wurden, waren die meisten Leute in meinem Alter der Meinung, ihnen könnte das alles nicht passieren.

Logisch waren sie ständig online, aber sie waren außerstande, einen einfachen Code zu programmieren, und hatten keinen blassen Schimmer, wie die Dinge im Netz wirklich funktionierten. Sie zockten und chatteten bis zur totalen Verblödung – und das war es auch schon. Sie konnten nicht mal die Ortung ausschalten; sie mit Fake-Accounts hinters Licht zu führen, war in etwa dasselbe, wie Dick und Doof über eine Bananenschale stolpern zu lassen: banal, aber effektiv. Und wahnsinnig lustig.

Natürlich verbreitete ich die peinliche Aufnahme von Helena in ihrem roten Nuttenschlüpfer nicht selbst. Ich sorgte dafür, dass Charlotte es tat. Sie war wie die meisten Mädchen unglaublich leicht zu manipulieren. Meine Nachricht an sie lautete: »OMG, jemand sollte sie warnen. Das geht sonst viral.«

Dann löschte ich alle Spuren, inklusive der Nachricht an Charlie.

Helena war erledigt.

Wie Linn.

≈

In meinem Zimmer gab es unter der Dachschräge eine Abseite, sie verbarg sich hinter einer Piratenflagge. Zur Sicherheit hatte ich auch noch mein Bett davor platziert.

Ich schob es zur Seite und kroch auf allen vieren in das lang gezogene Versteck. Im Taschenlampenlicht meines Handys kramte ich Linns Buch hervor. Ein blau-bunt geblümtes Notizbuch, ihr größtes Heiligtum.

Sie hatte es immer unter ihrer Matratze versteckt, jetzt gehörte es mir.

Obwohl es gefährlich war, beschloss ich, die Aufzeichnungen mit auf die Insel zu nehmen.

Maroog.

Meine Panik, ein inneres Getöse, war verklungen, aber noch immer spürte ich Angst. Sie hielt sich jetzt im Hintergrund und ergriff auf eine leise Art von mir Besitz. Wie ein tropfender Wasserhahn, den man nicht abstellen konnte.

»Ich passe gut darauf auf«, sagte ich zu Linn. »Besser als du.«

Blamagen

Kim

Die Fähre war spät dran. Es lag am Wetter. Seit einer guten halben Stunde warteten wir am Anleger und starrten auf eine gigantische Nebelwand, die die Aussicht auf das Wasser und den Himmel verstellte, was ich für ein schlechtes Zeichen hielt.

Eigentlich glaubte ich nicht an Zeichen, aber dieses eine drängte sich geradezu auf. Ich liebte den ersten Blick aufs Meer, wenn man lange nicht dort gewesen war. Jetzt fühlte ich mich darum betrogen.

Mein Pessimismus hatte auch mit Helena zu tun, die ein so trauriges Bild abgab, dass es einem das Herz brach, jedenfalls wenn man eins hatte, was bekanntlich nicht bei jedem in der Klasse der Fall war.

Seit sie davon ausgehen musste, dass jeder, dem sie begegnete, wusste, wie sie in kreischend roter Spitzenunterwäsche aussah, versteckte sie sich in einem grauen Oversize-Hoodie vor dem Rest der Welt, die Kapuze, wann immer möglich, tief in die Stirn gezogen. Heute trug sie dazu trotz des Nebels noch eine Sonnenbrille und lungerte mit gesenktem Blick gefährlich nah an der Wasserkante herum, als wäre sie kurz davor, sich ins Hafenbecken zu stürzen.

»Oh Helene, Beene haste schöne. Titten haste keene«, hatten ein paar Fünftklässler in der Pausenhalle gesungen.

Helene war rausgerannt und in den nächsten Bus nach Hause gestiegen.

Ich schwöre, ich hatte die dämlichen Fotos von ihr nicht gesehen, nur gehört, wie andere darüber redeten –, aber damit stand ich wohl ziemlich allein da. Der Skandal hatte weite Kreise gezogen und sogar ein paar armeselige Reporter auf den Plan gerufen, was superpeinlich war. Fremdschämen pur.

Helena würde von jetzt an für alle immer nur das Mädchen sein, das a) auf jeden miesen Trick reinfiel und b) bereit war, sich für einen Typen auszuziehen, den sie kaum kannte. Ihr Ruf war ruiniert, dabei hatte sie sich einfach nur verliebt und infolgedessen etwas völlig Idiotisches gemacht, wie es Verliebte eben tun. Sie tat mir leid.

Obwohl die meisten Helena bedauerten, gab es niemanden – außer der Hoppe natürlich –, der sich offen um sie bemühte, auch ich hatte mich bisher nicht dazu durchringen können.

Warum nicht?

Pech färbt ab.

Während ich Helena verstohlen beobachtete und inständig hoffte, dass sie nicht wirklich vorhatte zu springen, grübelte ich über meine Stellung in der Klasse nach. Ausbaufähig würde ich sagen, aber nicht hoffnungslos. Zwar war ich nicht übermäßig beliebt, ein Namenloser eben, aber ich hatte wenigstens meine Ruhe und wollte, dass das so blieb. So war es eben. Das System war grausam, aber schützte einen, solange man nicht aus der Reihe tanzte.

Trotzdem: In dem Moment kam ich mir extrem feige vor.

»Ganz schön kalt, oder?«, machte ich einen halbherzigen Versuch, Helena ein Gespräch aufzudrängen.

Ich trat nach vorn, stellte mich dicht neben sie. Leise klatschte das Wasser an den Kai.

Sie antwortete nicht und sah auch nicht hoch.

»Alles klar bei dir?«

Schweigen.

Ich wartete ab. Je länger sie mich ignorierte, desto blöder kam ich mir vor. Ich spürte die Blicke der anderen im Rücken, hörte, wie sie über mich lachten und tuschelten. Schließlich zog ich mich zurück.

Helena rührte sich nicht vom Fleck, sie wirkte völlig abwesend, was ich ihr ziemlich übel nahm. Ich hatte bloß nett sein wollen – und sie ließ mich dermaßen auflaufen, anstatt sich dankbar zu zeigen.

Als ich endlich bemerkte, dass sie Kopfhörerstöpsel in den Ohren hatte, wurde ich knallrot, als hätte ich mich gerade total blamiert.

Apropos verliebte Idioten: Auch wenn Charlotte den Ärger für die Verbreitung der anzüglichen Fotos kassiert hatte, inklusive einer Anzeige bei der Polizei, glaubte jeder, dass Sara hinter all dem steckte. Sie selbst hatte es mehrmals angedeutet, nachweisen konnte man ihr am Ende natürlich nichts, dazu war sie viel zu gerissen und außerdem ein Ass am Computer.

Seit dieser Sache hatte ich Sara gründlich satt. Jemand wie sie verdiente meine Gefühle nicht. Jetzt musste ich nur noch herausfinden, wie ich meinen Gedanken verbieten konnte, weiterhin um ein Mädchen zu kreisen, das dermaßen boshaft war. Niemand sollte so jemanden lieben.

≈

Ich nestelte meine eigenen Kopfhörer aus der Tasche und hörte dröhnend Musik, bis in dem gleißenden Grau, das den Horizont verhüllte, ein nostalgisch wirkender Dampfer Gestalt annahm. Das Schiffshorn tutete. Es ging durch Mark und Bein. Ich weiß nicht, was die anderen dachten, aber ich war wirklich reif für die Insel. Hier kommt der Beweis:

»Ist das die Fähre?«, fragte Nick. Er wirkte skeptisch. »Die ist ja total winzig. Da sollen wir alle rauf?«

»Sie wird größer, wenn sie näher kommt. Hat mit Physik zu tun«, erwiderte ich, denn die aggressive Musik hatte meine schlechte Laune noch verstärkt und in mir die Lust geweckt, sie ausnahmsweise an jemand anderem auszulassen, anstatt immer nur der nette, unscheinbare Kerl zu sein, den jeder übersah.

Gut, vielleicht hätte ich mir nicht ausgerechnet Nick aussuchen sollen, einen Typen, der seine Ehre schon angekratzt sah, wenn man nur in seine Richtung atmete. Doch er stand nun mal gerade in der Nähe.

»Hast du eben was zu mir gesagt?«, fragte er.

Letzte Chance, einen Rückzieher zu machen. Keine Ahnung, was mich ritt, aber ich ergriff sie nicht.

»Ja«, antworte ich. »Soll ich es wiederholen?«

»Nicht nötig.«

Die allgemeine Aufmerksamkeit war uns jetzt sicher. Gebannt warteten alle auf Nicks Reaktion. Ich sah, wie sie den Nervenkitzel genossen, und konnte es ihnen nicht verübeln. Mir wäre es an ihrer Stelle genauso gegangen. Die Spannung unter uns war seit Wochen so groß, dass sie sich irgendwann entladen musste. Und ich war plötzlich mittendrin statt nur dabei.

Nick genoss seinen Auftritt sichtlich und ließ sich Zeit mit seiner Reaktion. Sein kalter Blick ruhte auf mir, ein leichtes Grinsen signalisierte Gewaltbereitschaft, dabei rieb er sich spielerisch die Faust.

Die Fähre legte an. Der Kai erbebte. Ich war entschlossen, mich nicht auf einen Kampf einzulassen, denn mit Prügeleien hatte ich keinerlei Erfahrung. Aber was würde ich stattdessen tun? Weglaufen? Weiter Witze reißen?

Bevor die Eskalation ihren Lauf nehmen konnte, traten zwei schräge Gestalten von der Fährgesellschaft dazwischen, um uns mitzuteilen, dass wir unsere Koffer noch abgeben mussten, da diese extra verschifft würden. Lilli und Sara protestierten umgehend, worauf Nick ihnen gewohnheitsmäßig beisprang.

Gutes Timing: Ich war gerettet. Fürs Erste zumindest.

Wenig später, als wir uns in die lange Schlange einreihten, die vor der Gangway entstanden war, informierte mich Nick: »Du kleiner Scheißer, ich hab dich abgespeichert.«

»Hoffentlich nicht in der Cloud«, erwiderte ich und spielte darauf an, dass es auf der Insel laut Frau Hoppe kaum Internet gab.

Zu meiner Überraschung hörte er kurzzeitig auf, mich drohend anzustarren, stattdessen zeigte sich ein Anflug von Anerkennung auf seinem Brutalo-Gesicht. »Du bist ja ein richtiger Witzbold«, stellte er fest.

»Das Gleiche sagen die Leute über dich.«

Nicks Miene verfinsterte sich wieder. »Wir werden sehen, wer zuletzt lacht«, sagte er.

Über seinem Kopf schwebte sein Lieblingswort »Ehre« in einer knallgelben Gedankenblase.

Okay, ich war definitiv zu weit gegangen. So fühlte sich das also an. Obwohl ein Teil von mir sich am liebsten in Luft auflösen wollte, weil der böseste unter den Bösewichtern mich von nun an auf dem Radar hatte, fühlte ich mich durch die ganze Aktion paradoxerweise gestärkt. Mutiger als sonst. Risikofreudiger. Vielleicht wegen Helena, weil ich es satthatte, zu kuschen und mich anschließend selbst dafür zu hassen.

Plötzlich nahm ich alles ungeheuer intensiv wahr: Wie über uns die Möwen schrien, wie die Männer der Schiffsbesatzung sich Kommandos zuriefen. Ich war lebendig, platzte fast vor Energie und Neugier. Der Friedhof der Namenlosen lag auf einmal weit hinter mir.

≈

Als das Schiff ablegte, steigerte sich meine Aufbruchsstimmung noch. Ab sofort befanden wir uns auf unbekanntem Terrain, es war völlig unklar, wer es erobern würde. Die Karten wurden gerade neu gemischt und mein Blatt war nicht übel. Ich hatte Nick die Stirn geboten – und außerdem Erfahrung mit Reisen ins Unbekannte, denn zusammen mit meinem Vater absolvierte ich in den großen Ferien regelmäßig Trekkingtouren, bei denen es uns in die hintersten Winkel Europas verschlug: nach Nordspanien, an den Polarkreis in Finnland und einmal sogar in die rumänischen Karpaten, wo in grauer Vorzeit bekanntlich Graf Dracula sein Unwesen getrieben hatte.

Und was war passiert? Nichts. Oft war die Angst vor einer Sache größer als die Konfrontation damit.

Aus diesem Grund bereitete mir auch die Vorstellung, mein Smartphone auf der Insel nicht wie gewohnt nutzen zu können, weit weniger Sorgen als den meisten anderen aus der Klasse, das Gefühl, offline und nicht erreichbar zu sein, kannte ich ja schon, und es hatte mir nie etwas ausgemacht.

Ich bekam sowieso weniger Nachrichten als meine eigene Großmutter, die ständig lustige Sprüche mit ihren Kegelschwestern tauschte. Auf meinen Social-Media-Accounts war manchmal so lange Funkstille, dass die Betreiber mir computergenerierte Mails schickten, die mich zu mehr Engagement aufforderten: Lade deine Freunde ein. Instagram vermisst dich. Von wegen! Ich löschte sie, ohne mit der Wimper zu zucken. Mir reichte der tägliche Klassenklatsch völlig, um einigermaßen auf dem Laufenden zu sein. Für die beliebteren unter uns würden auf Maroog allerdings schwere Zeiten anbrechen, das war klar.

Wie schwer, das wurde auf hoher See klar: Als Erstes machte der Kapitän eine Durchsage in einer fremden, altertümlich klingenden Sprache, worauf einige der Fahrgäste, Einheimische wahrscheinlich, auf eine wissende Art in sich hineingrinsten, so wie Leute es eben tun, wenn sie einen Insiderwitz kapieren, reine Provokation für alle, die keinen Schimmer haben, worum es geht. Bemerkenswert daran war, dass die Hoppe offenbar zu den Eingeweihten gehörte, wie ihr Schmunzeln verriet.

Als der Typ dann Deutsch sprach, spulte er ein paar Sicherheitsanweisungen ab, bevor er die Passagiere fröhlich darüber informierte, dass sie ihre Smartphones vorübergehend einmotten konnten.

Kaum hatte er das gesagt, stieß Lilli einen spitzen Schrei aus, als hätte sie entweder einen Geist gesehen oder einen der diversen YouTuber, für die sie schwärmte (ich konnte Begeisterung und Entsetzen bei den meisten Mädchen aus der Klasse schwer auseinanderhalten). Tatsächlich starrte sie bloß auf ihr Display.

»Er hat recht. Leute, es passiert gerade wirklich! Kein Empfang mehr«, stöhnte sie. »Null. Zero. Nicht mal Notruf!«

»Internet?«, fragte Sara atemlos.

»Keine Chance.«

»Ich fass es nicht.«

Ein Raunen ging durch die Reihen. Mit schlafwandlerischer Sturheit zückten jetzt fast alle ihre Smartphones, um sich mit eigenen Augen zu vergewissern, ob sie vielleicht wie durch ein Wunder mehr Glück hatten.

Mich überraschte, wie überrascht alle waren, wir hatten doch die ganze Zeit Bescheid gewusst. Das Gejammer ringsum war kaum auszuhalten.

»Frau Hoppe, das können Sie uns nicht antun!«

»Ey, ich hab meiner Mutter versprochen, dass ich mich jeden Tag melde.«

»Meine Freundin bringt mich um, die denkt doch sofort, ich hab eine andere, wenn sie mich nicht erreicht.«

»Hören Sie uns überhaupt zu, Frau Hoppe?«

»Ihr seid nicht zu überhören.«

Sara war blass geworden. Zusammen mit ihren Busenfreundinnen Lilli und Charlotte verzog sie sich aufs Klo. Mit voller Wucht knallten sie die Tür hinter sich zu.

»Was ist, wenn einer krank wird? Oder stirbt? Ja, was ist, wenn einer stirbt.«

»So leicht stirbt es sich nicht.«

Daran würde ich denken, wenn Nick sich mich demnächst vorknöpfte.

≈

Irgendwann hatte Frau Hoppe genug und verzog sich aufs Außendeck, wo sich kaum Passagiere aufhielten, so ungemütlich war es dort. Keine Ahnung, warum ich ihr folgte, jedenfalls wünschte ich sehr bald, ich hätte es bleiben lassen. Nicht nur, weil ich keine Mütze hatte und mir vor Kälte fast die Ohren abfielen, sondern auch, weil ich dann nicht Zeuge geworden wäre, wie sie und Magnus sich küssten, direkt neben dem Kasten mit den Rettungswesten.

Allen Ernstes, sie küssten sich wie Filmstars, es ging richtig zur Sache. Sie hätten einen Oscar dafür bekommen können. Magnus und die Hoppe – so ein blöder Mist. Ich kam um vor Neid.

Ausgerechnet die Hoppe.

Ausgerechnet Magnus.

Dabei mochte ich ihn. Bis zu diesem Tag. Magnus, eigentlich Herr Jensen, unterrichtete Sport, er war einer der wenigen Lehrer, die wir mit dem Vornamen anredeten, was uns das Gefühl gab, er wäre etwas mehr als die anderen einer von uns. Deshalb hatte ich mich auch riesig gefreut zu hören, dass er als zweite Begleitperson mitkam.

Jetzt änderte ich meine Meinung schlagartig. Ich war stinkwütend auf ihn – und auf die Hoppe noch viel mehr. Von einer Sekunde zur nächsten stellte ich das ganze Projekt infrage. Anscheinend ging es bei der Reise doch nicht so sehr um uns, wie ich gehofft hatte. Das hatten die zwei Turteltauben ja geschickt eingefädelt: Romantik am Meer statt Langeweile und Versteckspiel im Klassenzimmer.

Zum zweiten Mal an diesem Tag fühlte ich mich bloßgestellt, eine Blamage nur vor mir selbst, und ich hasste dieses Gefühl. Es machte mich fertig. Und hatte ich nicht gerade erst beschlossen, nicht mehr so fertig zu sein? Die Dinge selbst in die Hand zu nehmen?

Ich atmete tief durch, versuchte mich zu beruhigen, doch die Wut zerrte an mir wie der Fahrtwind und die Kälte. Ich wusste nicht, wen ich in dem Moment mehr verabscheute, Sara oder die Hoppe. Zugegeben, ich hatte wirklich ein ganz schlechtes Gespür für Frauen. Gab es denn außer meiner Oma und meiner Mutter keine netten weiblichen Wesen auf der Welt?

Suchend starrte ich ins Nichts. Der Nebel war immer noch zäh, die Fähre manövrierte sich in einem langsamen Zickzackkurs durch die feuchten Schwaden und schlingerte leicht in den Wogen, ich zitterte in meinem Parka, als hätte ich überhaupt nichts an.

Offenbar war ich der Einzige, der hier fror. Wenige Meter entfernt stöhnte die Hoppe gerade wohlig auf, Magnus hatte Schweiß auf der Stirn.

Mir wurde richtig schlecht von dem Schauspiel. Ich stand halb verdeckt hinter einer Säule, aber die beiden Verliebten waren viel zu vertieft, um mich zu bemerken.

Aus Frust und Sensationsgier zückte ich mein Handy, das zwar keinen Empfang, aber immer noch eine funktionierende Kamera hatte, und begann, das Paar zu filmen. Ich wusste nicht, ob es Lehrern verboten war, auf Klassenreisen übereinander herzufallen, es war jedoch so sicher wie das Amen in der Kirche, dass die beiden über die Existenz dieser Aufnahmen wenig begeistert sein würden.

Ab sofort hatte ich etwas gegen sie in der Hand. Es wog schwer. Ich konnte es zum Beispiel Sverre zeigen, meinem besten Freund. Oder der ganzen Welt. Immer weiter zoomte ich heran, von Gewissensbissen keine Spur. Ich hielt voll drauf.

≈

Zum ersten Mal in meinem Leben bekam ich ein leises Gefühl für Macht, konnte erahnen, wie unbesiegbar Sara sich tagein, tagaus fühlen musste, denn ihr Handy war sicherlich prall gefüllt mit brisanten Datensätzen aller Art: Fotos, Nachrichten, Filme, weiß Gott, wie sie an das ganze Zeug rankam.

Dieses Mädchen wusste alles über uns, wir nichts über sie.

Macht oder Ohnmacht – wer würde da nicht die erste Option wählen?

Eingemauert

Sara

Ich war echt ein Freak. Ausgerechnet auf See, wo alle Leute von Freiheit und Weite schwärmten, hatte ich das Gefühl, von hohen Mauern umstellt zu sein. Lebendige Mauern mit einem Eigenleben. Sie bewegten sich langsam, aber unaufhörlich auf mich zu.

Es lag am Nebel, redete ich mir ein.

Doch da war noch etwas anderes, etwas, das mich bedrohte. Etwas Böses.

Böser als ich?

Viel böser.

Älter.

Ich war noch jung und meine Bosheit noch nicht mal halb so alt wie ich. Meine Unerfahrenheit gegenüber den Elementen machte mich angreifbar. Das spürte ich instinktiv.

Als das LTE-Signal auf meinem Display erlosch, erfasste

mich ein körperlicher Schmerz, er fuhr mir in sämtliche Glieder. Ich schwöre, ich fühlte mich todkrank. Ich hoffte, dass niemand mitbekam, wie mitgenommen ich war.

Immerhin: Die Chancen, dass niemand meine Schwäche bemerkte, standen gut, weil alle mit ihren Handys beschäftigt waren. Nur die fiese Hoppe beobachtete mich schräg von der Seite und lachte sich wahrscheinlich ins Fäustchen. Ihr dämliches zufriedenes Grinsen, während sie sich gänzlich unbeteiligt gab: Es war kein Zufall, dass wir an einen Ort fuhren, der so ziemlich alles aufbot, was mich anekelte. Es ging gegen mich persönlich.

Am schlimmsten war, dass es ihr irgendwie gelungen war, meine Eltern auf ihre Seite zu ziehen. Normalerweise waren sie verschlossen, aber die Hoppe hatte sie geknackt. Mehrmals hatten sie miteinander telefoniert, ich hatte keinen Schimmer, was genau sie ihr alles von unserer Familie erzählt hatten – viel zu viel, wie ich annahm. Seitdem waren sie hellauf begeistert von meiner Klassenlehrerin.

»Eine bemerkenswerte Persönlichkeit«, hatte mein Vater geschwärmt.

»Warmherzig und klug«, lautete der Kommentar meiner Mutter.

Frau Hoppes Fanclub war groß. Sogar Lilli fand sie »eigentlich ganz okay«. Aber den Zahn würde ich ihr schon noch ziehen. Wer okay war und wer nicht, war meine Entscheidung. Wenn sie länger mit mir befreundet bleiben wollte, hielt sie sich besser daran.

Allmählich kriegte ich mich wieder ein. Wenigstens

stellte der Seegang anders als erwartet keine Herausforderung dar, jedenfalls nicht für meinen Magen. Charlotte kotzte sich im Waschraum die Seele aus dem Leib. Wahrscheinlich hatte sie ihre »Verhaftung« noch nicht verdaut. Zu sehen, dass es ihr ebenso wie Helena noch schlechter ging als mir, tröstete mich ein wenig.

Mit Hingabe spielte ich die Besorgte, ich hielt Charlottes langes Haar und strich ihr über den Rücken.

»Du, sag mal … Du hast nichts mit diesem Fake-Account zu tun, oder?«, fragte Charlotte unvermittelt.

»Was für ein Fake-Account?«

»Na, dem Helena ihre blöden Fotos geschickt hat, weil sie dachte, es wäre Henning.«

»Ich? Nein! Um Gottes willen. Ich weiß, dass das alle glauben, jetzt fang du bitte nicht auch noch so an. Ich dachte, du würdest mich besser kennen. Ich hab die Bilder selbst zugeschickt bekommen und sie dir weitergeleitet, weil ich sie lustig fand. Waren sie ja auch! Warum sollte ich so was machen? Wir sind doch Freundinnen!«

»Von wem hattest du sie?«

»Hab ich vergessen. Und an dem Abend ist leider mein kompletter Nachrichtenspeicher abgestürzt.«

Charlotte schniefte. »Aber Eva sagt, du hättest vor einem Typen aus der Oberstufe damit rumgeprahlt, die ganze Sache angeleiert zu haben.«

»Wer ist Eva?«

»Die Dicke. Die ganz vorn sitzt.«

»Aha, und der glaubst du mehr als mir?«

Sie schüttelte den Kopf, die sonst so glänzenden braunen Haare hingen ihr wirr und stumpf ins Gesicht, eine Strähne hatte sich in ihrem Mundwinkel verfangen.

Sie sah schlimm aus. Vielleicht hatte ich ihr ein bisschen zu übel mitgespielt. Das war keine Absicht gewesen. Ich mochte und ich brauchte sie. Aber an dem Abend war ich einfach so wütend gewesen, dass ich zu wenig nachgedacht hatte, ich wollte den Schmerz, den ich spürte, auf andere abladen, damit er mir weniger zu schaffen machte, was ja auch gelungen war. Doch jetzt musste ich die Sache irgendwie geradebiegen.

Seufzend riss ich eine Handvoll Papiertücher aus dem Spender und reichte sie ihr. »Ich schwöre, ich war es nicht. Fake-Accounts – ich? Dafür bin ich viel zu eitel. Das enttäuscht mich jetzt echt, Charlie, dass du so was glauben kannst.«

»Tue ich ja nicht«, lenkte Charlotte ein.

Sonst war sie weniger weinerlich, die Sache hatte sie schon arg mitgenommen. Wenn die Polizei ins Spiel kam, kriegte so ein Landei natürlich kalte Füße. Großstadtkids waren da abgeklärter. Was konnten die schon machen?

»Ich dachte nur ... weil du so gut am Computer bist«, murmelte Charlotte.

»So gut nun auch wieder nicht.«

Lilli betrachtete mich mit gerunzelter Stirn, denn sie wusste genau: Das Gegenteil war der Fall. Ich war ein Ass.

Mir wurde abwechselnd heiß und kalt. Ich hoffte, dass Charlotte weiterkotzen würde –, und zu guter Letzt tat sie mir den Gefallen. Während wir auf Maroog waren, würde daheim hoffentlich Gras über die Sache wachsen.

≈

Als wir schließlich die Nasszelle verließen, fiel mir zum zweiten Mal an diesem Tag der Wuschelkopf auf, der in der Klasse schräg hinter mir saß, einer von den Namenlosen. Er kam die Treppe vom Oberdeck hinunter, die Haare vom Wind noch zerzauster als ohnehin schon, und wirkte so selbstzufrieden, dass es mich stutzig machte. Kurz davor hatte er sich völlig aus dem Nichts mit Nick angelegt. Irgendetwas war mit dem.

»Is was?«, fragte ich ihn.

»Alles bestens«, sagte er.

Ich würde ihn im Auge behalten.

≈

Endlich an Land herrschte großes Gedränge, aber das löste sich schnell auf. Die Durchsagen waren wieder völlig unverständlich, die Insulaner machten sich wichtig mit ihrer Eingeborenensprache. Überall ringsum wettergegerbte Gesichter, die so finster dreinblickten, dass sogar Nick respektvoll Abstand hielt.

Willkommen auf Maroog. Das Begrüßungsschild am Kai hatte Rost angesetzt. In der Luft hing ein fauliger Gestank nach Schlick, Tang und altem Fisch.

Wie sich herausstellte, mussten wir unsere Sachen selbst vom Gepäckcontainer holen, die unglaublich arroganten

Hinterwäldler von der Fährgesellschaft waren sich dafür natürlich zu fein, obwohl die Überfahrt so teuer gewesen war, dass man für das gleiche Geld auch hätte nach London fliegen können. Null Service. Wieder musste Nick einspringen, das kannte er ja schon. Im Zug hatte er sich, ohne zu maulen, mit meinem vollgestopften Koffer abgemüht. Er war zwar ein Vollidiot, aber definitiv eine treue Seele.

Plötzlich mischte die Hoppe sich ein. »Jeder trägt bitte seinen eigenen Krempel. Nick, lass Saras Koffer stehen, sie kann das auch allein.«

»Aber ich hab nur meinen Rucksack mit. Das macht mir nichts aus.«

»Super, dann kannst du ja das hier übernehmen. Das sind unter anderem Süßigkeiten für alle. Danke dir.« Sie drückte ihm eine offensichtlich federleichte Tüte in die Hand.

Nick war zu überrumpelt, um zu protestieren. Außerdem naschte er für sein Leben gern, ich sah, wie ihm sofort das Wasser im Mund zusammenlief, wie bei einem Labrador, dem man ein Leckerli hinhält.

Die Hoppe starrte mich an, ich starrte zurück, und schon waren wir mittendrin in einem kleinen bescheuerten Machtkampf.

Blöderweise hatte ich gerade überhaupt nicht damit gerechnet, mich beweisen zu müssen, ein echter Anfängerfehler. Im Krieg sollte man immer auf Beschuss gefasst sein.

Natürlich war der Koffer nur Mittel zum Zweck, sie

wollte ein Exempel statuieren, mir und damit auch gleich allen anderen aufzeigen, wie die Dinge auf Maroog ihrer Meinung nach laufen würden: von Grund auf anders als in der Schule. Nach ihren Regeln anstatt nach meinen.

Wenn man sich mit Lehrern anlegt, geht es immer um die Frage, wer dem anderen das Leben mehr zur Hölle machen kann. Und ob das Ganze die Mühe wert ist. Beide Seiten haben ihre Asse im Ärmel – der Rest ist Poker.

»Sind wir nicht hier, um ein besseres Team zu werden?«, fragte ich Frau Hoppe mit zuckersüßer Stimme.

Leider tappte sie nicht in die Falle.

»Auch. Aber so weit sind wir noch lange nicht.«

»Sondern?«

»Wir gehen die Sache langsam an. Heute ist es erst mal die Aufgabe jedes Einzelnen, Verantwortung für sich selbst zu übernehmen. Wenn du deinen Koffer versehentlich so gepackt hast, dass er für dich zu schwer ist, musst du vielleicht ein paar Sachen rausnehmen.«

»Und dann?«

»Wir können sie am Gepäckschalter hinterlegen, bis du irgendwann dazu kommst, sie abzuholen.«

»Ich kann noch was von ihr in meinen Rucksack packen«, offerierte Nick. »Da ist jede Menge Platz.«

»Bei mir auch«, sagte Lilli.

Ich wusste nicht, welche Option mich mehr anwiderte: mitten auf einem Schiffsanleger vor der versammelten Klasse auf dem Boden kniend den Koffer zu öffnen und in meinen Sachen zu wühlen oder meine schöne, frisch gewaschene Markenkleidung in Nicks schmuddeligen Rucksack zu stecken, zusammen mit seinem Zeug, das wie alles, was ihm gehörte, nach dem süßlichen Tabak seiner selbstgedrehten Zigaretten stank – und nach Bauernhof. Seine Eltern züchteten Schweine.

Die Situation entwickelte sich äußerst ungünstig. Ich stand kurz vor einer Demütigung.

»Nick«, sagte ich flehend und musterte ihn mit einem Blick, der ihn unter Druck setzen sollte, die Botschaft lautete: Hilf mir gefälligst. Denn wenn er jetzt die Nerven behalten und sich meinen Koffer einfach schnappen würde – was sollte die Hoppe schon dagegen ausrichten? Der Kerl war gut einen Kopf größer als unsere Lehrerin und hatte im Gegensatz zu ihr Muskeln wie King Kong.

Und was machte der Labrador-Gorilla? Trat von einem Fuß auf den anderen und sah sich ratlos um.

Eine graue Nebelwelt im fahlen Spätnachmittagslicht, schwach beleuchtet von schummrigen Laternen. Im Hintergrund deutete eine Ansammlung von hutzeligen Häusern mit Ziegeldächern auf ein Mindestmaß an Zivilisation hin. Das Schiff, das uns hergebracht hatte, löste sich bereits wieder von der Hafenmauer. Das Schiffshorn, das zum Abschied tutete, zerriss jäh die gespannte Stille.

»Nick, jetzt mach«, sagte ich ruhig, als der Krach verklungen war.

»Ich weiß nicht«, antwortete er resigniert und kratzte sich erst am Hinterkopf, dann an der Brust. Er hatte wirklich etwas Gorillahaftes.

Es war deutlich zu sehen, dass er sich in der fremden schweinelosen Umgebung unsicherer fühlte als daheim, wo er sich auf den Ländereien seiner Familie wie ein Gutsherr aufführen konnte, also nach der Schule beliebig Tiere quälen und mit dem Trecker herumgurken oder wonach ihm auch immer der Sinn stand.

All dieser Möglichkeiten beraubt, wusste Nick nicht weiter. Er zuckte noch ein paarmal mit den Schultern, während die anderen aus der Klasse – abgesehen von meinen Leuten natürlich – nicht mal im Ansatz zu verbergen versuchten, dass sie der Hoppe die Daumen drückten. Schließlich gab er auf und wandte sich ab.

Ich war verraten und verkauft.

»Müssen wir die Koffer etwa den ganzen Weg tragen?«, fragte ich die Hoppe. »Und wo sollen wir überhaupt hin?«

»Nur bis da vorn. Der Wagen wartet auf uns, ihr könnt alles, was ihr nicht unbedingt bei euch tragen wollt, auf dem Anhänger verstauen, dann besorgen wir euch Räder und ab geht's zur Unterkunft. Die Zeit drängt übrigens, der Fahrradverleih schließt bald. Dann müssen wir laufen. Zwei, drei Stunden bestimmt. Nur so zur Information.«

Die Aussicht auf einen derart langen Fußmarsch sorgte dafür, dass der Großteil der Klasse sich umgehend in Bewegung setzte, worauf ich komplett einfror. Meine schlimmsten Ängste wurden wahr.

Denn unser *Wagen* war kein Gefährt mit Motor. Er hatte genau ein PS, wie man so schön sagt. Der Gaul war riesig, er blies unentwegt Luft durch die Nüstern, wobei er dieses typische Pferdegeräusch erzeugte, das mich erschreckte, weil es wie eine Kampfansage aus der Hölle klang. Wie bereits erwähnt: Ich war absolut keines dieser Pferdemädchen, ich hasste Tiere im Allgemeinen und Pferde im Besonderen. Ihren Geruch, ihre bedrohlichen Hufe, sämtliche Töne, die sie von sich gaben.

Ja, ich hatte schlechte Erfahrungen gemacht.

Nein, es ging niemanden etwas an.

Wäre die Kutsche nicht gewesen, hätte ich die Hoppe dieses eine Mal gewinnen lassen, schließlich brauchte ich meine Sachen und unterm Strich war mir das wichtiger als ein kleiner Punktsieg. Doch ich hatte jetzt keine Wahl mehr. Ich schwöre, ich verlor die Kontrolle. Meine Beine erwachten aus ihrer Starre und wollten nur noch eins: laufen. Distanz schaffen. Also stürmte ich einfach auf und davon.

≈

Ich floh über einen weitläufigen Platz auf die Häuserreihe zu. Vor einem hutzeligen Ziegelbau standen jede Menge Räder, eine Klapptafel listete Verleihgebühren auf. Die Fahrradvermietung – Bingo.

Als ich mich ins Innere des Gebäudes rettete, bimmelte eine Türglocke eine fröhliche Melodie und ein bärtiger Mann mit stahlblauen Augen sagte: »Moin.«

Ich schnappte nach Luft.

»Alles klar bei dir?«

Noch immer rang ich um Atem, aber ich fand es nett, dass er überhaupt fragte.

»Gehörst du zu der Schulklasse, die heute hier ankommen soll?«

Ich nickte.

»Ich warte seit einer halben Stunde auf euch. Ihr seid spät dran. Ich wollte gerade dichtmachen.«

»Jetzt bin ich ja da«, brachte ich hervor. »Die anderen kommen gleich.«

»Dann können wir dir ja schon mal ein Rad raussuchen. Komm mit.«

Verzweifelt schüttelte ich den Kopf. Bloß nicht schon wieder da raus in diese feindliche Umgebung.

In dem kleinen Ladengeschäft war es warm und friedlich. Es gab einen Ständer mit Postkarten, einen Tresen, auf dem allerlei Fahrradzubehör herumlag und eine Teekanne auf einem Stövchen vor sich hin dampfte. Die Kerzenflamme flackerte und verbreitete Ruhe und Gemütlichkeit.

Ich merkte, wie schwach ich war, meine Beine waren wie aus Gummi. Ich brauchte eine Pause.

»Könnte ich bitte einen Schluck Tee bekommen?«, fragte ich. »Mir ist kalt.«

Ich keuchte noch immer, meine Stirn war verschwitzt, dennoch log ich nicht. Da war eine Art innere Kälte, die von mir Besitz ergriffen hatte.

Kommentarlos befüllte der Mann einen Becher mit Tee und reichte ihn mir. Ich bekam kein Dankeschön über die Lippen, denn ein bisschen provozierte mich der Typ mit seiner freundlichen Gelassenheit. Er hatte mich in einem schwachen Moment erwischt, was nicht seine Schuld war, schon klar, aber irgendwie nahm ich es ihm dennoch übel.

»Haben Sie keinen Zucker?«

Der Tee war bitter.

»Nö. Ich bin nicht so ein Süßer.«

Ich musste grinsen. Er war ein alter Sack, in etwa die Generation meiner Eltern, früher hatten ihn bestimmt viele Mädchen geradezu zuckersüß gefunden, allein schon wegen der Augen.

»Sind Sie von hier?«

»Ja. Und du? Hamburger Deern?«

Ich nickte. »Aber wir sind gerade aufs Land gezogen.«

»Das war bestimmt hart.«

Er war so nett, dass es mich fertigmachte. In seiner Gegenwart hatte ich den Wunsch loszulassen, und das konnte ich mir nicht erlauben. Um den Bann zu brechen, hätte ich ihn am liebsten beleidigt, doch mir fiel nichts ein, was ihn aus der Ruhe hätte bringen können. Mein Kopf war leer.

Also stand ich einfach blöd da, trank den starken Tee und beobachtete durch das Fenster meinen Koffer. Rot wie eine Boje war er auch aus der Entfernung gut zu erkennen, ein unbeaufsichtigtes Gepäckstück auf einem öffentlichen Platz. In Hamburg auf dem Hauptbahnhof wäre sofort ein Bombenräumkommando angerückt, doch hier interessierte sich bis auf eine neugierige Möwe niemand dafür.

Der Wuschelkopf streichelte gerade das Pferd, während der Kutscher eine Plane über dem Gepäck festzurrte. Anscheinend gefiel es ihm, jedenfalls hielt es still.

Die Hoppe und Magnus steckten die Köpfe zusammen und lachten sich über irgendetwas kaputt. Über mich wahrscheinlich.

Hatte ich jetzt eigentlich gewonnen oder verloren? Genau genommen war ich nicht eingeknickt, aber der einsame Koffer sah als Statement eher losermäßig aus, was anscheinend sogar die Möwe abtörnte. Sie flatterte davon Richtung England, und ich beneidete sie um ihre Freiheit. Ich nahm mein Handy in die Hand.

»Haben Sie hier WLAN?«, fragte ich den netten Fahrradverleiher.

Er schüttelte den Kopf.

Ich glaubte ihm nicht.

Bevor ich nachhaken konnte, rauschte meine Klasse wie ein Tsunami in den Laden und ich riss mich zusammen, setzte mein arrogantestes Gesicht auf und ärgerte mich über mich selbst, weil ich die Chance vertan hatte, mir rechtzeitig das beste Fahrrad zu sichern.

Was dann auch wieder egal war. Denn wie sich zeigte, war die Auswahl insgesamt bescheiden, lauter alte Gurken, drei krachende Gänge, keinerlei Extras. Daheim besaß ich ein Mountainbike.

Als wir uns endlich auf den Weg machten, war mein beschissener Koffer verschwunden. Die Kutsche war fort, der Hafen verlassen.

Was für eine Ödnis, auf engstem Raum eingezwängt zwischen Himmel und Meer.

Dass Inseln gute Gefängnisse abgeben, ist allgemein bekannt. Siehe San Francisco: Maroog war mein persönliches Alcatraz. Die Mauern kamen näher und näher.

Gegenwind

Kim

Mein Rad lief okay. Man konnte keine Rennen damit gewinnen, aber die Gänge waren gut eingefahren, die Kette frisch geölt, alles bestens. Nach dem langen Sitzen im Zug und auf der Fähre hatte ich Lust auf ein wenig Bewegung, also kam mir die Aussicht auf eine Radtour gerade recht, auch wenn ich ziemlichen Hunger hatte.

Schnell ließen wir Nynordhavn, die kleine Inselhauptstadt, die eigentlich bloß ein winziges Dorf war, hinter uns und strampelten vorbei an endlosen Salzwiesen in Richtung Inselspitze. Schafe grasten am Horizont. Ein strammer Wind hatte den Nebel verjagt und wir konnten weit sehen.

Maroog war lang und schmal, unser Weg, ein breiter Schotterpfad, schlängelte sich an der ruhigen Wattseite entlang, hinter dem hohen Dünengürtel links von uns musste das offene Meer sein, ich hörte ein mächtiges Rauschen, das ich der Brandung zuschrieb.

Ich freute mich schon auf den Anblick der aufgewühlten Wellen. Leider würde es heute wohl nicht mehr dazu kommen, es dämmerte bereits, am Horizont machte sich der Mond auf den Weg übers Firmament. Eine schmale Sichel.

»Hast du das eben gesehen?«, fragte ich Sverre, der neben mir fuhr. Obwohl wir uns ordentlich abstrampeln mussten, wirkte er völlig unangestrengt. Stramme Waden, gute Kondition. Er spielte leidenschaftlich gern Fußball.

»Was?«, fragte er.

»Die Diva hat Angst vor Pferden.«

»Glaub ich nicht. Wieso sollte sie? Die ist so abgebrüht, die hat doch vor nichts Angst. Nicht mal davor, von der Schule zu fliegen.«

»Mag sein, aber bei Pferden macht sie sich ins Hemd, ich schwöre es dir. Deswegen ist sie weggerannt, als sie die Kutsche sah. Krass.«

»Ich glaube, sie wollte einfach vor der Hoppe nicht nachgeben. Wegen ihrem blöden Koffer.«

»Dann wäre sie nicht weggerannt, sondern hocherhobenen Hauptes davon stolziert. Wie sonst auch, wenn sie zum Direktor geschickt wird oder so. Diva eben. Mann, du musst lernen, auf die Feinheiten zu achten.«

»Wozu? Ist mir doch egal, was die macht, die nervt so oder so. Ich gehe ihr lieber aus dem Weg, ich will keinen Ärger, so fies kann ich gar nicht denken, wie die tickt.«

»Eben.«

»Wie eben?«

»Ist doch gut, wenn man ihre Schwächen kennt.«

»Okay?« Sverre musterte mich interessiert. »Das sind ja ganz neue Töne. Wie bist du denn drauf?«

Ich zuckte mit den Schultern. Ja, wie war ich drauf? Anders, wie gesagt. Besser, fand ich, lässiger, geradezu abgeklärt. Ich hatte mich mit Nick angelegt, das Video von der knutschenden Hoppe gedreht und jetzt, wo ich gerade richtig in Fahrt kam, sammelte ich spontan Beweise dafür, dass Sara nicht so unbesiegbar war, wie alle dachten.

Seeluft macht hungrig, sagt man. In meinem Fall stimmte das gleich im doppelten Sinn. Ich wollte mehr sein als satt. Ich wollte endlich überhaupt irgendwer sein.

Nach einer Weile holten wir den Einspänner mit unseren Sachen ein. Widukind, unser Fuhrmann, war stehen geblieben, um mit einem Kollegen zu schwatzen, der in die entgegengesetzte Richtung unterwegs war. Die Männer wirkten wie aus der Zeit gefallen. Beide trugen dunkle Troyer und Schiebermützen aus Tweed, ihre Gesichter waren verwittert und irgendwie undurchdringlich. Am Hafen hatte ich ein paar Worte mit Widukind gewechselt. Er war nicht sonderlich auskunftsfreudig gewesen.

Jetzt fragte ich mich, ob diese Typen uns überhaupt bemerkten, denn obwohl wir ein lärmender Haufen waren, nahmen sie null Notiz von uns, zumindest machten sie keinen Millimeter Platz, sodass wir uns alle eng an den Gespannen vorbeimogeln mussten.

Verstohlen schaute ich zu Sara rüber. Wie schon am Anleger versteinerte sie innerlich, allerdings riss sie sich diesmal schnell am Riemen und trat tapfer in die Pedale, Blick starr geradeaus.

Dann hatte sie einfach Pech. Ausgerechnet ihr Bodyguard Nick kam auf die glorreiche Idee, einem der Tiere im Vorbeifahren einen kräftigen Klaps zu verabreichen, worauf es verständlicherweise protestierte.

Ein lautes Wiehern erklang, Sara schrie und kippte vom Rad wie eine Puppe, direkt vor die Hufe. Karl, so hieß das Pferd (stell dir vor, Sara, auch Tiere haben Namen) war zum Glück stoisch genug, einfach stehen zu bleiben.

»Ich *sterbe!*«, rief Sara.

Das fand ich witzig. Karl wieherte. Einige von uns hatten angehalten und glotzten. Die Hoppe und Magnus waren weit vorn und bekamen nichts mit. Typisch Lehrer.

»Hilfe! Das Pferd soll weggehen!« Sara hielt die Hände schützend über den Kopf und machte keinerlei Anstalten, aufzustehen. Niemand kam ihr zu Hilfe.

Ohne groß nachzudenken, sprang ich vom Rad und half ihr auf, während Widukind den Idioten Nick zur Schnecke machte.

Sie war ein echtes Leichtgewicht.

Das rührte mich irgendwie.

Sara klammerte sich an mir fest und jammerte leise vor sich hin, bis wir einen gewissen Abstand zwischen uns und die Wagen gebracht hatten. Ich spürte, wie meine Nähe ihr Trost verschaffte, und das war ein gutes Gefühl.

»Das sind Kaltblüter«, erklärte ich unaufgefordert. »Wie der Name schon sagt, so ziemlich die coolsten Pferde unter der Sonne. Die gehen nicht so leicht durch. Vor denen brauchst du echt überhaupt keine Angst zu haben.«

Sie gab keine Antwort, ihr Gesicht war noch immer kreidebleich. In dem Moment tat sie mir aufrichtig leid. Es war echt dumm für sie gelaufen.

»Du bist ganz schmutzig«, sagte ich, um sie von ihrem Schock abzulenken.

Sie sah an sich hinunter. »Mist.«

»Hast du sonst was abgekriegt?«

Kopfschüttelnd klopfte sie sich den Straßendreck von den Klamotten und sah mich zum ersten Mal bewusst an.

»Du schon wieder.«

»Ja. Ich. Wieso schon wieder?«

Sie könnte auch einfach Danke sagen. Aber das kam ihr natürlich nicht in den Sinn.

»Du hast vorhin Nick blöd angemacht.«

»Er ist ein Idiot und ein Tierquäler«, sagte ich. »Du hast die falschen Freunde.«

Sara atmete durch. »Glaubt wer?«

»Ich.«

»Und wer ist ich?«

Ich schnaubte. »Du weißt wirklich nicht, wie ich heiße, oder? Traurig.«

»Muss mir wohl entfallen sein, ja. Also wie heißt du, Namenloser? Ich glaube, ich muss mich bei dir bedanken.«

»Nicht nötig, Sara«, hörte ich mich erwidern. »Du lernst mich noch kennen.«

Sverre hatte sich zu uns gesellt. Er bekam immer größere Augen.

Ich lief los, um ihr Rad aufzuheben, und übergab es ihr gerade in dem Moment, als endlich auch unsere erwachsenen Aufsichtspersonen aufkreuzten und begannen, Interesse zu heucheln. Dann entschuldigten sie sich bei Widukind und seinem Kutscherkollegen, was ich auch wieder übertrieben fand, immerhin hatten sie uns rücksichtslos im Weg gestanden.

»Zugegeben, Madame hatte wirklich die Hosen voll«, sagte Sverre später.

»Sag ich doch.« Meine Stimme war fester als sonst, ich konnte fast fühlen, wie ich etliche Zentimeter größer wurde, während Sara, die jetzt mit Volldampf vorausradelte, Stück für Stück schrumpfte. Jeder ihrer vergangenen Triumphe wurde lächerlich, sobald ich mir ihren Sturz neben der Kutsche ins Gedächtnis rief.

»Ich sterbe«, äffte ich sie nach.

Sverre und ein paar andere lachten.

»Ich glaub das alles nicht. Kim, der Retter in der Not«, witzelte Sverre. Ich glaube, er war sogar ein bisschen stolz auf mich.

»Jetzt schuldet Sara mir was«, sagte ich. »Kann nicht schaden, oder?«

Schulterzucken. »Ob sie das auch so sieht?«

»Zur Not erinnere ich sie daran.«

»Machst du eh nicht.«

»Wetten?«

»Wetten nicht?«

Wir mussten ewig strampeln. Ganz im Norden der Insel, wo die Dünen kleiner wurden und das struppige Gras sich in einer sandigen Steppe verlor, hatten wir unser Ziel erreicht: die Domäne Haifisch.

Kälte umfing uns.

Wahrscheinlich hatte Sverre recht.

Geschenke

Sara

Die Domäne Haifisch war nicht einfach nur alt, sie war ein Relikt aus einer Zeit vor der Erfindung des Wohlstands. Ich weiß nicht genau, wann die Wikinger hier in der Gegend das Sagen hatten, aber sie könnten beim Bau dieser Zumutung von einer Unterkunft ihre Hände im Spiel gehabt haben: Strohdach, Lehmwände, Fenster im Schießschartenformat. Auf dem Dachboden lebten Fledermäuse, weshalb wir ihn nicht betreten sollten. Es zog wie Hechtsuppe und stank nach Feuchtigkeit, Schafkötteln und gammeligen Möbeln.

Domäne Haifisch! Zugegeben, der Name war cool. Auf dem Kiez in Hamburg hätte sich hinter einem solchen Namen irgendein Insider-Club verborgen, in dem durchgeknallte Deutschrapper auf der Bühne standen, um der Welt in die Fresse zu rotzen, aber hier, wo niemand hinsah, war es ein runtergekommenes Bauernhaus, das von einer lebendigen Vogelscheuche bewohnt und bewirtschaftet wurde. Ich fand es unmöglich, ihr Alter zu schätzen. Alt. Sehr, sehr alt. Sie sah aus, als sei sie aus denselben Materialien geformt wie ihr Elendsquartier: eine lebendige Lehmfigur. Walking Dead. Zombiegesicht.

»Nicht Ihr Ernst«, sagte ich zur Hoppe.

Ich war nicht die Einzige, die rummeckerte, die meisten von uns waren genauso schockiert wie ich, als sie erkannten, wo wir gelandet waren.

»Ihr gewöhnt euch dran«, lautete die einsilbige Antwort unserer Klassenlehrerin.

»Was euch nicht umbringt, macht euch hart«, ergänzte Magnus. Typischer Sportlehrerspruch, leider wahr, ich habe es selbst erlebt. Anfangs war ich überzeugt, dass Linns Tod mich umbringen würde, mich auf eine ähnlich schauderhafte Weise dahinraffen wie sie – und das war mir nur recht. Ich war bereit, es durchzustehen, damit wir schnellstmöglich in einer besseren Welt wieder vereint wären.

Doch das passierte nicht. Irgendwann entglitt mir ihre Stimme, dann ihr Gesicht, da half es auch nichts, Fotos zu betrachten, sie zeigten eine Fremde. Nur in ihrem Tagebuch, das vor allem aus Zeichnungen und allenfalls aus kurzen Notizen bestand, blieb sie lebendig. Ihr ungeheurer Witz. Ihre Neugier auf die Welt, ihre Tierliebe, ihre Freundlichkeit.

Linn war nie hart.

Sie war eine Feder.

Eines Morgens wachte ich auf, es war Frühling, die Luft voller Gerüche. Ich wollte leben. Dahinraffen sollte es doch lieber andere an meiner Stelle.

So wurde ich die, die ich bin. Knallhart. Was Linn passiert war, würde mir nicht passieren, im Gegenteil. Ich würde sie rächen. Und sogar meinen Spaß daran haben.

≈

Wie sich herausstellte, gab es außer den Einzelzimmern für die Betreuer nur zwei Schlafsäle: einen für Jungen, einen für Mädchen, womit sich die Frage nach der Raumaufteilung erübrigte. Wir schliefen in Etagenbetten wie in einem Notaufnahmelager.

Widerstrebend suchte ich mir meinen Schlafplatz aus – sie waren alle gleich mies, kurze, schmale Holzpritschen für Zwerge –, dann positionierte ich meine Mädels ringsum, bevor ich den Namenlosen die Gelegenheit gab, sich nach Belieben aufzuteilen.

Ich habe mal gelesen, dass in jeder Gruppe in etwa ein Drittel der Leute scharf darauf ist, den Rest zu dominieren. In meiner Klasse war das anders, unterdurchschnittlich, außer mir hatten lediglich noch Lilli und Nick dahingehend Ambitionen. Ich hatte die beiden nicht ohne Grund auf meine Seite gezogen, sie stellten zwar keine wirkliche Konkurrenz für mich dar, aber so behielt ich sie am besten unter Kontrolle.

Eine Weile dachte ich an den Lockenkopf: Menschen konnten sich ändern.

Wenn ich es konnte, warum er nicht auch?

Da sich mein Gepäck außer Reichweite befand, hatte ich kein Bettzeug, also musste ich die Vogelscheuche um Ersatz anbetteln. Mit einem hämischen Gesichtsausdruck händigte sie mir eine zerschlissene Wäschegarnitur aus: Kopfkissen und Deckenbezug in Blau-Weiß kariert, ein graues Handtuch, das bestimmt irgendwann mal weiß gewesen war. Vor dem Dreißigjährigen Krieg oder so. Ich passte auf, dass die Hoppe nicht mitbekam, wie ich anschließend alles mit Lilli tauschte.

»Jemand muss mir mit Klamotten aushelfen«, sagte ich dann.

Sofort boten Lilli und Charlotte sich an.

»Was ist mit dir?«, fragte ich Helena. »Du hast doch bestimmt schicke Unterwäsche dabei.«

»Leck mich«, sagte sie, ohne den Kopfhörer aus dem Ohr zu nehmen.

»Das können andere besser.«

Alle lachten. Ich ließ sie in Ruhe und trat auf ein durchscheinend blasses Mädchen zu, das passend zu seiner Hautfarbe besonders schüchtern war, sich aber meistens erstaunlich stilsicher kleidete, zumindest für eine Landpomeranze. »Wie heißt du?«

»Vivien.« Sie sprach unheimlich leise.

»Okay, Vivien, ich versuche, es mir zu merken.« Ich lächelte zuckersüß. »Ich mag deine Sachen. Du hast irgendwie Geschmack.«

»Danke«, flüsterte sie.

»Kann ich mal?« Ohne eine Antwort abzuwarten, machte ich mich an ihrer Tasche zu schaffen. Ihr Zeug war wirklich mehr als ansehnlich. Sie hatte Markensachen und lauter originelle Einzelstücke dabei, anscheinend waren ihre Eltern nicht die ärmsten Bauern auf der Geest. Ich verliebte mich unsterblich in einen blauen Norwegerpulli, der nicht klassisch sackartig war, sondern schmal geschnitten, sogar mit Kapuze und sehr schicken Knebelknöpfen aus Horn.

Vivien sah meinen Blick. »Ich leihe ihn dir gern aus, wenn du willst.«

»Nett von dir. Aber ich habe eine bessere Idee: Wie wäre es, wenn du ihn mir schenken würdest?«

Sie wurde noch durchscheinender als zuvor, gleich würde sie sich ganz auflösen. Ihre Stimme zitterte, als sie versuchte, Nachdruck in ihre Worte zu legen. »Das geht leider nicht, Sara. Wirklich nicht.«

»Und wieso nicht?«, fragte ich amüsiert.

»Ich habe ihn gerade erst selbst geschenkt bekommen. Extra für die Reise.«

»Na und?«

»Das macht man nicht. Ein Geschenk weiterverschenken. Das bringt Unglück.«

»Glaubst du das auch?«, fragte ich Lilli.

Sie verneinte.

»Und du, Charlotte? Was denkst du?«

»Meine Eltern machen das ständig«, antwortete Charlotte gelangweilt. »Sie bekommen zum Beispiel von ihren

Freunden irgendeinen ekligen Wein mitgebracht, den sie hassen. Also nehmen sie ihn bei nächster Gelegenheit mit zu anderen Freunden. Total normal.«

»Glaubt hier sonst irgendwer, dass es Vivien Unglück bringt, wenn sie mir den Pullover schenkt?«

Ich schaute herausfordernd in die Runde. Natürlich besaß keines der Mädchen den Mumm, Vivien zu Hilfe zu kommen.

»Und jetzt?«, fragte ich sie.

Sie zuckte mit den Schultern. »Aber ich hasse den Pulli doch nicht«, gab sie zu bedenken. »Der Vergleich hinkt total.«

»Na und? Es geht ums Prinzip. Weißt du, was ich vermute? Ich glaube, du willst mir überhaupt kein Geschenk machen. Du sagst, es geht leider nicht, aber das ist bloß eine Ausrede.«

Schweigen.

»Stimmt's?«

Ringsum wurde gekichert, Vivien schwieg weiter. Sie steckte ganz schön in der Klemme. Ich hätte die kleine Theatervorführung zu dem Zeitpunkt abbrechen können, dann wäre mir der allgemeine Applaus sicher gewesen. Dummerweise war mir nicht danach. Nach den Strapazen der Reise verspürte ich den dringenden Wunsch, mich abzureagieren.

»Ich hatte einen harten Tag, weißt du?«

»Tut mir leid.« Sie starrte auf die Holzdielen vor ihren Füßen, als wollte sie im Wirrwarr der Kratzer und Dellen versinken. Die anderen taten jetzt so, als seien sie schwer damit beschäftigt, ihre Betten zu beziehen.

»Die Sache vorhin am Anleger hat mich echt mitgenommen. Und dann wollte der blöde Gaul mich auch noch umbringen, das war so was von schrecklich. Ich könnte dringend eine Aufmunterung gebrauchen, ein bisschen Mitgefühl. Außerdem ist es verdammt kalt hier.«

Ich konnte auf Knopfdruck heulen, wenn ich wollte. In diesem Fall reichte es allerdings, so zu tun, als würde ich die Tränen mühsam verbergen.

»Okay«, sagte Vivien schließlich.

»Wie okay?«

»Du kannst den Pulli haben. Und es tut mir wirklich leid, die Sache mit deinem Koffer. So was Blödes. Frau Hoppe war gemein.«

Für einen Moment war ich wieder mal begeistert, wie leicht die meisten Leute zu manipulieren waren. Doch vielleicht hatte ich Vivien unterschätzt.

»Echt jetzt?«

»Echt. Bitte pass gut auf ihn auf.«

Als sie mir das erzwungene Geschenk geradezu formvollendet überreichte, war ihre Unterwürfigkeit wie weggeblasen, stattdessen blitzte in ihren Augen ein Anflug von Eitelkeit auf und ich erkannte, dass sie tatsächlich stolz war, weil der Pulli mir so gut gefiel; die spontane Aufwertung ihrer Person wog schwerer als der materielle Verlust.

Dieses Mädchen gierte nach Anerkennung – und ich hatte sie ihr verschafft. Deshalb war mein Triumph in

Wirklichkeit ihrer, zumal sie jetzt als Mildtäterin dastand, ich dagegen als egoistische Zicke.

So weit, so kompliziert. Menschliche Beziehungen, so viel wusste ich inzwischen, waren ein Netz aus Verhaltensmustern, nur wer sie rechtzeitig durchschaute, behielt die Oberhand. Normalerweise gelang mir das spielend. Plötzlich schien jedoch alles ein großes Rätsel zu sein, mein Timing versagte. Ich merkte, wie verunsichert ich war. Und das verunsicherte mich. Ein blöder Kreislauf.

»Hey, ich hab nur Spaß gemacht«, sagte ich. »Leihen reicht vollkommen.«

»Er gehört dir«, erwiderte Vivien bestimmt.

≈

Von da an hasste ich sie. Gleich morgen würde ich beginnen, sie systematisch zur Außenseiterin zu machen. Ein Gedanke, der mich ein wenig beruhigte. Ich war hart im Nehmen, ich würde mich nicht unterkriegen lassen.

Die anderen bedeuteten mir nichts, außer der Möglichkeit, sie auszunutzen.

Den blöden Pullover schenkte ich noch vor dem Einschlafen Charlotte, die ihn an Lilli weitergab, die ihn anzog und meinte, sie sehe darin aus wie eins dieser fetten Kutscherpferde.

Vivien ließ sich nichts anmerken, aber ich sah ihr an, dass sie verletzt war. Zumindest hoffte ich das.

Später allerdings, als ich in einem geliehenen Snoopy-Nachthemd auf meiner Pritsche lag und mir den Hintern abfror, musste ich mir eingestehen, dass es für mich auf Maroog bisher nicht optimal gelaufen war.

Ich schauderte, die Nacht bäumte sich endlos und schwarz vor mir auf. In der Nähe war ein anhaltendes Bellen zu hören, es musste ein großer Hund sein.

Ich zog mir die dünne Decke über den Kopf und starrte auf mein nutzloses Handy, während der Herbstwind an den Fenstern rüttelte, das Tosen der Nordsee im Gepäck. In dem Moment hätte ich alles gegeben für ein paar Minuten WLAN.

Obwohl ich eigentlich nicht rauchte, weckte ich Lilli und Charlotte und bat um eine Zigarette.

Paradies

Kim

Das Frühstück bestand aus Hafergrütze mit Honig, Weizenkleie und etwas Obst. Dazu konnte man zwischen Früchte- und schwarzem Tee wählen. Ich glaube, ich war der Einzige aus der Klasse, der angesichts der schleimigen grauen Masse nicht völlig entgeistert war.

Ich kannte Hafergrütze, sie machte lange satt und schmeckte passabel, vor allem gesüßt. Es gab definitiv schlimmere Speisen (ich hasste zum Beispiel Rote Bete), aber die allgemeine Laune war auf dem Tiefpunkt.

Vor allem die Mädchen waren mies drauf. Greetje, unsere Wirtin, eine hünenhafte Person mit einem so durchdringenden Blick, dass er bis auf den Grund der Seele ihres Gegenübers zu reichen schien, hatte Sara und Lilli mitten in der Nacht im Mädchenschlafsaal beim Rauchen erwischt und bei der Gelegenheit gleich die Zigaretten von allen einkassiert.

Begründung: Brandgefahr wegen des Reetdachs. Nachvollziehbar, wie ich fand. Blöd nur, dass manche geradezu süchtig waren. Sie sahen jetzt schon aus wie Junkies auf Entzug. Mit versteinerten Gesichtern rührten sie die Milchklumpen aus der Grütze, starrten auf ihre Teller und fauchten sich Gehässigkeiten zu.

Schließlich sagte die Hoppe ganz nebenbei: »Falls irgendjemand hier es darauf anlegt, nach Hause geschickt zu werden – das wird nicht passieren. Glaubt mir, eure Eltern sind alle heilfroh, euch einen Monat los zu sein.«

Ein paar Leute blickten irritiert auf.

»Woher wollen Sie das wissen?«, fragte Lilli.

»Ganz einfach, sie haben es mir gesagt, jeder einzelne von ihnen. Und es ist ja auch nicht weiter verwunderlich nach dem ganzen Ärger in der letzten Zeit.«

Keine Ahnung, von wem sie sprach, aber meine Eltern hatten sicher nichts Derartiges verlauten lassen. Bei mir zu Hause war alles in Butter.

Verständlicherweise schien Sara sich direkt angesprochen zu fühlen, jedenfalls blickte sie auf, als glaubte sie Frau Hoppe jedes Wort – und ich schwöre, es ließ sie nicht kalt. Genauso wenig wie das höchst aufschlussreiche Spiel, das wir dann auf Frau Hoppes Geheiß über uns ergehen ließen: Es war eine Vorstellrunde, als seien wir einander nicht schon seit Ewigkeiten bekannt. Allerdings musste man mit drei Sätzen nicht sich selbst vorstellen, sondern jemand anderen aus der Klasse. Die Namen wurden verlost.

Ich zog Magnus und konnte mir nicht verkneifen, eine Anspielung darauf vom Stapel zu lassen, dass er und die Hoppe ineinander verliebt waren. Ein Raunen ging durch die Reihen, mit Klatschgeschichten konnte man immer einen Treffer landen, aber die beiden blieben zumindest äußerlich absolut cool.

Sara hatte Glück und durfte ihre Busenfreundin Lilli präsentieren, was vermutlich irgendeiner Schummelei geschuldet war.

Danach kam Vivien an die Reihe. Normalerweise war sie so schüchtern, dass sie sich so kurz wie möglich fasste, doch heute schien sie etwas im Schilde zu führen. Ihre Augen suchten Halt, die Hoppe lächelte ihr aufmunternd zu. Dann legte sie los.

»Ich möchte euch Sara vorstellen, die nicht nur Klassenbeste ist, sondern auch sehr beliebt, obwohl wir alle nicht halb so viel über sie wissen wie sie über uns. Sie hat schreckliche Angst vor Pferden. Und sie kennt sich mit Geschenken aus, die Unglück bringen.«

Viviens Stimme verhallte. Das Schweigen, das folgte, war vielsagend, es wogte auf und ab wie ein herzlicher Applaus.

Es stimmte: Wir wussten alle verflucht wenig über Sara, und trotzdem tanzten wir nach ihrer Pfeife. Wieso eigentlich?

Ich weiß nicht genau, was es war, das Viviens Worte so wirkungsvoll machte, schließlich hatte sie Sara, wenn überhaupt, nur sehr indirekt angegriffen, aber jeder von uns spürte es: Sie hatte einen Nerv getroffen. Die Dramaqueen war angezählt.

Sara schwieg verbissen, ihr Gesicht hatte die Farbe des Breis angenommen, den sie nicht angerührt hatte.

»So, jetzt haben wir also alle die erfreuliche Entdeckung gemacht, dass in dieser Klasse – anders als gemeinhin angenommen – jeder über einen Namen verfügt, der seinen Mitschülern bekannt ist und bereits eine gewisse Bedeutung erlangt hat«, sagte die Hoppe zum Abschluss. »Nach dem Küchendienst werde ich euch mit einigen armen Seelen bekannt machen, die leider weniger Glück hatten. Ihretwegen sind wir übrigens hier.«

Arme Seelen? Wen meinte sie? Unsere Klassenlehrerin hatte wirklich ein Gespür für Cliffhanger, das musste man ihr lassen.

≈

Wenige Stunden und einen anstrengenden Fußmarsch später stand ich unter den Rippenknochen eines Wals. Sie bildeten einen Bogen über mir. Ich konnte kaum glauben, wie riesig sie waren.

Dahinter lag ein Gräberfeld. Es war der unheimlichste Ort, den ich je betreten hatte.

»Das hier«, sagte Frau Hoppe feierlich und breitete die Arme aus wie ein Priester auf der Kanzel, »ist der wahre Friedhof der Namenlosen. Überraschung: Es gibt ihn wirklich.«

Ich weiß nicht, wie es den anderen erging, aber mir

schlug das Herz bis zum Hals, ich fühlte mich ertappt – bloß wusste ich nicht, wobei eigentlich.

Wir brauchten alle eine Weile, um das, was wir sahen, auf uns einwirken zu lassen: die Walknochen, die kümmerlichen Überreste eines Zauns, ebenfalls aus Bestandteilen des Wal-Skeletts zusammengezimmert, dahinter lauter krumme und schiefe Kreuze aus verwaschenem Treibholz, auf denen nichts zu lesen war außer ein paar Zahlen, manche mit flatterndem Plastikmüll behangen.

Die meisten Kreuze waren nicht nur in sich schief, sie standen auch schräg, viele waren ganz umgefallen und mehr oder weniger unter Flugsand begraben, denn wir befanden uns auf dem Gipfel einer lang gezogenen Sanddüne am Rande einer Steilküste bestimmt zwanzig Meter hoch über dem Meer. Überall Hasenköttel. Bunte Reste von Fischernetzen. Rostige Nägel. Hier hatte lange niemand mehr für Ordnung gesorgt, keine Kerzen angezündet, keine Blumen gepflanzt.

Es gab eine krüppelige Kiefer, die mir bis zur Schulter reichte, etwas Gras, Heidekraut, ansonsten bloß Strandhafer – und einen gewaltigen Ausblick über die aufgewühlte Brandung der Nordsee. Obwohl das Panorama atemberaubend war, strahlte der ganze Ort eine Trostlosigkeit aus, die schwer zu erklären war. Vielleicht lag es an den Sturmwolken, die sich über dem Meer zusammenbrauten. Oder an der Verwahrlosung. Oder war tatsächlich die Anonymität der Gräber daran schuld?

Selbst als wir vor ein paar Jahren unsere Katze im Garten

begraben hatten, hatten wir ihren Namen auf einen Stein gepinselt: Minou. Hier gab es nur ein paar Jahreszahlen, sonst nichts.

Ich fühlte, wie eine große Traurigkeit Besitz von mir ergriff. Sverre neben mir sah ebenfalls reichlich niedergeschlagen aus und Helena hatte sogar Tränen in den Augen (was angesichts ihrer düsteren Grundstimmung allerdings nicht viel zu sagen hatte).

»Warum sind die Toten, die hier liegen, namenlos?«, fragte sie.

»Weil niemand wusste, wie sie hießen. Hier hat man bis ins letzte Jahrhundert hinein die Leichen begraben, die regelmäßig am Strand angespült wurden.«

»Ach du Scheiße. Auch Kinder?«, fragte Julian.

»Kinder manchmal auch. Aber selten. Dafür viele, die in etwa in eurem Alter waren: ertrunkene Seeleute. Unerfahrene Matrosen gingen früher oft über Bord und die meisten konnten nicht schwimmen. Damals hatte man keine Papiere bei sich, also konnte niemand ihre Identität ermitteln, kein Facebook, keine Suchmeldungen im Radio, diese Menschen gingen der Welt und ihren Familien einfach so verloren.«

»Krass«, sagte Nick.

»Es geht noch krasser: Bevor es den Friedhof gab, wurden die Strandleichen einfach nur in den Dünen verscharrt. Dann bekamen die Leute von Maroog Mitleid oder ein schlechtes Gewissen oder beides und errichteten hier, ganz in der Nähe der alten Kirche, eine zentrale Begräbnisstätte. So gönnte man ihnen aus Respekt vor ihrem Leiden wenigstens ein Kreuz und ein Gebet. Das geht bis heute nicht jedem so, wie ihr wisst. Meere waren schon immer ein Ort des Todes. Im Gegensatz zu Schulen übrigens.«

»Und was sollen wir hier?«, fragte Sara genervt. Ihr Widerwille gegen alles, was vor sich ging, war fast greifbar.

»Aufräumen.«

»Wie aufräumen?«

»Aufräumen eben! Ihr seht ja, wie es hier aussieht. Den Zaun erneuern, vielleicht einen Gedenkstein errichten. Es gab mal einen, da hinten, aber der ist leider ins Meer gestürzt. Zusammen mit der alten Kirche übrigens. Die Steilküste frisst sich immer weiter ins Land, spätestens in zwanzig Jahren wird der ganze Friedhof nicht mehr existieren und irgendwann wird Maroog komplett von der Landkarte verschwunden sein.«

»Und wozu dann die ganze Mühe?«, fragte ich.

»Findet es heraus, es ist ein Projekt. Der Weg ist das Ziel.«

»Wegen der dämlichen Schule«, bemerkte Nick in einem Anflug von Scharfsinn. »Weil wir sie so nennen. Das ist Ihnen die ganze Zeit mächtig auf die Nerven gegangen, stimmt's, Frau Hoppe?«

»Kann man so sagen. Was nicht heißen soll, dass ich die Metapher nicht verstanden habe, aber ich halte sie für Quatsch. Die Welt schuldet euch ein Leben, also schnappt es euch. Die Zeit ist immer begrenzt, für alles und jeden. Macht euch einen Namen, wenn ihr nicht wirklich so enden wollt wie diese Pechvögel hier. Ihr habt weiß Gott die besseren Chancen. Fangt am besten direkt damit an.«

Frau Hoppe wirkte ein bisschen aufgeregt, große Reden zu schwingen war eigentlich nicht ihre Art. Aber vor dieser eindrucksvollen Kulisse zeigten ihre Worte mächtig Wirkung. Jedenfalls war es bis auf das Rauschen der Brandung, dem Heulen des Windes und dem Vogelgeschrei über unseren Köpfen mucksmäuschenstill.

Ich dachte an das Schicksal der Ertrunkenen, daran, wie einsam ihr Tod gewesen war, ein hoffnungsloses Sterben im kalten Meer. Ein schmuckloses Grab im Wind. Dagegen waren die Zumutungen, mit denen wir uns daheim für gewöhnlich herumschlugen, tatsächlich geradezu gemütlich.

»Da lobe ich mir unseren eigenen kleinen Friedhof daheim«, sagte Vivien, als hätte sie meine Gedanken gelesen. »Also die Schule, meine ich. Hier weiß man ja gar nicht, wo man anfangen soll.«

»Das Paradies pflegt sich erst dann als Paradies zu erkennen zu geben, wenn wir daraus vertrieben wurden«, sagte die Hoppe.

Kim und das Biest

Sara

Ich konzentrierte mich auf Vivien, was rückwirkend betrachtet idiotisch war, aber ich verspürte nun mal diesen Groll auf sie und der musste raus. Es hatte keinen Sinn, so was runterzuschlucken, das machte bloß krank.

Ob sie (wie ich) beim Auslosen der Namen für die dämliche Vorstellungsrunde den Zettel ihrer Wahl im Vorfeld markiert hatte? Falls ja, warum? Was hatte sie davon, mich vor den anderen bloßzustellen, indem sie mich lächerlich machte? Okay, ich hatte Angst vor Pferden, na und? Ängste gehören zum Leben, oder? Die anderen hatten auch die Hosen voll –, und zwar meinetwegen.

Vivien war ein Niemand, warum also wollte sie sich ausgerechnet mit mir anlegen? Nur wegen eines Strickpullis? Egal warum, ich würde dafür sorgen, dass sie es bereute. Das war jetzt meine Mission.

Kleine Mobbingkunde für Anfänger: Wenn die Holzhammermethode nicht angebracht ist, zum Beispiel, weil körperliche Gewalt und Beleidigungen auf einer Klassenfahrt ein unkalkulierbares Risiko darstellen, musst du subtiler vorgehen.

Du ziehst alles, was jemand sagt, ins Lächerliche –, und zwar so, dass sich möglichst viele Leute darüber amüsieren.

Du verbreitest Lügen, keine großen Gemeinheiten, sondern lauter uncoolen Kleinkram, der dein Opfer als Loser dastehen lässt. Ich äffte zum Beispiel nach, wie Vivien im Schlaf nach ihrer Mutter geweint hatte. Natürlich war das frei erfunden, aber es sorgte für einige willkommene Lacher. Und nicht mal sie selbst konnte das Ganze widerlegen.

Was auch zuverlässig funktioniert, ist folgender Trick: Du deutest an, dass derjenige, den du fertigmachen willst, schlecht riecht. Irgendjemand wird daraufhin immer die Nase rümpfen und einen üblen Gestank wahrnehmen, Einbildung ist auch eine Bildung.

System gecheckt? Prima, ist ja auch keine Raketenwissenschaft. Variationen sind natürlich erwünscht, lass deine Fantasie spielen, es gibt Möglichkeiten wie Sand am Meer: Jemand schwitzt stark, hat eine alberne Stimme, einen Sprachfehler, schiefe Zähne oder die falschen Klamotten. Und, und, und.

Schlussendlich ist es leichter, böse zu sein als gut, wenn man sich erst mal daran gewöhnt hat. Es gilt, den inneren Widerstand zu überwinden, der vor allem Mädchen von klein auf antrainiert wird.

Ich muss es wissen.

Ich habe beides probiert.

Am Ende muss jeder selbst entscheiden, auf welcher Seite der Macht er zu Hause ist. Manchmal sind die Übergänge allerdings fließend, wie ich heute weiß.

≈

Ich machte mich also ans Werk, aber es lief schleppend, weil alle plötzlich ganz besessen von der Idee waren, einen Friedhof instand zu setzen, der sowieso dem Untergang geweiht war, als hätten sie seit Ewigkeiten von nichts anderem geträumt. Die Namenlosen entwickelten einen seltsamen Ehrgeiz, anscheinend hatte Frau Hoppe mit ihrer Idee tatsächlich einen Nerv getroffen.

Ich für meinen Teil hasste Friedhöfe, egal in welchem Zustand sie waren. Da wo Linn begraben lag, war natürlich alles tipptopp. Unsere Eltern kümmerten sich nicht selbst darum, sie hatten eine Firma engagiert, aber sie besuchten ihr Grab regelmäßig, meine Mutter häufiger als mein Vater.

Ich ging nie mit. Manchmal musste ich an die Beerdigung denken. Daran, wie die Sonne sich auf dem glatt polierten Sarg meiner Schwester gespiegelt hat. Er war weiß.

Stundenlang sammelten wir Müll ein. Ich tat nur das Nötigste. Als ich eine tote Möwe fand, erschrak ich furchtbar und musste mich setzen. Überall war Sand. Der Wind brannte in meinen Augen und auf der Haut.

≈

Spätnachmittags zeigte die Hoppe Erbarmen und erlaubte mir, mich mit dem Rad auf den Weg nach Nynordhavn zu machen, um endlich meinen Koffer zu holen, wenn auch nicht allein. Sie bestand darauf, dass wir immer mindestens zu dritt unterwegs waren, falls jemandem etwas passierte: eine Person zum Hilfeholen und eine zum Händchenhalten.

Man hätte ihr stecken sollen, dass die Rechnung nicht mehr aufging, sobald zwei Leute verunglückten. Oder alle drei.

Aber so lautete eben ihre Regel und die Hoppe hatte das Kommando, was leider auch hieß, dass sie mein Survival-Team eigenmächtig zusammenstellte. Es bestand aus dem Wuschelkopf und einem Mädchen, das mir vorher noch nie aufgefallen war, ein pummliges kleines Ding mit Sommersprossen.

Einen Moment fragte ich mich, ob sie wirklich zu unserer Klasse gehörte. Anderseits: Wäre sie sonst hier?

»Und hast du Schiss?«, fragte ich sie.

»Wieso?« Sie wirkte maximal verunsichert.

»Vor den Toten. Der Friedhof der Namenlosen ist doch ziemlich spooky.«

»Ja. Stimmt.«

»Evas Onkel ist Bestatter«, informierte mich der Wuschelkopf. »Ich glaube, sie kennt sich mit Friedhöfen aus.«

Okay, das war also Eva. Die Dicke, die sich anmaßte, Gerüchte über mich zu verbreiten. Die Liste meiner Feinde wurde lang und länger.

»Und wieso guckt sie dann so panisch aus der Wäsche?«

»Muss an dir liegen.«

»Liegt es an mir, Eva?«

»Überhaupt nicht«, beeilte sie sich zu versichern. »Ich fand den Friedhof schon echt gruselig.«

»Siehste«, sagte ich zum Wuschelkopf.

Sichtlich genervt wandte er sich ab und strampelte voraus. Beim Blick auf seine drahtige Gestalt und die hüpfenden dunkelblonden Locken fiel mir plötzlich sein Name ein: Kim. Manchmal hatte ich das Gefühl, dass er im Unterricht stundenlang auf meine Haare starrte statt an die Tafel. Kim, ganz sicher! Wahrscheinlich war er ein heimlicher Bewunderer. Also harmlos. Ich hatte mir umsonst Sorgen seinetwegen gemacht.

Der Gedanke an die Schule, wo ich die Dinge so wunderbar unter Kontrolle hatte, gab mir das Gefühl von Sicherheit zurück, das mir in den letzten Tagen auf mysteriöse Weise abhandengekommen war, und ich begann, mit Eva über die Mädchen aus unserer Klasse zu lästern, wobei ich den Schwerpunkt auf Vivien legte.

Anfangs schien ihr die Unterhaltung unangenehm, sie gab nur einsilbige Antworten und mied jeden Blickkontakt mit mir, doch schon nach kurzer Zeit stieg sie voll ein. Ihre Wangen glühten, während sie einen gemeinen Kommentar nach dem anderen losließ.

So eine Reaktion kannte ich schon, in jedem von uns versteckt sich ein kleines Biest vor dem Licht der Welt, die Frage ist bloß, ob und unter welchen Umständen wir es rauslassen. Ich beschloss, ihr und Vivien gleichermaßen eins auszuwischen.

Kim fuhr weiterhin voraus und bekam von all dem nichts mit – oder er tat zumindest so.

Als wir Nynordhavn erreichten, dieses deprimierende Kaff, gab es unglücklicherweise wieder so einen blöden Schreckmoment: Zuerst hörte ich Hufgetrappel, dann erklang ein Schnauben dicht hinter mir und schon wimmelte es von Kutschen. Sie kamen von allen Seiten und hatten anscheinend denselben Weg. Es herrschte Kutschen-Rushhour.

Ohne einen Funken Rücksicht keilten uns die Fuhrmänner zwischen sich ein.

Mein Herz begann zu rasen, meine Kehle war wie zugeschnürt, die Hände waren schweißnass. So war es immer: Die Panik erfasste meinen ganzen Körper.

»Hey, Sara, bleib locker«, sagte Kim, der sofort kapierte, was los war, und sich an meine Seite begab. »Wir nehmen dich in die Mitte. Na los, Eva. Mach.« Sein Kommando hatte Biss. Sie spurte ganz automatisch.

Kim fuhr jetzt rechts von mir, Eva links, was den Abstand zu den Kutschen leider nur unwesentlich vergrößerte. Ich starrte auf die Pferde und fühlte mich ausgeliefert.

»Ich kann nicht«, jammerte ich.

Ich war kurz davor zu hyperventilieren.

»Doch du kannst. Guck auf die Straße«, sagte Kim.

»Ich krieg keine Luft.«

»Dann könntest du nicht reden.«

»Meine Hände kribbeln so komisch.«

Kim behielt die Nerven. »Alles wird gut. Gleich haben wir es geschafft. Guck auf die Straße.«

Ein Pferd wieherte, ein zweites schien zu antworten. Sie wechselten sich ab. Die Luft war erfüllt von ihren seltsamen Lauten und ihrem strengen Geruch.

Ich weiß, dass Pferde viele Fans haben. Viele hätten die ganze Szenerie wahrscheinlich total idyllisch gefunden, für mich war alles ein wahr gewordener Albtraum, der Erinnerungen an andere noch schlimmere Albträume weckte. Ich wurde in die Vergangenheit katapultiert –, als wäre die Gegenwart nicht schon schlimm genug. Wie lange musste ich diesen Horror noch aushalten?

Mein Rad schlingerte, fast wäre ich mit Eva kollidiert. Verbissen lenkte ich gegen.

»Jetzt guck auf die Straße«, sagte Kim zum dritten Mal. »Nicht immer auf die Pferde.«

Es kostete mich sehr viel Kraft, seinen Rat zu befolgen, aber dann, als es mir endlich gelang, erwies er sich als überaus hilfreich.

Ich sah rotes Pflaster und Pferdeäpfel.

Ich sah Unkraut in den Ritzen.

Ein ausgespucktes Kaugummi.

Die Pferde wieherten noch immer.

Eine Ewigkeit später war der Spuk endlich vorbei. Wir hatten den Hafen erreicht, wo gerade die Fähre einlief.

»Da vorn muss der Gepäckschalter sein!«, rief Kim. »Gut gemacht, Sara. Das war echt hart.«

Wie recht er damit hatte. Spontan freute ich mich über das Lob, denn ich hatte mich ja wirklich am Riemen gerissen.

Bis ich Kim in die Augen sah und in ihnen nicht nur Mitgefühl entdeckte. Da war auch ein Anflug von Spott, der mich kalt und unerwartet traf.

»Danke, Kim«, erwiderte ich reserviert. »Du hast was gut bei mir.«

»Sag nicht, du weißt plötzlich, wie ich heiße.«

»Ich weiß alles, wenn ich will.«

≈

Bald darauf hatte ich endlich meine Klamotten wieder, nachdem die Tussi am Gepäckschalter mir mit störrischer Miene noch einen ordentlichen Obolus für die Aufbewahrung meines Koffers abgeknöpft hatte. Die reinste Strandpiraterie. Die Abzocke ging beim Fahrradverleih weiter, wo diesmal nicht der Mann mit den blauen Augen bediente, sondern eine Frau mit ebenso verkniffenem Gesichtsausdruck.

Wir brauchten einen Anhänger, um den Koffer zu transportieren, was laut Frau Hoppe eigentlich abgesprochen war und nichts extra kosten sollte. Trotzdem verlangten sie eine horrende Kaution.

»Wetten, das Geld sehe ich nie wieder?«, murmelte ich.

Kim grinste der Frau entschuldigend zu. »Großstädter. Immer misstrauisch.«

Sie lächelte nicht zurück.

Blöder Angeber. Tat alles, um zu beweisen, dass er hier mit jedem konnte, egal ob Gaul oder Eingeborene.

≈

Kim hatte keine Lust, direkt zurückzufahren, und ich war auch nicht besonders scharf darauf, in der Domäne Haifisch abzuhängen. Eva hatte zwar Bedenken, weil wir das Abendessen verpassen würden, aber ihre Meinung interessierte weder ihn noch mich.

Ziellos streiften wir durch Nynordhavn. Es gab nicht viel zu sehen. Alle Läden waren schon geschlossen. Ein Kaugummiautomat schluckte unsere Münzen und spuckte nichts dafür aus.

Schließlich drängte Kim uns, an den Strand zu gehen, und zwar zum großen Strand auf der Brandungsseite, wo niemals Ebbe herrschte und man die Macht der Naturgewalten mit voller Wucht zu spüren bekam.

Auf dem Weg dorthin machten wir eine skurrile Entdeckung: Mitten in den Dünen gab es einen gläsernen Pavillon, in dem sich ein Restaurant befand, ein richtig schicker Angeberschuppen mit weißen Tischdecken und hölzernen Pfeffermühlen im Totschlägerformat. Hätte auch in Hamburg-Pöseldorf stehen können oder in der Hafencity. Luxus pur. Es war rappelvoll. Inmitten der Gäste ein bekanntes Gesicht: Frau Hoppe.

Ich hätte ja vieles erwartet, aber das nicht. Unsere ach so idealistisch veranlagte Lehrerin ließ es sich gut gehen, während wir in der Domäne Haifisch darben mussten.

Und sie war nicht allein. An einem langen Tisch gluckte sie mit einer Gruppe von Leuten zusammen, mit denen sie offensichtlich jede Menge Spaß hatte. Ich konnte nicht erkennen, was sie aßen, aber ich wette, Haferschleim stand nicht auf der Karte. Hummer schon eher. Die Weingläser waren gut gefüllt.

Neben Frau Hoppe erkannte ich den blauäugigen Schönling aus dem Fahrradverleih wieder. Er rückte ihr ziemlich auf die Pelle, was ihr zu gefallen schien. Ich war mir ziemlich sicher, dass unter dem Tisch ihre Hand gerade auf seinem Bein ruhte. Oder noch weiter oben. Für diese Dinge habe ich Antennen.

»Schaut euch die an«, sagte ich.

Eva und Kim starrten ohnehin schon in dieselbe Richtung.

»Gibt es ja nicht«, flüsterte Eva.

»Ich glaube, die Hoppe hat einen Freund«, sagte ich spöttisch.

»Oder zwei«, sagte Kim.

Plötzlich blickte sie aus dem Fenster und entdeckte uns sofort, was keine Kunst war, denn wir standen ohne Deckung da wie die Ölgötzen. Sie wirkte gelinde gesagt nicht begeistert.

Ich winkte ihr zu.

Sie winkte zurück.

Es war das feindseligste Winken, das ich je mit jemandem ausgetauscht hatte.

»Mist, sie hat uns gesehen«, sagte Eva.

»Soll sie doch.«

Ich machte auf cool. Aber etwas an der Art, wie Frau Hoppe mich ansah – ganz sicher nur mich, nicht Eva, nicht Kim, sondern mich allein – und wie sie ihre Begleiter dazu brachte, dasselbe zu tun, war gefährlich. Es kam mir vor, als ginge ihr Blick direkt in meinen Kopf hinein, um mir etwas mitzuteilen, eine unausgesprochene Drohung.

Es konnte kein Zufall sein, dass die Leute am Tisch genau jetzt die Köpfe zusammensteckten und dann in kollektives Gelächter ausbrachen, auf eine gehässige Art, die Mienen voller Geringschätzung. Die Botschaft war klar: Seht her, das ist das schlimme Mädchen, ihretwegen sind wir alle hier. Die krieg ich schon klein.

»Kriegst du nicht, Hoppe«, flüsterte ich.

»Was hast du gesagt?«, fragte Eva.

»Nichts, gar nichts. Lass uns endlich zurückfahren. Mir ist arschkalt und ich habe ebenfalls Hunger.«

»Erst der Strand«, sagte Kim. Er sah ein bisschen aus wie ein kleiner Junge, dem man keinen Wunsch abschlagen kann. Seine Augen strahlten vor Erwartung und Lebensfreude.

»Können wir? Ich bin so gern am Meer. Vielleicht können wir noch mit den Füßen rein. Los, kommt mit, es wird bestimmt lustig.«

≈

Und das wurde es wirklich. An der Wasserkante tobten die Wellen, die Brandung krachte und rauschte, dass einem der Schädel dröhnte. Die Luft war von salziger Gischt erfüllt.

Erstaunlicherweise fand ich es nicht so unheimlich wie befürchtet, es war eigentlich ganz schön. Vielleicht hatte ich einfach meinen Vorrat an Angst und Beklemmung für diesen Tag aufgebraucht.

Wir zogen tatsächlich Schuhe und Strümpfe aus und stapften ein paar Schritte durch die eisigen Fluten.

Hinterher warfen wir Steine ins Wasser, bis eine Gruppe Reiter vorbeipreschte. Eine von ihnen war Frau Hoppe. Ihr roter Pferdeschwanz flatterte im Wind. Wild und frei sah sie aus, ich beneidete sie darum. Sie hatte einfach bloß das Glück, alt genug zu sein. Sie konnte gehen, wohin sie wollte.

»Wisst ihr was, ich glaube, die stammt von hier, das Ganze ist für sie eine Art Heimaturlaub«, sagte Kim. »Die Leute, mit denen sie vorhin zusammensaß, sahen auch so insulanermäßig braun gebrannt und wettergegerbt aus. Mit Auskennerblick. Wahrscheinlich alles ihre Sandkastenfreunde.«

Ich grinste. »Ja, Sandkästen braucht man hier für Kinder wirklich dringend.«

»Na gut, Dünenfreunde. Sandgestrahlte Strandpiraten«, witzelte Kim.

»Verstrahlt meinst du wohl.«

»So wie du?«

»Ich bin einfach nur strahlend schön.«

»Das stimmt leider.«

Unvermittelt sah er mir in die Augen und ich erwiderte

den Blick. Kims Lächeln war offen und herzlich. Ich spürte, wie es von mir Besitz ergriff, und konnte nichts dagegen tun. Es fasste mich an – und ich stand still.

Dann, nach einer Weile, hielten wir es nicht mehr aus und lachten einfach los, obwohl das, was wir gesagt hatten, eigentlich nicht so komisch war.

Es war ein magischer Moment. So frei und zugleich geborgen hatte ich mich lange nicht gefühlt.

Auch später war ich noch albern und zum Scherzen aufgelegt, und das nahezu ohne Hintergedanken, das Biest in mir machte ein Nickerchen. Ich scherzte mit Kim. Eva machte sich locker und gab ihren halbwegs lustigen Senf dazu.

Vielleicht war Maroog ja doch keine so schlechte Idee von der Hoppe, dachte ich. Okay, die Kutschen waren ein Problem, aber wenigstens hatte das Meer für mich an diesem Abend viel von seinem Schrecken verloren. Wenn meine Eltern mich jetzt sehen könnten. Hätte mein Handy funktioniert, hätte ich ihnen noch vom Strand ein Selfie geschickt, einfach so.

≈

Schade nur, dass Eva auf dem Heimweg sofort versuchte, aus der guten Stimmung Profit zu schlagen. Erst kaute sie mir mit langweiligen Geschichten aus ihrem ereignislosen Alltag ein Ohr ab, dann, als sie bemerkte, wie still ich geworden war, versuchte sie, sich mein Vertrauen zu erschleichen, um an Informationen zu kommen.

»Pferde sind echt nicht so dein Ding, stimmt's?«

»Wie kommst du denn darauf? Ich liebe sie.«

»Ja, ist klar. Hat man gemerkt.« Sie kicherte unsicher. »Ist dir mal was Schlimmes passiert oder so?«

Ich schwieg.

»Du kannst es mir ruhig erzählen.«

»Ist klar. Nachdem ich vorhin gehört habe, wie du über Leute herziehst, habe ich unheimlich Lust, dir mein Herz auszuschütten.«

Eva wurde knallrot. »Aber du hast doch auch –«

Ich schnitt ihr das Wort ab. »Soll ich dir einen Rat geben?«

»Ja«, sagte sie zögerlich.

»Einfach mal die Klappe halten.«

Das tat sie dann auch. Kim radelte voraus und zog den Anhänger mit meinem Koffer, dahinter kam ich und weit abgeschlagen das blöde Pummelchen. Schon wieder Schluss mit lustig. Wahrscheinlich war es besser so.

Hoch über uns zog eine Formation Wildgänse vorbei. Ich blickte ihnen nach.

≈

Den ganzen Abend über war ich nachdenklich. Mir wurde bewusst, wie sehr alles, was ich tat, im Zeichen von Abwehr stand, und wie wichtig es war, dass niemand aus der Klasse erfuhr, was wirklich mit mir los war.

Ausgerechnet jetzt fing ich wieder zu grübeln an, das vertraute Gedankenkarussell drehte sich und ich sprang auf, obwohl ich längst begriffen hatte, dass es mir schadete. Ich dachte, ich wäre drüber weg.

Während ich vor dem Schlafengehen meine Sachen zusammenlegte, musste ich an Linns Hände denken, die zart gewesen waren, aber auch flink. Ich hasste meine Tränen ihretwegen, sie kamen immer ungelegen. Ich atmete sie einfach weg.

Die Gedanken an Linn waren die einzigen, die Schuldgefühle bei mir auslösten.

Dabei hatte ich ihr anders als den meisten anderen Menschen, die ich kannte, nie etwas getan.

Nichts.

Vielleicht war das zu wenig.

Verwandlung

Kim

Das Abendessen hatten wir versäumt, aber der Abwasch der gesamten Klasse wartete auf uns, eine kleinliche Bestrafungsaktion dafür, dass wir unseren Ausflug nach Nynordhavn erheblich ausgedehnt hatten, ohne Bescheid zu sagen. Die Begründung nervte mich mehr als die Sache an sich: Wie hätten wir auf einer Insel ohne Handyempfang denn bitte schön Bescheid sagen sollen? Per Brieftaube?

Ich wies Magnus darauf hin, doch er ließ keine Diskussion aufkommen, er war viel zu schlecht gelaunt. Warum, konnte ich mir denken. Von Frau Hoppe keine Spur, anscheinend war sie noch immer unterwegs. Kurz dachte ich darüber nach, ihm zu erzählen, wo wir seine Angebetete gesehen hatten, um ihm vollends den Abend zu verderben.

Am Ende hielt ich lieber die Klappe und trug zusammen mit Eva stapelweise dreckige Teller in die Küche, während Sara maximal ein Wasserglas auf einmal in die Hand nahm. Es hatte Ravioli gegeben, oberlecker, laut Sverre. Gut, er war kein Gourmet, ich dafür ziemlich hungrig. Mir lief das Wasser im Mund zusammen.

Greetje, die einen Narren an mir gefressen hatte, stellte selbst gebackene Kekse in Aussicht, allerdings erst nach getaner Arbeit, also hielten wir uns ran.

Eva und ich zumindest. Sara erbarmte sich immerhin, den Tisch abzuwischen, bevor sie sich mit dem Hinweis auf quälende Kopfschmerzen in den Mädchenschlafsaal zurückzog.

»Jetzt denkst du bestimmt, ich bin eine richtig fiese Lästerziege«, flüsterte Eva mir später zu, als wir Seite an Seite abtrockneten.

»Nö«, sagte ich, denn obwohl Eva vorhin ordentlich vom Leder gezogen hatte, hielt ich sie grundsätzlich für einen netten Menschen. Genau wie mich.

»Wirklich nicht?«

»Ich denke, du hast dich von Sara manipulieren lassen. Sie hat dich um den Finger gewickelt und du hast es nicht mal gemerkt.«

Widerstrebend gab sie es zu. »Es fühlt sich halt gut an, von ihr gemocht zu werden.«

Ich wusste genau, was Eva meinte. Saras Lachen am Strand, die Art, wie sie mich angesehen hatte: Sie konnte sehr gewinnend sein, Wärme vorgaukeln, wo in Wirklichkeit nur kaltes Feuer brannte.

»Auch, wenn man dafür selber ätzend werden muss?«, fragte ich Eva.

Sie wurde bis über beide Ohren rot. »Na ja. Irgendwie schon. Obwohl ich kein Talent dazu habe.«

»Kann man alles lernen, schätze ich. Hat es dir denn gefallen?«

Sie zuckte mit den Schultern.

»Sag doch mal.«

Ich sah, wie die Frage in Eva arbeitete, bis sie sich schließlich zu einer Antwort durchrang: »Vielleicht ein bisschen. Als ob ich plötzlich mächtiger wäre als sonst. Als könnte mir keiner mehr was.«

»Das ist wahrscheinlich genau der Trick. Du fühlst dich aufgewertet – und in Wirklichkeit bist du total angreifbar.«

»Hm, kann sein.« Eva wandte sich ab, um das Geschirr im Schrank zu verstauen.

»Weißt du, ich glaube nicht, dass es irgendjemanden in der Klasse gibt, den Sara wirklich mag. Sie tut nur manchmal so, wenn es ihr in den Kram passt. Wenn sie Verbündete braucht. Aber in Wirklichkeit kann sie uns alle nicht leiden. Bestenfalls sind wir ihr scheißegal. Deswegen sollten wir uns vielleicht auch etwas weniger den Kopf über Sara zerbrechen und einfach unser eigenes Ding machen.«

Eva atmete tief durch. »Ich bin dabei. Falls die Königin uns lässt.«

≈

Natürlich ließ sie uns nicht. Mich nicht und die anderen noch weniger. Queen Sara war einfach dazu geboren, im Mittelpunkt zu stehen. So standen die Dinge nun mal.

Es fing damit an, dass sie mich im Schlaf verfolgte. Ich träumte von dem Tag nach den vorletzten Sommerferien, als sie zum ersten Mal den Klassenraum betreten hatte.

Unser damaliger Klassenlehrer stellte sie uns vor. Als er sie bat, selbst etwas von sich zu erzählen, zuckte sie mit den schmalen Schultern und schwieg und wir sahen in ihr, was wir sehen sollten: ein sehr hübsches, aber scheues Schulmädchen in einem geblümten Sommerkleid. Eine gute Masche, um sich erst mal einen Überblick zu verschaffen –, Sverre und ich, beide verzweifelt auf der Suche nach einer Freundin, die unsere eigene Schüchternheit nicht als Makel begreifen würde, fielen voll drauf rein.

»Ich bin schockverliebt«, flüsterte er mir zu.

»Ich glaube, ich auch.«

In der großen Pause sprachen wir sie an. Sie musterte uns kurz und konzentrierte sich dann auf Sverre. Anfangs schien es, als könne er tatsächlich bei ihr landen. Sara war aufgeschlossen und freundlich und ließ sich bereitwillig von ihm die ganze Schule zeigen. Anschließend folgte sie ihm in die Cafeteria, wo er ihr etwas ausgeben wollte. Dort trafen wir wieder zusammen.

Ich gebe zu, ich war etwas neidisch, aber gleichzeitig freute ich mich auch für Sverre, schließlich waren wir seit der Grundschule Freunde. Sollte er mit der Neuen wirklich das große Los gezogen haben? Einfach so, ohne Komplikationen? Es wäre zu schön, um wahr zu sein.

Die Illusion zerplatzte in dem Moment, als er sie fragte, ob sie auch einen Kakao wolle.

Saras Antwort lautete: »Kakao? Bist du schwul oder was?«

Die Cafeteria war knallvoll, alle ringsum bekamen es mit. Ich hatte keine Ahnung, was am Kakaotrinken schwul sein sollte, ich empfand es auch nicht als Beleidigung, aber ich sah sofort, wie tief getroffen Sverre war.

Es kam, wie es kommen musste, von da an hatte er sein Etikett weg, was seine Chancen bei Mädchen nicht gerade steigerte. Und falls er sich irgendwann wirklich mal für einen Jungen interessieren sollte, was ich bei Sverre durchaus für möglich hielt, würde er vermutlich sehr lange brauchen, sich das einzugestehen.

Wir sprachen nie über diesen Tag, trotzdem war er in meinem Kopf noch sehr präsent.

Und so hielt sich mein Traum zuerst ziemlich exakt an die Realität, aber dann kamen plötzlich Pferde und das Meer darin vor und am Ende lachten die Leute in der Cafeteria nicht mehr nur über Sverre, sondern auch über mich. Sie zeigten mit den Fingern auf uns, als wären wir der letzte Abschaum. Es war schrecklich.

≈

Verschwitzt wachte ich auf. Stockfinstere Nacht, Regen rauschte. Ich fror und schlich barfuß zu meinem Spind, um mir etwas Warmes zum Anziehen zu holen. Der Fußboden war eiskalt, an den löchrigen Dielen riss man sich leicht Splitter in die Haut.

Plötzlich hörte ich Stimmen im Flur, wütende Stimmen. Magnus und Frau Hoppe hatten sich in der Wolle.

Ich ging zur Tür, öffnete sie einen Spalt, um besser lauschen zu können.

»Du denkst, du kannst dir alles erlauben.«

»Definiere alles, Magnus!«

»Du weißt genau, was ich meine. Wir können den Schülern nicht Wasser predigen und Wein trinken.«

»Natürlich können wir. Weil sie noch Schüler sind und wir erwachsen.«

»Definiere erwachsen.«

Die Hoppe schwieg.

Punkt für Magnus, würde ich sagen.

»Du bist genau wie sie«, sagte er.

»Vielleicht kann ich sie deswegen so gut verstehen.«

Ich fragte mich, wer sie war: Sara, wir alle – oder doch jemand völlig anderes, eine oder mehrere gemeinsame Bekannte?

Bevor ich mir einen Reim darauf machen konnte, fühlte ich einen schwachen Druck am Hinterkopf, dann krachte es furchtbar, eine Entladung von roher Gewalt, die sich direkt in meinem Schädel abspielte und gleichzeitig als Lärm von außen an mein Ohr drang. Glühender Schmerz raubte mir den Atem, dann wurde mein Gesicht plötzlich taub.

Jemand hat mich erschossen, dachte ich blödsinnigerweise und schloss in vorauseilendem Gehorsam die Augen. Ich rechnete damit, für immer das Bewusstsein zu verlieren, aber ich blieb wach und war der Raserei in meinem Kopf hilflos ausgeliefert. Ich schwankte, ohne zu fallen.

Auf einmal ging das Licht an. Die überraschende Helligkeit blendete mich.

»Was ist hier los?«, fragte Magnus. Er klang eher verärgert als besorgt.

Blinzelnd blickte ich in die weit aufgerissenen Augen meiner Klassenlehrerin. »Himmel, Kim, du blutest ja. Was ist denn bloß passiert?«

Inzwischen waren alle wach geworden. Sie richten sich alarmiert in ihren Stockbetten auf und glotzten mich an. Sverre stand der Mund offen vor Schreck.

Ich wischte mir mit dem Arm über das Gesicht: Es stimmte, da war Blut. Nicht viel, aber genug, um mir einen Schrecken einzujagen.

»Hilfe«, sagte ich schwach.

»Ganz ruhig bleiben, es sieht schlimmer aus, als es ist«, sagte die Hoppe. »Setz dich erst mal hin. Ist dir schlecht?«

Ich verneinte.

»Vielleicht ist die Nase gebrochen«, sagte irgendjemand.

»Ruhe«, motzte Magnus.

Frau Hoppe legte den Arm um meine Schultern und schob mich zu Sverre auf die Bettkante. Jetzt spürte ich meine eiskalten Füße wieder.

Ungefragt mischte Nick sich ein. Im Gegensatz zu den anderen stand er ganz lässig mitten im Raum und feixte sich einen. »Er muss irgendwo gegengelaufen sein. Ich habe gehört, wie er hier rumgeschlichen ist, und wollte gerade Licht anmachen, da hat es auch schon gerumst.«

»Aha«, sagten die Hoppe und Magnus unisono.

»Stimmt das?«, fragte Frau Hoppe mich.

Meine Antwort kam zögerlich. »Muss wohl. Mir war kalt. Ich wollte mir was zum Anziehen raussuchen.«

»Okay, gut, Kim, zieh dir was an. Dann versorgen wir zuerst deine Nase.«

Wie sich herausstellte, kam das Blut nicht nur aus meiner Nase, ich hatte auch eine aufgeplatzte Lippe zu beklagen. Meine Zähne taten weh. Trotzdem lehnte ich die angebotene Schmerztablette ab, weil ich vor den anderen keine Memme sein wollte. Auch ins Krankenzimmer wollte ich nicht gehen. Es wäre mir wie eine Flucht vorgekommen.

Während Frau Hoppe sich um mich kümmerte, verstand ich, dass Nick sich im Schutz der Dunkelheit angeschlichen und meinen Kopf gegen den Türpfosten geknallt hatte, einfach so. Er hatte so was in der Art ja schon angekündigt. Ich hoffte, dass sein Rachedurst damit gestillt und seine idiotische Ehre wiederhergestellt war, was immer er sich darunter vorstellte.

Was mich betraf: Ich würde es überleben. Wie es aussah, konnte ich froh sein, dass es in der Domäne Haifisch Brei zum Frühstück gab.

Als ich wieder im Bett lag und Ruhe eingekehrt war, dauerte es keine drei Minuten, bis Nick neben mir auftauchte.

Ich verspannte, aber er wollte bloß noch eine Botschaft loswerden: »Mach dich nie wieder über mich lustig«, sagte er.

Ich schwieg.

»Kapiert?«

»Ja«, sagte ich und fühlte mich erbärmlich dabei, weil ich ihm nicht die Meinung geigte. Es schien mir einfach der falsche Zeitpunkt, ihn weiter zu provozieren.

Draußen regnete es noch immer, das Wasser gurgelte in den Rinnen. Mir tat alles weh, ich war verstört und wollte nur noch schlafen. Ich drehte mich zur Wand, stolz, dass ich nicht weinte. Nick stand still da und atmete hörbar ein und aus, während ich begann, die Sekunden zu zählen. Bei hundert hörte ich wieder damit auf.

»Was ist denn noch?«, fragte ich schließlich.

»Kurze Frage, ehrliche Antwort: Stehst du auf Sara?«

Mein Herz raste. »Nein«, log ich.

»Wirklich nicht?«

»Wirklich nicht.«

»Dein Glück. Sie gehört nämlich zu mir. Du lässt die Finger von ihr, damit das klar ist.«

»Ist klar.«

»Sonst mach ich dich fertig.«

»Ist ja gut.«

Er beugte sich über mich und starrte mir in die Augen. »Ich sag, wann gut ist, nicht du.«

Ich begriff, dass er das letzte Wort haben wollte, und riss mich am Riemen.

Dann trollte er sich. Er konnte einem fast leidtun, wenn er nicht so ein gewalttätiger Zombie wäre. Ich hatte keine Ahnung, wie ein Typ aussehen und welchen Charakter er haben müsste, damit Sara sich in ihn verliebte, aber ich war mir sicher: Er würde niemals der Glückliche sein. Genauso wenig wie Sverre oder ich oder irgendjemand sonst auf dieser gesamten Insel.

Obwohl ich völlig erschöpft war, lag ich für den Rest der Nacht wach und dachte daran, wie schön Sara am Strand ausgesehen hatte – und wie nah Frau Hoppes Gesicht meinem gekommen war, als sie meine aufgeplatzte Lippe abtupfte. Ich mochte ihr Parfüm und ihre roten Haare, die noch lockiger waren als meine eigenen.

Anscheinend hatte ich wirklich eine Schwäche für Frauen, die in erster Line ein Problem für mich darstellten. Glücklich würde ich so jedenfalls nicht werden.

≈

Am nächsten Morgen war meine Lippe verkrustet. Es war schmerzhaft, die winzigen Bananenstücke zu kauen, die ich mir sorgfältig in den Haferbrei geschnippelt hatte. Eva sah mich mitleidig an. Ich konnte mich nicht dazu aufraffen, ihr aufmunterndes Lächeln zu erwidern.

Nachdem ich Sverre erzählt hatte, was passiert war, versuchte er schon den ganzen Morgen, mich zu überreden, Nick bei der Hoppe anzuschwärzen, aber das war mir viel zu riskant. Der Kerl war unberechenbar, ich hielt es für sicherer, ihm künftig aus dem Weg zu gehen, wann immer möglich. Außerdem konnte ich ihm nichts beweisen. Es war stockfinster gewesen. Jeder hätte es getan haben können.

Wenn man von meiner eigenen Misere absah, war die Stimmung nicht schlecht. Frau Hoppes Rechnung ging anscheinend auf: Die Aussicht, den namenlosen Toten ihre Würde zurückzugeben, wirkte sich positiv auf unser eigenes Selbstbewusstsein aus. Der Friedhof war ein Projekt, mit dem wir uns identifizieren konnten.

»Wir müssen herausfinden, wer sie waren, wenn wir es ihnen schön machen wollen«, sagte Helena und alle stimmten geradezu begeistert zu.

Auch meine Laune besserte sich, trotz der Schmerzen. Ich mochte die Formulierung »es ihnen schön machen«, als ginge es nicht bloß um einen Friedhof, sondern darum, ein richtiges Heim für diese Pechvögel zu schaffen, vielleicht ihr erstes überhaupt.

Da ihr Seemannsalltag vor hundert Jahren nicht von Luxus geprägt gewesen sein dürfte, hatten sie eine Chance verdient, sich Jahre nach ihrem schrecklichen Tod mit unserer Hilfe doch noch irgendwo häuslich einzurichten.

Ich weiß, das klingt etwas schräg, doch so empfand ich es eben. Am Ende, das spürte ich, würde durch unsere Ideen etwas Bedeutsames entstehen. Die Bedeutsamkeit lag in der Luft wie ein Frühlingshauch, obwohl der Herbst unaufhaltsam auf die Insel zustürmte. Wir schnupperten und atmeten tief durch.

≈

Wie immer war es Sara, die uns am Ende einen Strich durch die Rechnung machte.

Wie immer ließen wir es geschehen.

Lange hatte sie nur so dagesessen – natürlich an der

Stirnseite des Tisches wie eine Königin – und dabei hinreißend ausgesehen. Frisch gewaschene Haare, hautenger Rollkragenpulli, die Miene eine Spur melancholisch, was ihr stand. Man konnte es drehen und wenden, wie man wollte: Sie war die Schönste von allen, besonders, wenn sie die Klappe hielt, was sie ausnahmsweise tat. Doch lange konnte ein Mädchen wie sie ohne Aufmerksamkeit nicht existieren.

Als die Hoppe und Magnus sich schäkernd zurückzogen (anscheinend hatte nachts die große Versöhnung stattgefunden), fing sie an zu sticheln. Es ging gegen Vivien und Eva, ihre neuen Lieblingsfeindinnen. Wie üblich bekam sie es hin, dass nach kurzer Zeit die ganze Klasse ihr Spiel mitspielte und die Atmosphäre vergiftet war, ohne dass es überhaupt jemandem aufzufallen schien. Eine längst vertraute Anspannung lag in der Luft.

Auf ihre Art war Sara genauso brutal wie Nick, nur dass ihre Gewalt eben auch mal plaudernd und augenklimpernd daherkam. Sie besaß die Gabe, unheimlich charmant rüberzukommen, während sie die nächste Gemeinheit längst im Anschlag hatte wie ein hinterm Rücken gezücktes Messer.

≈

Weil ich keinen Bock hatte, mir die Sticheleien länger anzuhören, ging ich mit meinem noch immer halb vollen Teller nach draußen und setzte mich auf eine Bank hinterm Haus. Das Reetdach tropfte von den nächtlichen Schauern.

Inzwischen hatte der Regen aufgehört, aber die Luft war noch feucht und irgendwie ätherisch, der Boden dampfte. Schwer und dunkel hingen die Wolken über der Ödnis aus Sand, Gräsern und Steinen, die hinter der Domäne Haifisch begann. Die Sonne versuchte sich durchzukämpfen, doch es sah nicht danach aus, als hätte sie eine Chance.

Mir ging es wirklich dreckig. Ich war hungrig und mochte trotzdem nichts mehr essen.

Wenigstens vertrieb der Blick in die silbergraue Unendlichkeit nach einer Weile meine Kopfschmerzen, nur der Hunger blieb. Sverre kam und fragte, ob ich mit ihm Fußball spielen wollte, wir hätten bis mittags frei. Ich verneinte und genoss die Aussicht auf etwas Erholung.

Ich beschloss, allein einen Spaziergang zu machen, aber vorher wollte ich noch etwas ausruhen.

In weiter Ferne jagte ein Schwarm Stare im Tiefflug über die Ebene, um dann in einer pfeilförmigen Formation hoch in die Lüfte zu schießen. Ein faszinierendes Schauspiel. Irgendwann hörte auch das Pochen in meiner Lippe auf. Ich lehnte mich zurück und schloss die Augen.

Bevor ich eindösen konnte, kam neuer Ärger auf mich zu. Ein tiefes Knurren erklang, dann tauchte Vivien auf, die sich mit einem riesigen schwarzen Hund um ein Stück Stoff stritt.

»Aus!«, schrie sie. »Das ist mein Pullover.«

Der Hund schüttelte ruckartig den Kopf, um seine Beute freizubekommen. Ein kräftiger Kerl, Zähne wie Graf Dracula. Obwohl sie chancenlos war, dachte Vivien nicht daran aufzugeben. Die beiden zerrten um die Wette. Während der Hund das Ganze als Spiel betrachtete und seinen Spaß hatte, wirkte sie todunglücklich.

Unsere Nachbarn hatten einen Labrador, den ich manchmal ausführte. Ich mochte Hunde immer schon gern und hatte ein Gespür dafür, wie sie ticken.

»Du musst ihm eine Alternative anbieten«, sagte ich.

»Und was soll das bitte sein?«

Die Frage war berechtigt. Anstatt zu antworten, stellte ich meinen Teller vor mich auf den Boden, was dem Hund natürlich nicht verborgen blieb. Er zerrte weniger heftig und sah in meine Richtung.

»Na los, komm her«, flüsterte ich.

Nach einer kurzen Risikobewertung, Hunde sind eben Pragmatiker, entschloss er sich, den Stoff loszulassen. Die Reste meines Frühstücks waren interessanter. Schmatzend machte er sich darüber her.

»Nicht uncool«, sagte Vivien zu mir. »Dankeschön.«

»Gern geschehen.«

»Schau mal, wie es ihm schmeckt.«

»Wenigstens einem von uns.«

Vivien ließ sich neben mich auf die Bank fallen, wo sie frustriert ihren zurückeroberten Pulli betrachtete, einen blauen Norweger mit Kapuze, das perfekte Kleidungsstück für Maroog im Herbst. Nur dass es jetzt an mehreren Stellen durchlöchert war und höchstens noch zum Putzlappen taugte.

»Ein Jammer«, sagte ich.

»Das kannst du laut sagen.«

Um sie abzulenken, erzählte ich ihr, wie königlich die Hoppe am Vorabend gespeist hatte. Schulterzuckend nahm sie es hin.

»Mir egal. Ich finde sie trotzdem nett.«

»Ist sie ja auch.«

Schließlich weihte Vivien mich in die Geschichte des Pullis ein. Wie Sara sie gezwungen hatte, ihn ihr zu schenken, um ihn dann sofort an Lilli zu vermachen. Wer von den Mädchen ihn schließlich dem Hund zum Spielen angeboten hatte, wusste Vivien nicht, es war auch nicht wichtig. Es blieb so oder so eine Riesensauerei, war nur eine von unzähligen Geschichten, in denen Sara die Rolle des Schurken spielte und die uns das Herz brechen würde, wären wir nicht bereits so schrecklich abgestumpft.

Ich machte meinen Spaziergang und ließ dabei alles, was im letzten Schuljahr geschehen war, in Gedanken Revue passieren. Saras Ankunft in der Klasse, die Tricks, mit denen sie alles an sich gerissen hatte.

Zuerst hatte sie sich an Lilli rangemacht, die bis dahin in der Klasse den Ton angegeben hatte. Anfangs hatte Lilli wenig Interesse an einer Freundschaft mit der potenziellen Konkurrentin gezeigt, aber dann waren ihr plötzlich lauter komische Dinge passiert: Kaugummi im Haar, zerschnittene Klamotten in der Umkleidekabine, eine ausgelaufene Limonade in der Schultasche – und Sara hatte ihr »geholfen«, die angeblichen Feindinnen ausfindig zu machen, unscheinbare Mädchen aus der Parallelklasse.

Seither legten Sara und Lilli zu zweit fest, wer drinnen war und wer draußen. Genüsslich verbreiteten sie Gerüchte und schmiedeten Intrigen oder vertrieben sich die Zeit mit Streichen, die nur sie lustig fanden. Jeder kam mal dran.

Einmal hatten sie Julian dazu gebracht, sich über Nicks angeblichen Schweinebauerngestank zu mokieren, bis der ihn schließlich vermöbelte. Es hatte ewig gedauert, bis wir anderen ansatzweise durchschauten, was vor sich ging, und da war es längst zu spät gewesen.

Diese verdammte Angst, selbst in die Schusslinie der beiden Diven zu geraten: Es gab niemanden, der sich sicher fühlen konnte.

Der Nervenkitzel, wenn sie sich jemanden vorknöpften: Hatten wir nicht insgeheim sogar ein bisschen Spaß daran gehabt?

Herr Borstelmann, unser alter Klassenlehrer, hatte sich die Zähne an Sara ausgebissen und schließlich frustriert das Handtuch geworfen.

Dann die Ankunft von Frau Hoppe und meine Hoffnung, dass fortan alles ganz toll werden würde und – völlig überraschend – meine Gefühle für sie, weil sie für eine Lehrerin blutjung war und hübsch und mit unkonventionellen Methoden unterrichtete.

Als Klassenleiterin war Frau Hoppe wirklich eine Granate, sie riskierte etwas, mischte sich ein, aber ohne unsere Mithilfe konnte sie es nicht schaffen, die Dinge wieder ins Lot zu bringen.

Sara war verwundbar, ich hatte es erlebt.

Maroog war auf unserer Seite.

Hinter den hoch aufragenden Nordsee-Dünen, auf einer schon halb verblühten Blumenwiese fasste ich inmitten duftender Grasnelken einen Entschluss: Saras Schreckensherrschaft über die Klasse würde auf dieser Insel enden. Dafür würde ich sorgen.

Wandel

Sara

»Ist das dein Werk?«, fragte ich Nick flüsternd und deutete auf Kim, der eine dicke Lippe hatte und mit seinem Frühstücksbrei kämpfte. Er stand auf verlorenem Posten, bekam fast nichts runter. Es war ein erbärmlicher Anblick.

Nick feixte. »Wie kommst du darauf?«

»Trägt irgendwie deine Handschrift, wenn mich nicht alles täuscht.«

»Handschrift?«

Nick war wirklich nicht die hellste Kerze auf der Torte.

»Ach, vergiss es.«

Obwohl ich ganz gut geschlafen hatte, fühlte ich mich müde und ausgelaugt. Eine geraume Weile schwieg ich und dachte an nichts, was mir nur selten gelang und nicht unangenehm war. Bis mir die Klasse mit ihrer Friedhof-der-Namenlosen-Euphorie auf die Nerven ging. Sicher hatte niemand von ihnen bislang einen wirklichen Verlust erlitten, sonst würde ihnen die Aussicht, sich tagein, tagaus mit Toten und Gräbern zu befassen, nicht so verdammt spaßig vorkommen.

Da ich wusste, was Trauer bedeutet, beneidete ich die anderen um ihre Arglosigkeit; ihre Aufbruchsstimmung stieß mich ab. So tickte ich eben, ich bin nicht stolz darauf.

Wie immer war es ein Kinderspiel, der gesamten Klasse die gute Laune zu verderben.

≈

Nach dem Frühstück fing Nick mich vor den Waschräumen ab. »Das hat ordentlich gekracht, sag ich dir.«

Er platzte fast vor Stolz.

»Was?«, fragte ich.

Natürlich wusste ich, wovon die Rede war. Ich hatte einfach keine Lust, mir seine Prahlerei anzuhören.

»Na, der Schädel von dem Idioten.«

»Er heißt Kim.«

»Wen interessiert das?«

»Mich vielleicht.«

Ich sah die Eifersucht in Nicks Augen. Er stand auf mich, das konnte er kaum verbergen, und seine Naivität war so grenzenlos, dass er annahm, ich könnte jemanden wie ihn tatsächlich attraktiv finden. Den Sohn eines Schweinebauern. Eine bizarre Vorstellung.

Einerseits war ich abgetörnt, andererseits erkannte ich auch den Nutzen seiner Gefühle. Wenn ich ab und zu eine

Bemerkung fallen ließ, die Nick Hoffnung machte, würde er alles für mich tun.

»Findest du den etwa gut?«, fragte er.

»Nicht so gut wie dich«, antwortete ich augenklimpernd.

Ich trug ziemlich dick auf, die Ironie war mit den Händen zu greifen. Außer für einen Vollpfosten wie Nick.

»Danke«, murmelte er gerührt und grinste selig.

»Bitte, bitte. Also los, erzähl mir, was du mit ihm angestellt hast. Aber nicht hier.«

Wir zogen uns vors Haus zurück, wo Nick die Ereignisse der Nacht in einer Sprache schilderte, die an die Sprechblasen von Comicfiguren erinnerte. Selbstverständlich war er mächtig stolz auf das, was er getan hatte. Dass es wenig heldenhaft war, ausgerechnet ein halbes Hemd wie Kim aus dem Hinterhalt anzugreifen, schien er nicht zu bemerken. Immer wieder lachte er dröhnend.

Ich ließ meinen Blick schweifen, während Nick redete und redete.

Auf dem Schotterweg, der zur Domäne Haifisch führte, standen große Pfützen, der Wind kräuselte das Wasser. Niemand war zu sehen. Irgendwo blökten Schafe. Die Luft war voller Feuchtigkeit.

»Und?«, fragte ich, als Nick endlich verstummte. »Ist deine Ehre jetzt wiederhergestellt? Darum ging es dir doch, oder? Weil er sich über dich lustig gemacht hat.«

Er zuckte mit den Schultern.

»Nicht?«

»Schon.«

»Prima. Dann kannst du ihn ja ab sofort in Ruhe lassen.«

»Ich wusste es. Du magst ihn also doch! Gib es zu.«

»Nerv mich nicht.«

Ich ignorierte seinen zornigen Blick, wartete darauf, dass er sich verdrückte, aber das tat er nicht.

Er belauerte mich, stand total unter Strom.

Unwillkürlich dachte ich an die schlimmen Geschichten, die man sich über Nick erzählte. Ich sah seine großen Hände an, die festen Muskeln an seinen Oberarmen. Alles an ihm war grob. Von jemandem wie Nick ohne jede Vorwarnung traktiert zu werden, musste grauenhaft sein.

So schwer es mir fiel, dies vor mir selbst einzugestehen: Kim tat mir leid.

»Ich weiß, was du denkst«, sagte Nick verächtlich. »Ich bin nämlich nicht blöd. Glaub nicht, dass ich mich einfach so von diesem Opfer an die Seite drängen lasse, nur weil er ein Pferdeflüsterer ist. Du glaubst, du bist zu gut für mich? Mir egal. Ich kann warten. Bauern sind geduldige Leute. Wir haben Ehre. Ich bin kein Namenloser, ich bin Nick Fitschen und wir Fitschens holen uns, was uns zusteht.«

Das meinte er todernst. Ich wusste nicht, ob ich mich kaputtlachen oder gruseln sollte. Beides schien mir irgendwie angemessen.

Ich nahm meinen Mut zusammen und baute mich so drohend wie möglich vor ihm auf. »Was auch immer dir zusteht, Nick Fitschen, ich bin es nicht. Wir leben nicht mehr im Mittelalter, Frauen sind keine Handelsware wie eure Schweine. Ich entscheide selbst, wer gut genug für mich ist. Wenn du mit mir befreundet sein willst, dann gewöhne dir diesen Quatsch ab. Und lass Kim in Ruhe. Nicht weil ich ihn mag, sondern weil du sonst mit Sicherheit doch nach Hause geschickt wirst, egal was die Hoppe gesagt hat. Und das willst du doch nicht, oder?«

Nick schwieg. Kurz sah es aus, als würde er seine Grenzen mir gegenüber noch weiter austesten wollen, doch dann trollte er sich, ohne ein weiteres Wort zu sagen.

Die Stille, die zu diesem abgelegenen Ort gehörte wie der Duft nach Gräsern und Meer, eroberte sich ihren Raum zurück. Die Einsamkeit traf mich hart.

≈

Wie ich es verabscheute, so auf mich selbst zurückgeworfen zu sein. Nick hatte recht, er mochte ein Vollidiot sein, aber ganz so dumm, wie ich geglaubt hatte, war er wohl leider doch nicht, seine Instinkte funktionierten einwandfrei. Klarer Fall von bauernschlau.

So hatte er die Wahrheit noch vor mir herausgefunden: Ich mochte diesen Kim, ich mochte ihn sogar sehr.

Verdammt.

Und jetzt?

Wie konnte ich Kim mögen, wie war das passiert?

Ein Grund lag auf der Hand: Etwas an ihm erinnerte mich an Linn. Er war keine Schönheit, zu schmal für einen Jungen in seinem Alter, von Weitem würde er mit seinem chronisch ungekämmten Lockenwirrwarr glatt als Mädchen durchgehen, aber aus der Nähe betrachtet, strahlte er eine Gelassenheit aus, die anziehend war.

Es schien ihm nichts auszumachen, dass die Domäne Haifisch ein Dreckloch und das Essen eine Frechheit war, er nahm alles, wie es kam, war mit sich selbst im Reinen. Die Art, wie er seinem inneren Kompass folgte, machte Kim attraktiv. Seine Handgriffe waren geschickt, seine Bewegungen federnd und selbstbewusst.

Genau wie Linn (und im Gegensatz zu mir) liebte er die Natur, das war offensichtlich, und ich stellte mir vor, wie er eines Tages einfach seinen Rucksack packte und mit leichtem Gepäck spontan loszog, um die Welt zu erkunden. Ohne Navigations-App und ohne zu wissen, wo er am Abend schlafen würde. Unter freiem Himmel wahrscheinlich. Wenn er fror, würde er sich ein Feuer machen. Wenn ihm ein wildes Tier begegnete, würde er sich mit ihm anfreunden. So ein Typ war er.

Auf dem Bolzplatz vorm Haus begannen gerade ein paar Leute aus der Klasse ein Fußballspiel, darunter der schüchterne Schönling, der mich am ersten Tag in der Schule in einem Anfall von Übermut angebaggert hatte, Kims bester Freund, falls ich richtig informiert war. Er war wirklich gut aussehend, er ruderte mit den Armen, um locker zu werden, und dehnte sich die Waden wie ein Profi. Komisch eigentlich, dass er zu den Losern gehörte und keine Freundin hatte.

Von Kim fehlte seit dem Frühstück jede Spur. Ich fragte mich, wo er steckte. Die plötzliche Wucht meiner Gefühle für ihn machte mir Angst.

Ich versuchte, das, was in mir vorging, vor mir selbst runterzuspielen, mich auf etwas anderes zu konzentrieren, doch es klappte nicht. Jeder Gedanke desertierte gleich wieder in Kims Richtung und am Ende entstand daraus ein Bild: Er und ich an einem weiten Strand unter einem noch weiteren Himmel. Der Sand unter unseren Füßen war warm. Bei jeder Gelegenheit berührten wir uns.

Eine Erinnerung: So ähnlich (nur ohne das Magenkribbeln, das ich jetzt fühlte) war es mit Linn gewesen, bevor sie krank wurde. Unsere Nähe war so intensiv und alles umfassend, dass die meisten uns für Zwillinge hielten. Wir schliefen sogar in einem Bett, was unsere Eltern nervte, aber sie verboten es uns erst, als wir eingeschult wurden, damit wir unseren Schlaf bekamen und uns nachts nicht gegenseitig störten.

Wir kamen gemeinsam in die erste Klasse, obwohl Linn ein Jahr älter war. Ich konnte da schon perfekt schreiben, sie noch nicht. Dass ihr Verstand langsamer funktionierte als meiner, war der Beginn ihrer Krankheit, aber das konnten wir zu dem Zeitpunkt noch nicht ahnen. Kinder sind eben unterschiedlich leistungsfähig, das ist normal, und sie wirkte ja völlig gesund.

Erst in der vierten Klasse ließen Linns kognitive Fähigkeiten, wie die Ärzte es nannten, so rapide nach, dass ich eines Tages beim Aufwachen wusste, dass ich sie verlieren würde. Kurz vor der Diagnose. Bis es so weit war, vergingen noch drei weitere Jahre. Auch ihre Motorik versagte Stück für Stück. Nur Zeichnen konnte sie bis zum Schluss wunderbar, obwohl ihr sonst alles aus der Hand fiel. Ein Mysterium.

Ich wünschte, ich könnte ihr von Kim erzählen. Sie hätte ihn bestimmt gemocht. Vielleicht hätte sie ihn sogar für mich gezeichnet.

≈

Ich stand auf der Stelle. Auf dem Bolzplatz flog der Ball ins Tor, der Typ, der geschossen hatte, jubelte wie blöd und ließ sich von seinem Team als Held feiern. Kims Freund fiel dem Torschützen um den Hals und eine Weile blieben die beiden eng umschlungen stehen. Sicher, Fußballer machten das dauernd, auch im Fernsehen, aber das hier war anders. Da ging mehr. Bildete ich mir zumindest ein.

Ich hatte diesem Typen den Ruf angedichtet, eine heimliche Schwuchtel zu sein. Jetzt fragte ich mich zum ersten Mal, ob es vielleicht stimmte. Dann täte es mir ein bisschen leid. Die meisten Jungs in seinem Alter waren eher homophob. Homophobe als Schwule zu beleidigen, war lustig, richtige Schwule ließ ich lieber in Ruhe. Nachdem ich jahrelang eine behinderte Schwester gehabt hatte, war es nicht mein Stil, Minderheiten zu diskriminieren. Die hatten es ohnehin schon schwer genug.

≈

Im Waschraum wimmelte es von Spinnenweben. Ich ignorierte meinen Ekel, stellte mich vor den Spiegel und trug zartrosa Lipgloss auf, der meine Lippen nicht geschminkt, aber frisch aussehen ließ. Ich türmte die Haare zu einem lockeren Dutt, um lässig und natürlich zu wirken, weniger eitel. Ein Mädchen zum Pferdestehlen sozusagen.

In einer Ecke auf dem Boden entdeckte ich Viviens Norweger-Pullover. Irgendjemand, Lilli wahrscheinlich, hatte ihn dort achtlos hingeworfen. Ich hob ihn auf und drückte mein Gesicht in die Wolle. Sie kratzte und roch leicht nach Schaf. Aber anders als angenommen, hatte das weiterverschenkte Geschenk mir Glück gebracht.

Denn vielleicht war es ja doch nicht so schlimm, Kim zu mögen. Im Gegenteil. Hatte er mich nicht schon im Klassenzimmer andauernd angestarrt? Hatte er, ich war mir fast sicher. Die Chancen, dass er meine Gefühle erwidern würde, standen also nicht schlecht.

Ich merkte, wie ich weicher wurde, offener. Das Gleiche hatte ich schon gestern am Meer in Kims Gegenwart gefühlt, jetzt war ich imstande, es voll und ganz zuzulassen. Hass war auf Dauer doch relativ anstrengend. Was wäre, wenn seine innere Stärke mir helfen würde, die guten Eigenschaften aus mir rauszuholen? Sie waren ja da, tief in mir vergraben, Linn hatte sie am besten von allen gekannt.

Vielleicht könnte ich auf Maroog wirklich neu anfangen. Es kam mir vor, als wäre plötzlich mehr Licht in der Welt.

Lange hatte ich keinen so starken Drang verspürt, mich zu entschuldigen. Ich wollte Vivien den Pullover zurückgeben und ihr versichern, wie leid mir mein Benehmen tat, und zwar so, dass sie es glaubte.

≈

In dem düsteren Flur, der zu den Waschräumen führte, versperrte mir plötzlich ein Hund den Weg. Keine Ahnung, woher er gekommen war, er stand einfach da, schwarz, struppig, kräftig. Er war in etwa so groß wie ein Pony und er stand total unter Spannung. Erschrocken wich ich zurück. Der Hund knurrte. Seine Schwanzspitze schlug einen harten Takt gegen die Wand.

»Was willst du?«, flüsterte ich. »Lässt du mich durch?«

Das Knurren wurde lauter.

Hatte ich bereits erwähnt, dass Tiere so gar nicht mein Fall waren? Je größer, desto beängstigender.

Ich war sicher, dass dem Hund meine Furcht nicht verborgen blieb. Tiere riechen so etwas. Minutenlang konnte ich mich nicht bewegen.

Bis mir endlich die rettende Idee in den Sinn schoss, Viviens Pulli zu einem Ball zu formen und ihn so weit wie möglich von mir wegzuwerfen. Hunde hatten doch einen Beutetrieb, oder?

Ich hatte genau einen Versuch – und der gelang. Ich konnte mein Glück kaum fassen.

Sicher war es schade um das gute Stück und meine noch besseren Absichten Vivien betreffend.

Aber hätte ich mich stattdessen lieber bei lebendigem Leib auffressen lassen sollen?

Der Hund rannte nach draußen.

Schwarmintelligenz

Kim

In den kommenden Tagen lebten wir uns auf der Insel ein. Das Meer und der Himmel waren urgewaltig, das Watt endlos, der unerbittliche Wechsel der Gezeiten ein Mysterium.

Manchmal unternahmen wir mit Frau Hoppe Wattwanderungen. Dabei erzählte sie uns von einer prächtigen Handelsmetropole namens Rungholt, deren Einwohner im Mittelalter unermessliche Reichtümer angehäuft hatten. Eines Nachts trieb ein gewaltiger Orkan eine Sturmflut vor sich her – und die Stadt versank samt all ihren schwerreichen Einwohnern in der Nordsee.

»Bis heute streiten die Gelehrten, wo genau die Stadt untergangen ist. Manche suchen vor Maroog nach den Überresten, ich übrigens auch«, sagte Frau Hoppe und zitierte ein Gedicht:

»Ein einziger Schrei –
Die Stadt ist versunken
Und Hunderttausende sind ertrunken!
Wo gestern noch Lärm und lustiger Tisch,
Schwamm anderntags der tote Fisch.«

Sie ließ die Worte kurz wirken. »Natürlich glaubte man, die Gier und das zügellose Verhalten der Leute von Rungholt hätten Gottes Zorn auf sich gezogen«, sagte sie dann.

»Was haben sie denn so Schlimmes gemacht, außer dass sie reich waren?«, fragte ich.

»Es heißt, sie verhielten sich ziemlich protzig. Außerdem gingen sie verschwenderisch mit gutem Essen um, während ringsum gehungert wurde.«

»So wie wenn man schick essen geht, obwohl man weiß, dass andere bloß Haferschleim bekommen?«, fragte Sara.

Die Hoppe lachte laut auf, aber es war die Art Lachen, die eine Ohrfeige ersetzen soll, eine reine Übersprungshandlung.

Sara hatte provozieren wollen – und das war ihr wie so oft gelungen.

»Ich finde, der Vergleich hinkt«, sagte die Hoppe, als sie sich gefangen hatte. »Von Hunger, wie es ihn früher gab, kann heutzutage keine Rede mehr sein. Jedenfalls nicht hier bei uns. Wir haben eigentlich sehr oft nur Luxussorgen und machen uns selbst das Leben schwer.«

Alle schwiegen.

Ich wusste genau, worauf die Hoppe hinauswollte: Im

Vergleich mit all den Problemen auf der Welt waren unsere eigenen Schwierigkeiten miteinander lächerlich. Vielleicht war es hilfreich, sich das gelegentlich klarzumachen.

»Glauben Sie an die Strafe Gottes?«, fragte Sara weiter.

»Nein«, sagte die Hoppe ernst. »Daran glaube ich nicht. Ich schätze, viele Leute aus den anderen Dörfern waren einfach neidisch auf die Rungholter und gönnten ihnen ihr Pech. Außerdem waren die Menschen damals schon genauso sensationslustig wie heute, also gab es natürlich auch viele Geschichten über den Untergang. Und die brauchten eben eine Moral und die lautete: selber schuld.«

»Neid kenne ich gut«, sagte Sara und schaute verächtlich in die Runde.

Sie war wirklich eine Zicke.

Seit Tagen fragte ich mich, wie ihr beizukommen war, und hatte keinen Plan. Ich wünschte, es gäbe doch so etwas wie Gottes Zorn und sie könnte wie Rungholt im Meer versinken.

≈

Wie die meisten von uns fühlte ich mich erstaunlich schnell heimisch, wenn ich nicht gerade über Sara nachdachte. Denn der Alltag war zwar arbeitsreich, folgte aber einem Rhythmus, der der Ruhe und Abgeschiedenheit der Umgebung entsprach, weshalb er irgendwie mehr Sinn ergab als die hektische Abfolge von Schulstunden, Pausen und Nachmittagsverpflichtungen zu Hause. Wir schafften mehr und hatten weniger Stress.

Natürlich hing es auch mit dem Funkloch zusammen: Unsere Smartphones forderten weniger Zeit ein, was dazu führte, dass alles andere ruhig länger dauern durfte als gewöhnlich: die Gespräche bei den Mahlzeiten, die kreative und handwerkliche Arbeit am Friedhofsprojekt, die Studierstunden, in denen wir die Schulaufgaben erledigen mussten, die uns die Fachlehrer mitgegeben hatten.

Nicht alles war perfekt. Das Wetter blieb schlecht, das Essen auch. Meine Lippe tat noch lange weh. Dennoch stürzte ich mich mit Feuereifer in die Arbeit. So leicht ließ ich mich nicht unterkriegen.

Am liebsten mochte ich alles, was mit dem Friedhof zu tun hatte. Die Aufräumarbeiten waren abgeschlossen, der Müll zusammengetragen und – per Pferdefuhrwerk von Karl und Widukind – abgefahren. Ein paar von uns hatten begonnen, die umgestürzten Kreuze zu säubern und wieder aufzustellen, andere kümmerten sich um den Zaun, wieder andere, die mit handwerklichen Tätigkeiten beim besten Willen nichts am Hut hatten, versuchten, mehr über die Geschichte der über die Jahre auf Maroog angeschwemmten Wasserleichen in Erfahrung zu bringen. Sie gingen ins Kirchenarchiv, sprachen mit älteren Einheimischen. Unsere Bemühungen griffen ineinander wie die Rädchen eines Getriebes. Es war toll.

Ein wenig Kummer bereitete uns lediglich die Finanzierung unserer Vorhaben: Wir planten, wie von Frau Hoppe gewünscht, einen Gedenkstein oder wenigstens eine Tafel, dazu eine Info-Ausstellung, von der wir hofften, sie irgendwo in Nynordhavn zeigen zu können, vielleicht im Gemeindehaus. Von Julian kam die Idee, eine heimische Bildhauerin einzuladen, ein Kunstwerk beizusteuern, am liebsten eine Skulptur. Die Toten selbst sollten von uns Namen und Geschichten bekommen, ausgedachte Biografien, beispielhaft für die Zeit, aus der sie stammten. Wenn alles fertig war, wollten wir ein Fest geben. Der Friedhof sollte kein melancholischer Ort mehr sein, er sollte anfangen zu leben. Für all diese Dinge brauchten wir Geld und Materialien, weshalb wir losziehen wollten, um unter den Einheimischen Spenden einzusammeln.

≈

Was Sara betraf: Eigentlich war es auf Maroog längst nicht so schlimm mit ihr wie zu Hause. Sie hielt die Füße still, im wahrsten Sinne des Wortes. Man kann nicht sagen, dass sie engagiert bei der Sache war, aber wenigstens gab sie sich auch keine große Mühe mehr, unseren Enthusiasmus zu bremsen. Vielleicht war sie einfach mit ihren eigenen Problemen beschäftigt, ihrer Pferdephobie zum Beispiel. Hier auf der Insel war sie damit echt gekniffen.

Meistens stand sie einfach irgendwo abseits, ließ die anderen sich abrackern – und sah bombastisch gut aus. Da ich immer noch schwach wurde, wenn ich ihr ebenmäßiges Gesicht sah mit den warmen braunen Augen, die überhaupt nicht zu ihrer Seelenkälte passten, zögerte ich, gegen sie in den Krieg zu ziehen. Dummerweise hatte ich Sverre bereits eingeweiht, und er war ganz versessen darauf, dass ich loslegte, denn er hatte Sara die Demütigung in der Schulcafeteria noch lange nicht verziehen. Jetzt nahm er mich beim Wort.

»Ich dachte, du wolltest Sara fertigmachen.«

Die Formulierung ließ mich innerlich zusammenzucken. »Fertigmachen? Davon war nie die Rede.«

»Doch, genau das hast du zu mir gesagt: ›Ich schwöre dir, die mach ich fertig.‹ Und jetzt himmelst du sie schon wieder an.«

Ich stritt es ab.

Sverre glaubte mir nicht.

Wir liefen mit einer Gruppe Mädchen am Strand entlang und sammelten besonders schöne Steine und Muscheln, die wir statt Blumen als Grabgeschenke vor den Kreuzen ablegen wollten. Vivien hatte die Idee gehabt. Sverre war mitgegangen, weil er ein Händchen für Deko hatte, ich nutzte jede Gelegenheit, um mich am Strand aufzuhalten. Am liebsten würde ich später mit meiner Familie am Meer leben.

»Momentan macht Sara doch gar nichts Gemeines«, sagte ich schließlich genervt, als Sverre immer wieder davon anfing. »Sie ist total friedlich, findest du nicht?«

»Na und? Was ist mit Viviens Pulli? Das war so dermaßen mies. Und die Sache mit Helena. Der geht es immer noch total dreckig. Und hast du mal dein eigenes Gesicht im Spiegel angeschaut? Mann, du siehst aus wie eine Diva nach einer missglückten Schönheits-OP mit deiner dicken Lippe, du lutschst dein Essen, wirfst ständig Schmerzmittel ein und das willst du jetzt alles einfach so abhaken, weil Sara mal ein paar Tage den Ball flachhält?«

Er hatte recht. Beim Gedanken an den zerrissenen Pulli kam mir immer noch die Galle hoch, auch Helena tat mir unendlich leid. Die Ärmste traute sich einfach nicht unter ihrer Kapuze hervor. Für meine eigenen Blessuren hingegen machte ich allein Nicks Eifersucht verantwortlich und das sagte ich auch.

Sverre schnaubte verächtlich. »Der macht doch nichts ohne Saras Erlaubnis.«

»Warum sollte sie Nick beauftragen, mich anzugreifen?«

»Weil sie es kann. Und du solltest dich wehren. Für uns alle. Weil *du* es kannst.«

Er stachelte mich an wie ein Trainer seinen Mannschaftskapitän, und als passionierter Vereinsfußballer kannte er sich mit solchen Ansprachen aus. Ich merkte, wie seine Worte ihr Ziel erreichten, indem sie mir das Gefühl vermittelten, etwas Besonderes zu sein.

Wenn ich es mit Sara aufnehmen konnte, wenn ich es wirklich besser konnte als andere –, hätte ich dann nicht die verdammte Pflicht, es auch zu tun? Was, wenn sie Nick auf mich gehetzt hatte, vielleicht gerade weil wir uns am Strand so nahgekommen waren, vielleicht etwas zu nah für ihren Geschmack? Wenn es noch mehr Gewalt geben würde – physische und psychische? Daran, dass Sara eine geradezu toxische Wirkung auf andere ausübte, bestand kein Zweifel mehr.

»Ist dir aufgefallen, wie sie dich in letzter Zeit anstarrt?«, legte Sverre den Finger in die Wunde.

Es war mir aufgefallen.

Ich hatte es für Einbildung gehalten.

»Vielleicht bist du der Nächste, den sie auf dem Kieker hat, was weiß ich, warum. Die heckt irgendwas aus. Ehrlich, sie kann den Blick nicht von dir lassen.«

»Übertreib's nicht, Sverre. Lass mich nachdenken.«

Ich beobachtete eine Schar Strandläufer, die vor dem Brandungssaum herlief, immer so nah wie möglich an der Wasserkante. Im nassen Grund pickten sie nach Nahrung, die das Meer frisch anspülte, Mikroorganismen, Plankton, sie mussten geschickt sein, um sich kein nasses Gefieder zu holen oder sogar davongespült zu werden. Die Wellen brachen schäumend, wichen zurück und sammelten sich erneut, ich staunte, wie es den kleinen Vögeln scheinbar mühelos gelang, ihre Reichweite einzuschätzen. Wie die Stare waren sie perfekt aufeinander eingespielt. Nie rannten sie sich gegenseitig über den Haufen, keiner ging verloren.

Wir hatten auch unseren Takt gefunden, aber eine Schulklasse war ein komplizierteres Gefüge als ein Vogelschwarm. Ein geschickt platziertes Wort von Sara konnte leicht alles wieder ins Trudeln bringen. Ihr Sarkasmus. Ihre falsche Liebenswürdigkeit. Sverre hatte recht: Sie war eine komplett durchtriebene Person.

»Wir müssen ein Netzwerk bilden und ihr eigenes zerstören«, murmelte ich und hob eine schneeweiße, spiralförmige Muschel vom Boden auf.

»Ja, genau«, sagte Sverre eifrig nickend. »Und wie?«

»Wir sollten taktisch vorgehen. Keine übereilten Maßnahmen. Erst mal brauchen wir Verbündete. Ich taste mal bei denjenigen vor, die gute Gründe haben, Sara eins auszuwischen. Vivien, Helena, Julian. Du könntest mit deinen Fußballkollegen reden. Fragen, wo die stehen.«

»Okay, mach ich. Und dann?«

»Dann schauen wir, wer von ihrer Clique bereit ist, die Seiten zu wechseln. Zum Beispiel Charlotte. Die hat doch jetzt den ganzen Ärger wegen der Fotos von Helena an der Backe. Falls die Aktion wirklich auf Saras Mist gewachsen ist, wovon ich überzeugt bin, müsste sie eigentlich stinkwütend auf Sara sein. Wahrscheinlich hält sie nur noch zu ihr, weil sie Schiss hat, selbst zur Zielscheibe zu werden. So geht es ja vielen. Wir müssen allen, die nur aus Angst mitmachen, zeigen, dass es ab sofort eine bessere Alternative gibt.«

»Team Kim!«, rief Sverre begeistert und streckte siegesbewusst den Arm in die Luft.

Er hatte wirklich einen Hang zur Übertreibung. Ich musste schmunzeln, aber ich war auch stolz und ein wenig von mir selbst benebelt. Meine Lippe pochte wieder heftig. Ich hatte meine Stimme so laut erhoben wie seit Tagen nicht mehr.

Als eine Welle laut krachte und ihre Ausläufer zischend ein großes Stück Strand eroberten, konnte ich nicht schnell genug ausweichen und holte mir nasse Füße. Die Mädchen, die vorausgingen, hörten mein Gezeter und lachten sich schlapp. In meinen Schuhen stand das Wasser, meine Jeans klebte kalt und schwer an den Unterschenkeln.

Ich schleuderte die Muschel ins Wasser, die ich zuletzt aufgesammelt hatte.

Die Strandläufer waren verschwunden.

≈

Es begann mit einem Kratzen im Hals. Dann kribbelte meine Nase, der Kopf tat weh und am nächsten Morgen beim Aufstehen war klar: Auf dem langen Rückweg vom Strand hatte ich mir – dank meiner nassen Füße – eine fette Erkältung aufgesackt. Das hatte mir gerade noch gefehlt. Sonst war ich weniger empfindlich.

Immerhin: Meine Stimme klang wie die eines Mafiabosses im Film, was mir eine gewisse Aura verlieh, als ich meine Mission begann. Alle, die ich beiseitenahm, um über Maßnahmen gegen Saras Mobbingattacken zu reden, waren sofort Feuer und Flamme. Es war, als hätten sie nur darauf gewartet, dass irgendwer den Anfang machte. Anscheinend hatte Sara es mit ihren Bosheiten übertrieben, die Leute aus unserer Klasse hatten einfach keine Lust mehr auf das ganze Drama. Es gab Besseres zu tun.

Wir kamen überein, Saras Spiel nicht länger mitzuspielen, denn genau das hatten wir getan, wie wir uns schuldbewusst eingestanden. Wann immer sie sich künftig anschickte, jemanden bloßzustellen, würden die Leute aus unserer Anti-Sara-Front demjenigen beispringen, egal, worum es ging. Von jetzt an würden wir außerdem dafür sorgen, dass sie ihre Arbeiten selbst erledigte, anstatt sie anderen zu überlassen, so wie Frau Hoppe es uns ja am ersten Tag am Hafen schon erfolgreich vorgeführt hatte. Wenn wir uns in Teams aufteilten, sollte sie, wann immer es ging, von ihren Buddys getrennt werden.

So weit unsere Strategie. Einige sprachen sich auch unumwunden dafür aus, Sara gänzlich zu schneiden, was ich zu hart fand.

Wir sollten fair bleiben.

Wir waren die Guten.

≈

Das sagte ich auch zu Helena. Ausgerechnet sie äußerte Bedenken, als Einzige. Dabei war ich mir ihrer Unterstützung so sicher gewesen, hatte dem Gespräch mit ihr geradezu entgegengefiebert in der Hoffnung, dass es ihr anschließend direkt besser gehen möge.

Anfangs dachte ich, sie wäre bloß misstrauisch. Aber dafür gab es einfach keinen Grund, alles war ja streng vertraulich. Wir waren zu dritt in Nynordhavn unterwegs, Helena, Sverre und ich, wo wir die besagte Bildhauerin besuchen wollten. Es war die perfekte Gelegenheit, um ungestört zu reden. Wir bewegten uns im Schutz der alten Häuser, in den leeren Straßen hörte man jeden Schritt, den wir vor den anderen setzten, lauter als unsere Stimmen. Niemand konnte sich anschleichen oder auch nur aus der Ferne beobachten. Trotzdem reagierte sie zickig.

»Warum sprecht ihr Sara nicht einfach an?«, fragte sie. »Sagt ihr, dass sie sich ändern soll.«

Sverre machte ein verächtliches Geräusch. »Glaubst du, dass sie das tun würde, bloß weil wir es ihr sagen?«

Helena zuckte mit den Schultern.

Wegen der dämlichen Kapuze und des dauerhaft gesenkten Blicks war es unmöglich, ihr in die Augen zu schauen, obwohl sie die Sonnenbrille ausnahmsweise weggelassen hatte.

Es war wieder so ein grauer, nasser Tag, ich trug meine blaue Fischermütze. Die Temperaturen fielen unerbittlich. Dabei war noch nicht mal offiziell Herbst. Durch die kopfsteingepflasterte Gasse, in die wir gerade einbogen, pfiff der Wind.

»Die lacht sich schlapp, wenn wir ihr damit kommen«, sagte Sverre.

»Wahrscheinlich. Soll sie doch«, erwiderte Helena. »Die Frau ist mir so was von egal.«

Komischerweise versetzte mir die Bemerkung einen Stich. Sara war weiß Gott niemand, dem man gleichgültig begegnen konnte. Die Ausrede kaufte ich Helena nicht ab.

»Du hättest allen Grund, wütend auf sie zu sein«, erinnerte ich sie.

»Ach ja, hätte ich den?«

»Ich finde schon.«

Helena blieb einfach stehen, als wollte sie uns abschütteln. Da wir abwarteten, lehnte sie sich an die nächste Hauswand und seufzte. »Weißt du, was mich total nervt?

Dass alle so überzeugt davon sind, dass ich ein Scheiß-Opfer bin, aber das bin ich nicht. Denkst du vielleicht, Sara war bei mir daheim und hat mir eine Pistole an den Kopf gehalten, damit ich mich im Schlüpfer fotografieren lasse? Überraschung: Hat sie nicht. Und Charlotte auch nicht. Ich war allein und aus freien Stücken so dermaßen bescheuert. *Das* ist mein Problem.«

»Aber du hast ja gedacht, du machst die Fotos für jemanden, den du magst. Und dass der sie vertraulich behandeln würde. Hey, mach dich nicht so fertig deswegen. Darum geht es hier doch auch gar nicht, sondern um die Falle, in die du gelockt wurdest«, sagte ich sanft, um sie von ihren Schuldgefühlen wegzubringen und ihr Augenmerk auf das große Ganze zu lenken.

»Ganz ehrlich, von Denken kann da ja wohl keine Rede sein. Keine Ahnung, was mich geritten hat. Ich bin doch nicht blöd. Dachte ich zumindest. Kim, ob du es glaubst oder nicht: Ich habe keine Rachegefühle, ich brauche meinen ganzen Hass für mich selbst. Sara kann mich mal und du auch mit deinem Mitleid. Spar dir das für andere auf. Ich will einfach nur die Schule durchstehen, dann mach ich mein Ding. Falls ich mich bis dahin wieder im Spiegel angucken kann. Sonst schneid ich mir die Pulsadern auf und spring von der nächsten Klippe. So, das war's, lasst mich mit eurem Scheiß in Frieden. Ende der Unterhaltung. Verpisst euch, ihr Spacken.« Ihr Gesicht näherte sich meinem. Ihre Wangen waren knallrot.

Ich hob abwehrend die Hände und wich zurück.

Helena ließ uns stehen, was eindeutig gegen die Drei-Leute-Regel verstieß.

Für einen Moment war ich außer mir vor Wut. Von wegen Spacken. Wir hatten es gut mit ihr gemeint. Gerade von Helena hätte ich mehr erwartet, vielleicht sogar so etwas wie Dankbarkeit. Sie hatte eine Riesenchance versäumt.

»Das wird dir noch leidtun«, rief ich ihr nach, doch meine Worte gingen in einem Hustenanfall unter.

»Ist doch wahr, oder?«, fragte ich Sverre, als ich wieder Luft bekam.

»Klar. Wer nicht *für* uns ist, ist gegen uns. Blöde Nutte. Übrigens: Die Bilder von ihr waren echt scharf.«

»Ach, Sverre.«

»Was?« Er hob fragend die Augenbrauen. Neuerdings sahen sie irgendwie perfekter aus als früher, wie modelliert. Ich betrachtete meinen besten Freund eingehend: die akkurate Kurzhaarfrisur mit den abrasierten Seiten. Seine muskulöse Gestalt, die im Widerspruch stand zu seiner weichen, glatten Haut.

»Tu doch nicht so machohaft. So bist du doch gar nicht«, sagte ich.

Sverres Blick verfinsterte sich. Er schwieg, bis wir unser Ziel erreichten, das Haus der Bildhauerin. Es war klein und sah irgendwie in sich zusammengesunken aus.

Neben der grün getünchten Eingangstür rankte eine Kletterrose das Mauerwerk empor, die trotz des miesen Wetters noch nicht ganz verblüht war. Drinnen hinterm

Sprossenfenster saß eine rote Katze mit einem weißen Fleck auf der Brust und leckte sich die Pfote. Wir klingelten.

Während wir warteten, kamen zwei Räder angerauscht, eins lenkte Nick, das andere sein Kumpel Konstantin. Sie hatten jeder ein Mädchen auf dem Gepäckträger: Sara und Lilli. Das mit dem Trennen der Clique klappte noch nicht so gut.

Als sie auf unserer Höhe waren, riss Nick mir die Mütze vom Kopf und schleuderte sie mit aller Kraft in die Luft. Die anderen johlten. Sie betätigten ihre Fahrradklingeln wie wild. Dann waren sie auch schon wieder um die nächste Ecke verschwunden.

Sverre hob die Mütze auf und reichte sie mir.

»Danke. Diese Typen sind so – du nicht«, sagte ich. »Das sind die Spacken.«

»Wir sind die Guten, ich weiß.«

»Sind wir auch.«

Schrei nach Liebe

Sara

Etwas, das ich an Klassenfahrten wirklich mag, immer schon mochte, obwohl es hoffnungslos kitschig ist, ist die Kombination aus Lagerfeuer und Gesang. Auch hinter der Domäne Haifisch gab es die typische rund gemauerte Feuerstelle mit unbequemen Sitzgelegenheiten aus Baumstämmen, die in keiner Jugendherberge fehlen durfte, und eines Abends, als es zwar kalt, aber ausnahmsweise trocken war, bat Kim unsere Wirtin, sich am Brennholz hinter dem Geräteschuppen bedienen zu dürfen.

Sie fragte ihn, ob er mit einer Axt umgehen könne.

Er konnte.

Auch das gefiel mir, wie alles an ihm. Ich mischte mich also unter die Leute, die sich ums Feuermachen kümmern wollten, wild entschlossen, mich diesmal nützlich zu machen. Ohne die fette Kreuzspinne zu beachten, die den Unterstand bewachte, schleppte ich ganze Holzklötze herbei, damit Kim sie in handliche Scheite spalten konnte.

Er hatte seine Mütze wieder. Ab und zu nahm er sie ab, um sich den Schweiß von der Stirn zu wischen. Seine Locken klebten an den Schläfen, was ihm irgendwie stand. Vergeblich suchte ich Blickkontakt.

Als Kim die Axt sinken ließ und sich eine Weile auf dem Hackblock ausruhte, trug ich das fertige Brennholz mit Lilli zur Feuerstelle, wo wir einen halbwegs stabilen Kegel damit errichteten.

»So funktioniert das nicht«, meinte Kim kopfschüttelnd.

So sind Jungs. Dauernd müssen sie sich mit jedem idiotischen Handgriff wichtigmachen.

»Erklärst du es mir?«, fragte ich so, als würde ich ihn aufrichtig bewundern (was ich ja auch tat).

»Guck einfach zu, wie ich es mache«, brummte er und rotzte ausgiebig in sein Taschentuch.

Taktvoll hielt ich die Klappe. Auch als sein Endergebnis meinem glich. Je konsequenter Kim mich ignorierte, desto mehr verdichteten sich meine Gefühle für ihn. Da hält man einiges aus.

Er suchte nach einem Feuerzeug. Ich hatte eins besorgt und hielt es ihm hin.

»Bitte schön«, sagte ich und trat von einem Fuß auf den anderen. Am liebsten hätte ich ihn angeschrien: Sieh mich an. Sprich mit mir! Ich bin die, der du im Klassenzimmer dauernd auf die Haare starrst – und ich habe dich bemerkt!

Kim schwieg.

Ich fragte mich, ob er einfach nur stumpfsinnig oder noch sauer wegen der Mütze war. Falls ja: Ich hätte ihm mehr Größe zugetraut. Es war ein harmloser Spaß gewesen. Jeder normale Mensch hätte so eine Gelegenheit genutzt.

≈

Als das Feuer aufloderte und alle sich mit Decken und Kissen ringsum versammelt hatten, keimte in mir die Hoffnung auf, dass sich der Abend doch noch zu meinen Gunsten entwickeln würde. Getreu dem ungeschriebenen Gesetz, dass auf Klassenfahrten irgendjemand immer eine Gitarre dabeihat, hatte irgendjemand eine Gitarre dabei. Einer von den Namenlosen. Er spielte ganz okay.

Wir tranken selbst gemachten Punsch (natürlich alkoholfrei, weil schulische Veranstaltung) und sangen Lagerfeuerlieder. Meine Stimme stach heraus. Ich kann wirklich gut singen, in Hamburg hatten Linn und ich Gesangsunterricht, die Lehrerin hielt uns für überdurchschnittlich begabt. Manchmal sind wir bei den obligatorischen Eltern-Konzerten an der Musikschule zusammen aufgetreten, später wollten wir eine Teenie-Band gründen und übers Internet weltberühmt werden. Zweistimmig waren wir unschlagbar.

Verstohlen musterte ich Kim, um herauszufinden, ob er von meinem Talent Notiz nahm. Seine Miene war undurchdringlich, er sang nicht mit, sondern hustete bloß gelegentlich in seine Armbeuge, wahrscheinlich hatte er

Halsweh. Seine Augen waren auf den dampfenden Becher in seinen Händen gerichtet. Auf seine Bewunderung konnte ich nicht zählen.

»Du singst ja genial«, flüsterte Lilli mir zu. »Das wusste ich gar nicht. Du kannst echt alles, oder?«

Mehr als die meisten Normalsterblichen anderen jedenfalls. Glück gehabt. Ich bedankte mich, obwohl Lillis Lob mir nicht das Geringste bedeutete. Sie war mein größter Fan – und leider völlig unmusikalisch.

Inzwischen war es dunkel. Die Flammen tanzten. Manchmal knallte es in der orangenen Glut, dann stiegen Funken auf, die der Wind davontrug. Wunderschön sah das aus.

Vivien wünschte sich *Wir lieben die Stürme*, ein Lied, das ich hasste.

»Oh nein, bloß nicht!«, rief ich. »Spiel was Richtiges: *Hotel California.*«

Jeder liebt *Hotel California*. Es ist melancholisch und hat einen guten Groove, es passt zum Lagerfeuer wie Stockbrot und schwarz geröstete Marshmallows (dafür hatte netterweise die Hoppe gesorgt).

Ich schenkte dem Gitarristen ein strahlendes Lächeln, ging in Gedanken schon den Text durch.

Er hatte erstaunlich plumpe Hände für einen Musiker und einen grässlichen Prinz-Eisenherz-Haarschnitt, auf den ich im Klassenraum manchmal mit Papierkügelchen zielte, einfach so.

Aus unerfindlichen Gründen plädierte jetzt die halbe

Klasse leidenschaftlich für *Wir lieben die Stürme*, dieses alberne Kinderlied, worauf ich meinen kleinen nonverbalen Flirt mit dem Gitarristen intensivierte, um Druck auszuüben. Das konnte ich gut. Ich sah, wie er sich vor Nervosität auf die Lippen biss. Nun mach schon, dachte ich. Spannung lag in der Luft.

Höchste Zeit, dass Lilli mir beisprang. Ich stieß sie an, doch sie zuckte mit den Schultern. »Ich singe echt viel lieber Deutsch. Mein Englisch ist so kacke«, flüsterte sie entschuldigend.

Eine unangenehme Pause entstand.

»Hotel California.«

»Wir lieben die Stürme!«

Als die ersten Takte des neuen Liedes erklangen und es nicht *Hotel California* war, verspürte ich den Drang, den Gitarristen mit seinem Instrument zu erschlagen und meine angeblich beste Freundin gleich mit.

An dem Abend brachte ich keinen einzigen Liederwunsch durch. Immer kam sofort ein Gegenvorschlag, der etliche Anhänger fand.

Es war zersetzend. Die Musik bereitete mir kein Vergnügen mehr, kein Song riss mich mit, in jedem war ein düsterer Unterton eingewebt, ein Grummeln, leise, unbestimmt, wie der Vorbote eines Erdbebens oder eines Vulkanausbruchs.

Und schwankte nicht auch der Boden unter meinen Füßen?

Merkte das sonst keiner?

Es gibt doch dieses Phänomen, dass man mühelos über einen Balken balancieren kann, der sich in niedriger Höhe befindet, an demselben Balanceakt aber scheitert, sobald ein Abgrund überquert werden muss. Das funktioniert sogar, wenn die Person auf dem Balken lediglich eine Virtual-Reality-Brille trägt, also der Verstand genau weiß, dass sie in Wahrheit nicht abstürzen kann.

Auf das reale Leben bezogen, hatte ich das bislang als Chance begriffen: Während andere von Natur aus schwach waren und strauchelten, sobald man ihnen eine Bedrohung vorgaukelte, ging ich einfach davon aus, dass mein Balken auf festem Grund verankert war. Das war mein Trick, er hatte lange funktioniert, eine ideale Grundlage für die Fähigkeit, anderen den eigenen Willen aufzuzwängen.

Auf Maroog sah ich plötzlich in den Abgrund.

Und erschrak furchtbar.

Die vielen Tiere trugen einen Teil der Schuld, denn sie brachten mich durcheinander, der Hund, das Kriechzeug – vor allem die Pferde.

Aber dass mir jetzt auch Menschen Angst einjagten, war neu. Meine eigenen Mitschüler, die Dorfdeppen, hallo? Wie konnte ich diese harmlose Bande von Verlierern plötzlich fürchten?

Was passierte hier mit mir?

Und was mit denen?

Nicht nur ich war irritiert, auch viele der Namenlosen schienen nicht zu wissen, was vor sich ging. Die Verwunderung griff um sich, ich sah es in ihren Gesichtern. Neugier und – ja, was noch? Schadenfreude?

Ich stand auf und setzte mich gleich wieder hin. Meine Knie zitterten. So kam ich nicht weiter. Ich drohte zu stürzen. Es war, als hätte mein Körper seine motorischen Fähigkeiten vergessen.

Der Gitarrist spielte *Schrei nach Liebe*: eigene Wahl.

Ein paar Leute johlten.

Fledermäuse flatterten lautlos durch die Luft. Ein Pärchen, das sich gerade erst gefunden hatte, kuschelte sich unter einer Decke zusammen.

Ich fror trotz der Hitze des Feuers auf meinen Wangen.

Während die Stimmung ausuferte (die anderen sangen unermüdlich weiter und verbrüderten sich dabei auf ätzend ranschmeißerische Weise mit unseren beiden Super-Pädagogen), schlich ich allein zurück aufs Zimmer, warf mich in meinen Kleidern bäuchlings aufs Bett und fiel sofort in einen unruhigen Schlaf.

Ich träumte von einer roten Katze, die über meine Decke schlich und sich am Fußende zusammenrollte. Sie ließ sich nicht vertreiben.

≈

Es ist so ein typischer Omaspruch, aber manchmal stimmt er einfach: Am nächsten Morgen sah die Welt schon ganz anders aus. Kaum erwacht, stellte ich fest, dass die Katze keineswegs meinen Träumen entsprungen war. Sie existierte und sie hatte es sich tatsächlich auf meinem Bett gemütlich gemacht, das ich, seit es Linn nicht mehr gab, mit niemandem mehr geteilt hatte. Als ich sie vorsichtig streichelte, um sie zu wecken, schnurrte sie, ohne die Augen zu öffnen. Sie hatte einen weißen Fleck auf der Brust. Sie war ein Tier, zugegeben, das war nicht zu übersehen. Aber ein friedliches, flauschiges. Und wunderschön obendrein.

Bald darauf waren alle wach, und der Raum füllte sich mit Stimmen und Gelächter, was die Katze augenblicklich in die Flucht trieb. Ich konnte es ihr nicht verübeln.

Ihretwegen kam ich viel besser als sonst in den neuen Tag. Ich war die Erste unter der Dusche und genoss den Vorteil, ausreichend warmes Wasser zur Verfügung zu haben. Keine Spinnen, keine Spur vom schwarzen Hund. Die Sonne schien und es gab passend zu meiner guten Laune statt Haferbrei ausnahmsweise frische Brötchen, Marmelade und Aufschnitt zum Frühstück.

Meine nächtlichen Sorgen kamen mir jetzt übertrieben vor. Ich schob alles auf den Zustand, unglücklich verliebt zu sein. Die Hormone und so.

Ich musste einfach nur Kim auf mich aufmerksam machen. So schwer konnte das ja nicht sein. Er war nicht gerade ein Mädchenschwarm, höflich ausgedrückt. Und ich war bekanntermaßen ein Sechser im Lotto, immer noch, auch wenn ich mich auf Maroog schwer damit tat, zu Hochform aufzulaufen.

≈

Ich wollte mit Charlotte reden. Sie schien mir die richtige Ansprechpartnerin in Liebesdingen zu sein. Zum einen, weil sie sich mit ernst gemeinten Beziehungen offenbar auskannte, da sie seit fast einem Jahr mit einem ruhigen Typen ging, der eine Ausbildung zum Forstwirt machte. Zum anderen, weil ich wegen *Hotel California* ohnehin noch stocksauer auf Lilli war.

Die Gelegenheit, Charlotte anzusprechen, ergab sich in der Studierstunde. Das Wetter war noch schöner geworden, es war sogar richtig warm, sodass es die meisten von uns nach draußen zog. Wir verteilten uns rund ums Haus. Charlotte hatte eine Bank gewählt, die ziemlich abseits in einer windgeschützten Dünensenke stand, weshalb sie bei allen nur »Liebesbank« hieß. Zahlreiche Paare hatten ihre Initialen eingeritzt. Mit etwas Glück würden bald zwei dazukommen.

Ungefragt schob ich ihre Bücher beiseite und setzte mich zu ihr. »Weißt du was?«

Sie sah mich nicht an. »Gut, dass du kommst. Ich muss mit dir reden, Sara. Echt dringend.«

»Okay. Cool. Ich auch mit dir. Ich glaube nämlich, ich bin vielleicht verknallt. Nein, warte, streich das vielleicht. Ich bin definitiv verknallt. Und zwar heftig.«

»Glückwunsch«, sagte Charlotte trocken. »Und wer ist der Glückliche?«

»Das rätst du nie.«

Charlotte schwieg. Anscheinend hatte sie keine große Lust zu raten. Ihr Verhalten war ungewöhnlich distanziert.

Auf einmal zögerte ich, seinen Namen preiszugeben. Etwas in mir sträubte sich dagegen.

»Jemand, von dem ich eigentlich dachte, er sei seit Ewigkeiten in mich verknallt. Aber jetzt behandelt er mich wie Luft.«

»Klingt nach dem üblichen Spiel.«

Ich kaute auf der Unterlippe. »Mag sein. Aber er ist kein Spielertyp. Ach, Charlie, wie komme ich bloß an ihn ran, ohne mich zu blamieren? Ich brauche unbedingt mal wieder ein richtiges Erfolgserlebnis.«

Sie runzelte die Stirn. »So nennst du das? Ich dachte, es geht um richtige Gefühle.«

»Geht es ja auch.«

Ich musterte Charlotte, um herauszufinden, was los war. Sie war hoch aufgeschossen, flachbrüstig und schlank, ihre Augenfarbe undefinierbar, irgendwas zwischen grau, braun und grün. Mit ihren hüftlangen Haaren, die vollkommen glatt waren, war sie eine eindrucksvolle Erscheinung, wenn sie nicht gerade in ein Schiffsklo kotzte.

Sie und Lilli ähnelten einander kein bisschen. Während Lilli vorlaut, aber gutmütig war, sollte man Charlottes Verschlossenheit nicht mit Schüchternheit verwechseln. Wer sie kannte, fürchtete ihren Sarkasmus. Er war der Grund, warum ich mich mit ihr angefreundet hatte. Dennoch war sie mir ein Rätsel geblieben, wenn ich ehrlich war. Ihr blasses Gesicht ließ auch jetzt keine Regung erkennen.

Ich sah in den Himmel, wo ein Flugzeug in großer Höhe einen Kondensstreifen hinter sich herzog wie eine Botschaft direkt an mich, eine Durchhalteparole aus der Welt, in die ich gehörte, in der man Gott sei Dank längst aufgehört hatte, sich mit Kutschen fortzubewegen. Der Himmel über dem Balkon unserer Stadtwohnung war oft voller Flugzeuge gewesen, denn sie lag bei schönem Wetter und Ostwind genau in der Einflugschneise. Auf ihren glänzenden Bäuchen hatte man die Namen der Airlines deutlich lesen können, so nah kamen sie.

Einmal mehr vermisste ich mein Smartphone. Genau wie ich hatte Charlotte eine Schwäche für Internetvideos, in denen sich Leute, die von ihrer Coolness überzeugt waren, unfreiwillig blamierten. Das hätte die Stimmung jetzt bestimmt von ganz allein aufgelockert.

»Hauptsache, es ist nicht Nick«, murmelte Charlotte irgendwann, als sie merkte, dass ich den Namen für mich behalten würde.

»Nein!«

»Also einer von den Namenlosen.«

Ich seufzte. Insgeheim wünschte ich, ich hätte nie diesen Begriff benutzt. Damit hatte ich uns allen ganz schön was eingebrockt. Mir ganz besonders.

»Na ja, ich habe mir seinen Namen inzwischen gemerkt«, sagte ich missmutig.

»Das ist schon mal ein Anfang«, erwiderte Charlotte. »Wenn man jemanden liebt und es einem wirklich ernst ist, sollte man sich nämlich aufrichtig für ihn interessieren.«

Allmählich fing sie an, mir auf die Nerven zu gehen. »Was soll das denn jetzt heißen?«

»Eben das.«

»Dass ich mich nicht aufrichtig für andere interessiere?«

Sie sah mir direkt in die Augen. »Ist doch so.«

»Im Gegensatz zu dir, oder was?«

Keine Ahnung, warum sich Charlotte mir gegenüber plötzlich moralisch überlegen fühlte, aber ihre Selbstgefälligkeit war lächerlich. Gut, sie hatte einen festen Freund, aber das machte sie noch lange nicht zu einem besseren Menschen. Für eine gute Pointe ließ sie Freundschaften über die Klinge springen, ohne mit der Wimper zu zucken.

Wir hatten beide Dreck am Stecken: Wenn es um Aktionen gegen irgendwelche Loser ging, waren wir immer ein Dreamteam gewesen. Ich mochte die besseren Einfälle haben, aber in Sachen Skrupellosigkeit nahmen wir uns nichts.

Als ich sie daran erinnerte, sprang sie auf und schleuderte mir mit einer Stimme, die immer wieder zu kippen drohte, ihre ganze Wut ins Gesicht: »Weißt du, was die Hoppe gerade macht? Sie führt Einzelgespräche, in denen sie jedem sagt, wo er steht. Nicht, was die Schulnoten betrifft, sondern menschlich gesehen. Die hat mich dermaßen runtergeputzt wegen der Verbreitung der bescheuerten Fotos von Helena.«

»Na und? Scheiß drauf. Hier rein, da raus. Die Sache ist doch bald vergessen.«

»Warte, bis du an der Reihe bist. Sie wollte unbedingt, dass ich verrate, wie die ganze Sache gelaufen ist. Wer mir die Bilder geschickt hat. Das geht alles vor Gericht.«

»Und wer war es?«

Sie starrte mich mit offenem Mund an: »Wie bitte?«

»Von wem hast du sie?«

»Na von dir. Wir haben doch neulich noch darüber geredet. Auf dem Schiff.«

»Da kann ich mich nicht dran erinnern.«

Die Lüge kam so fluffig über meine Lippen und Charlottes Erschütterung darüber war so groß, dass ich lachen musste.

Sie dagegen war kurz davor, in Tränen auszubrechen. Tränen der Wut.

Sie sprang auf, als wolle sie mir eine scheuern. Ich tat nichts. Ihr Aufruhr ließ mich kalt.

In Gedanken ging ich alles noch mal durch. Steckte ich in Schwierigkeiten? Nein, alle digitalen Spuren, die auf mich hinwiesen, waren gelöscht. Natürlich gab es Leute, die mehr Ahnung davon hatten als ich. Aber selbst wenn während unserer Abwesenheit weiterermittelt würde, wären sicherlich keine hochrangigen Computer-Experten am Start, dafür war der ganze Fall zu belanglos und wir lebten schließlich in der tiefsten Provinz. Es war eine Lappalie.

Ich musste die Nerven behalten.

Charlotte würde (wenn überhaupt) nur für etwas bestraft werden können, das tatsächlich auf ihre Kappe ging, nämlich die Verbreitung der Bilder. Sollte sie doch die Verantwortung übernehmen, es war ihre eigene Entscheidung gewesen. Was hatte sie schon zu befürchten? Ein paar Sozialstunden allenfalls, wahrscheinlich nicht mal das, schließlich hatte sie sich vorher nie etwas zuschulden kommen lassen, und ihre Eltern hatten genug Kohle, um einen guten Anwalt anzuheuern.

Und was Helena betraf: Letztlich hatte ich ihr einen Gefallen getan, indem ich ihr die eigene Leichtgläubigkeit vor Augen geführt hatte.

So einen Quatsch machte die bestimmt nicht wieder. Wie ich es auch drehte und wendete: Mein Gewissen war rein.

»Ich hoffe, du hast der Hoppe keinen Scheiß erzählt«, sagte ich kalt.

Fassungslos schüttelte Charlotte den Kopf. »Du bist echt das Letzte. Nein, ich habe ihr gar nichts erzählt, aber ich wünschte, ich hätte es getan.«

Hope

Kim

Unsere Allianz gegen Sara bekam unerwartet Zulauf: Ihre Freundin Charlotte hatte mitgekriegt, dass wir ihren Intrigen und den Attacken gegen Schwächere ein Ende machen wollten, und sprach mich direkt an, noch bevor ich dazu kam, selbst mit ihr zu reden. Mit der Schlange sei sie fertig, sagte sie. Was auch immer wir vorhätten, wir könnten auf sie zählen.

Mein Instinkt war richtig gewesen: Mit der Affäre Helena hatte sich Sara letztlich selbst ein Bein gestellt.

Neuerdings ließ Sara immer seltener ihren falschen Charme spielen, stattdessen war sie so offen feindselig gegen alles und jeden, dass die meisten von uns nun doch dazu übergingen, sie bei jeder Gelegenheit auflaufen zu lassen. Ich konnte es ihnen nicht verübeln.

Trotzdem nahm ich mir immer wieder vor, Sara irgendwie einzubinden, um eben nicht genauso grausam zu handeln wie sie, aber letztlich war sie einfach zu nichts zu gebrauchen.

Bei dem schönen Wetter kamen wir unabhängig von dem ganzen Kleinkrieg mit dem Friedhof zügig voran. Die Kreuze waren aufgerichtet und frisch gestrichen, auch der Zaun stand wieder. Da es unmöglich gewesen war, alle fehlenden Latten durch Walknochen zu ersetzen (es gab einfach nicht mehr genug davon, wahrscheinlich waren sie unter den landeinwärts wandernden Sandmassen der Dünen vergraben), hatten wir zusätzlich Birkenholz verwendet. Das Endergebnis war krumm und schief, aber auf eine gewollte Art, ein Zaun mit Charakter. So sahen wir es zumindest, und den Toten gefiel unser Werk hoffentlich auch. Wir hatten uns viel Mühe für sie gegeben.

Was uns noch fehlte, waren Gedenktafel und Skulptur, auch mit dem Schreiben der fiktiven Lebensgeschichten kamen wir nicht voran, aber das würde schon noch werden. Wir wollten alles tun, um den Friedhof – solange, wie es ihn gab – zu einem spannenden Ausflugsort für Besucher zu machen, nur leider hatten wir die Insel-Bildhauerin von Maroog bislang nicht angetroffen. Allerdings hätte ich schwören können, dass ihre Katze sich neuerdings bei der Domäne Haifisch herumtrieb.

»Versuchen wir es heute noch mal bei der?«, fragte ich Sverre eines Nachmittags.

»Gern, aber könnten wir bitte nur zu zweit fahren? Trotz der Drei-Leute-Regel.«

Ich sah ihn neugierig an. »Ich denke, das ist kein Problem.

Die Hoppe nimmt es nicht mehr ganz so genau, seit sie festgestellt hat, dass wir nicht bei der kleinsten Windböe ins Hafenbecken wehen.«

»Frau Hoppe ist sowieso die Beste«, sagte Sverre mit verklärtem Blick

Darum ging es also. Am Vormittag hatte sein Einzelgespräch stattgefunden, weshalb er vor lauter Aufregung keinen Bissen vom Frühstück runterbekommen hatte. Anscheinend war es gut für ihn gelaufen.

Während der gesamten langen Fahrt mit dem Rad nach Nynordhavn wartete ich darauf, dass er anfing, mir lang und breit zu erzählen, welches Loblied unsere Klassenlehrerin auf ihn gesungen hatte. Aber er schwieg beharrlich und trat fest und noch motivierter als sonst in die Pedale. Dabei pfiff er leise vor sich hin.

Schließlich fragte ich ihn direkt.

Er sagte, er wolle sich noch ein wenig allein freuen. Und dann, wenn die Freude verbraucht sei und die Zweifel zurückkämen, bräuchte er mich zum Reden an seiner Seite, deshalb sei ich hier. Manchmal war er wirklich schräg.

≈

Wir kamen nach Nynordhavn, wo die Kletterrose am Haus der Künstlerin Hermine H. zwei tiefrote neue Blüten bekommen hatte, ein trotziges letztes Aufbäumen des Sommers. Von der Katze keine Spur.

Ich klingelte. Die Türklingel imitierte Big Ben in London, was ich affig fand.

Wieder öffnete niemand.

Nach einer Weile kam Widukind mit Karl durch die Gasse gezottelt und brachte den Einspänner neben uns zum Stehen. Diesmal hatte er Bierfässer und Kästen mit Leergut und geladen. Die beiden transportieren einfach alles, was auf Maroog von A nach B musste, ich hatte sie auch schon vollbeladen mit Möbeln und Blasinstrumenten an der Fähre stehen sehen.

»Moin, Jungs, sucht ihr die Bekloppte?«

Sverre und ich sahen erst uns, dann ihn entgeistert an. »Wir suchen Frau Hermine H.!«, rief ich.

»Ja ja, die Bekloppte. Die ist um diese Zeit meistens im Watt. Gespenster jagen.«

Das klang ganz nach meinem Geschmack. Ich hatte noch nie eine Künstlerin persönlich kennengelernt und stellte mir vor, dass sie andauernd derartig verschrobene Dinge taten. »Interessant. Und wo genau?«

»Geht einfach beim Leuchtturm los, dann seht ihr sie schon von Weitem. Haare wie ein Flammenwerfer, genau wie Hope.«

»Wer?«

»Na, eure fesche Lehrerin.«

Hope?

»Sie heißt Liliane Hoppe«, korrigierte Sverre.

Da wusste er ausnahmsweise mehr als ich. Der Name brachte etwas in mir zum Schwingen. Seit wir Sara zu unserer Feindin erklärt hatten, dachte ich wieder mehr an unsere Lehrerin. Für irgendwen musste ich ja schwärmen.

Ich konnte mir nicht helfen: Alles an Frau Hoppe schien mir exzentrisch und aufregend.

»Ihre Freunde nennen sie Hope«, sagte Widukind und tippte an seine Mütze. »Schönen Gruß.«

Wie aufrecht er dort saß. Ich war überzeugt, dass er seinen Kutschbock nur zum Schlafen verließ, die Stiefel ordentlich nebeneinander am Fußende seines Betts aufgestellt, um nach dem Aufstehen sofort wieder hineinschlüpfen zu können. Ob er eine Frau hatte? Kinder? Irgendwann würde er einen Nachfolger brauchen, einen Erben für seine Lizenz. Falls er niemanden hatte, könnte ich mir vorstellen, den Job eine Weile zu machen. Natürlich nur, um anschließend Bücher darüber zu schreiben, wie es hier war.

Es faszinierte mich, wie bereitwillig die Leute auf Maroog ein Leben lebten, das es so eigentlich nicht mehr geben durfte. Jeder an seinem Platz, Generation für Generation.

Ich bewunderte die Leute hier, aber ich wollte etwas Besonderes aus mir machen. Ein unauffälliges Leben wie das der eigenen Eltern zu führen, konnte ich mir nicht vorstellen.

»Ho.« Widukind zog die Zügel straff und Karl setzte sich prustend in Bewegung. Auf der Ladefläche klirrten die leeren Flaschen im Takt seiner gemächlichen Schritte. Die Stille danach hatte etwas Erhabenes.

Wir sahen ihm lange nach.

≈

Der Leuchtturm stand auf einer Landzunge an der Nordspitze der Insel, also weitestmöglich von der Domäne Haifisch entfernt. Wie viele Gebäude auf Maroog war er mit roten Ziegeln verklinkert, was ihm ein trutziges Aussehen verlieh. Überhaupt erinnerte er mit seiner eckigen Fassade eher an den Wehrturm einer Burg.

Wir entdeckten ein Fahrrad, das eine Art hölzerne Galionsfigur besaß: eine blaue Nixe mit flatternder Mähne aus grellbunten Nylonfäden, vermutlich Reste von Fischernetzen, wie wir sie massenweise vom Friedhof geklaubt hatten. Die Nixe war in einem rostigen Fahrradkorb festgeschraubt und hatte einen ziemlich lebenshungrigen Gesichtsausdruck für eine Puppe. Ich schwöre, sie schaute uns direkt an.

Unwillkürlich sah ich Frau Hoppe vor mir. Liliane. Hope für ihre Freunde! Ich war wirklich nicht besonders erfolgreich darin, sie mir aus dem Kopf zu schlagen. Manchmal sah ich mir unter der Decke das Video an, das ich heimlich von Magnus und ihr gedreht hatte, und stellte mir vor, meine Lippen auf genau dieselbe Art auf ihre zu pressen. Dann tauschte ich sie in Gedanken probeweise gegen Sara aus. Auch nicht übel. Morgens vor dem Spiegel war ich verlegen und schüttelte den Kopf über mich.

Ich wusste nicht, wo in dem Knäuel von Gefühlen und schamlosen Wunschvorstellungen sich das Mysterium der echten Liebe verbarg.

»Ich glaube, wir sind auf der richtigen Fährte«, sagte ich und starrte immer noch die Nixe an. »Das muss das Werk von Hermine H. sein.«

Sverre stimmte mir mit einem Grinsen zu.

Wir stellten unsere Räder ab. Da es noch immer warm und sonnig war, beschlossen wir, barfuß zu gehen. Wir zogen Schuhe und Strümpfe aus, krempelten die Hosenbeine hoch und stapften hinaus ins blausilbern schimmernde Watt. Es verströmte einen organischen Geruch, den ich mochte: nach Brackwasser, Algen und Getier. Unglaublich, dass wir uns tatsächlich auf dem Meeresgrund befanden, eine Wüste auf Zeit, geformt von Strömungen und Wellenbewegungen, und nur für wenige Stunden ein halbwegs sicheres Refugium für Landratten wie uns.

Kaum waren wir etwa fünfzig Meter gegangen, Schlick gurgelte und schmatzte unter unseren Füßen, da blieb Sverre plötzlich stehen, riss die Arme in die Luft und stieß einen Freudenschrei aus, den man wahrscheinlich bis zur Domäne Haifisch hören konnte, wenn nicht sogar bis aufs Festland.

»Oh Mann, ist das geil!«, schrie er mich an.

»Was ist geil?«, schrie ich zurück.

»Schreien!«

Also schrien wir drauflos, was unsere Stimmbänder hergaben.

Es war ein Heidenspaß.

Mit den Füßen im sonnenwarmen Wasser eines Priels, eine Art Flüsschen im trockenen Meer, fand ich alles, was ich gerade sah und erlebte, unendlich neu und großartig.

Das helle Licht.

Die schmale Linie des Horizonts in weiter Ferne.

Das Himmelsblau in seiner kalten Makellosigkeit, nirgends eine Wolke, die es durchbrach.

Die Herbstsonne verlieh mir ein Gefühl von Stärke, ich konnte förmlich spüren, wie sie die letzten Reste meiner Erkältung einfach wegbrutzelte.

Ich war jung und gesund. Mein ganzes Leben lag noch vor mir, ein pralles Geschenk, das ich mir schon viel zu lang von außen angesehen hatte. Bald, sehr bald würde ich es aufreißen – und hoffentlich Antwort auf alle meine Fragen und Verwirrungen finden, um dann Großes in der Welt zu bewegen.

Aber erst mal liefen wir weiter. Ziellos stromerten wir umher. Das Watt war ringsum quietschlebendig, genau wie wir. Überall Muscheln und Krebse. Sandhaufen, die von Wattwürmern stammten. Kleine fleischige Pflanzen mit dicken Tentakeln, Queller genannt. Ich wusste, dass sie essbar waren, und hatte Lust, davon zu probieren.

»Ist es nicht einfach fantastisch, wenn man alles sein kann, was man sein will?«, fragte Sverre unvermittelt. »Egal ob man zum Beispiel eine verrückte Künstlerin ist, die Gespenster sucht und eine Nixe auf dem Fahrrad spazieren fährt, oder eben –«

Er stockte.

»Eben was?«

»Schwul«, brach es aus ihm heraus.

Die Neuigkeit haute mich um, obwohl sie streng genommen keine war.

Jetzt bloß nichts Falsches sagen.

Aber was war das Richtige?

Ich schluckte, dann strahlte ich ihn an, meinen schwulen besten Freund. »Oder schwul *und* eine Nixe auf dem Fahrrad spazieren fahren«, witzelte ich und lachte einfältig. Reine Verlegenheit. Zum Glück kriegte ich die Kurve. »Geht auch. Geht alles.«

»Meinst du wirklich?«

»Definitiv.«

Um ihm zu zeigen, wie ernst es mir war, nahm ich Sverre in die Arme. Er wirkte überrumpelt.

»Du, ich freue mich total«, sagte ich.

»Darüber, dass ich schwul bin?«

»Nein, dass du es mir sagst.«

»Na ja, ich weiß es ja selbst erst seit heute. Nein, ich *wusste* es schon länger, aber ich wollte es einfach beim besten Willen nicht wahrhaben.«

Ich nickte. »Deswegen das ganze Theater mit den Mädchen«, sagte ich nachdenklich.

Sverre wurde ernst. »In manche von ihnen war ich schon verschossen. Glaube ich. Oder nicht? Es ist kompliziert, vielleicht habe ich auch bloß versucht, mir selbst was vorzumachen. Ich wollte dazugehören, die Anerkennung spüren, die man überall bekommt, wenn man seine erste feste Freundin hat. Vor allem, wenn es eine wie Sara gewesen wäre. Das hätte mir keiner nehmen können. So ein Volltreffer hätte mir sicher dabei geholfen, ein ganzes Leben als Angehöriger einer mehr oder weniger unterdrückten Minderheit zu meistern.«

Trotzig warf er den Kopf zurück, sein Gesicht war ganz rot, ob wegen der Sonne oder aus Verlegenheit, war schwer zu sagen. Die Leichtigkeit wich aus dem Tag wie Luft aus einem leckgeschlagenen Gummiboot, unsere Stimmung bekam Schlagseite.

Ich wusste, wen Sverre in erster Linie mit Sara hätte beeindrucken wollen: seinen Vater. Der war dummerweise stockkonservativ, ein Jäger, der halbe Nächte in seinem Hochsitz verbrachte, bevorzugt bei miserablem Wetter, um zu demonstrieren, was für ein harter Hund er war. Dass sein Sohn diese Leidenschaft partout nicht mit ihm teilen wollte, führte immer wieder zu ermüdenden Diskussionen.

Anderseits war der Mann bereit, stattdessen Sverres große Schwester Rieke mit auf die Pirsch zu nehmen, die ganz versessen darauf war. Wenn das nicht darauf hoffen ließ, dass er zumindest ansatzweise im einundzwanzigsten Jahrhundert angekommen war.

Sverre war da weniger optimistisch. »Mein Vater bringt mich um«, sagte er.

»Vielleicht unterschätzt du ihn.«

»Wetten nicht? Und wenn er erfährt, dass mich ein Gespräch mit meiner Klassenlehrerin dazu ermutigt hat, mich zu outen, bringt er die Hoppe gleich mit um, als wäre sie dafür verantwortlich, dass ich bin, wie ich bin. Ist ja auch verständlich, irgendwie. Ich meine, welcher Vater will schon einen schwulen Sohn? Ach Scheiße, Kim, warum kann ich nicht einfach wie alle anderen sein? Ist das wirklich so viel verlangt?«

Sverres Hosenbein war runtergerutscht und voller Schlamm. Er fluchte, als er es sah.

Er tat mir leid. Da waren sie nun, die Zweifel, von denen er vorhin schon geahnt hatte, dass sie kommen würden – gerade eben war er noch zum Schreien happy gewesen und jetzt stand er da mit seiner dreckigen Hose wie ein kleiner Junge und wusste nicht weiter.

»Als ob die anderen alle gleich wären«, sagte ich schließlich.

»Ein bisschen gleicher schon. Guck dich an.«

Ich überlegte, ob ich ihm von meinen Gefühlen für Frau Hoppe erzählen sollte: Meine Eltern wären auch nicht gerade begeistert, wenn sie wüssten, wer mich nachts um den Schlaf brachte. Andererseits: Umbringen würden sie mich definitiv nicht.

Sverres Vater hingegen war schon ein Problem, das ließ sich nicht leugnen. Als Kind hatte ich Angst vor ihm gehabt, weshalb wir meistens bei mir gespielt hatten. Ich traute ihm zu, seinen eigenen Sohn vor die Tür zu setzen. Meine Sorgen waren lächerlich dagegen.

»Mach dich nicht verrückt«, sagte ich. »Jetzt sind wir ja erst mal noch hier auf der Insel. Und zu Hause wartest du den richtigen Zeitpunkt ab. Rede mit Rieke, die hilft dir bestimmt. Zur Not ziehst du eben eine Weile zu uns, wenn alles blöd wird.«

»Na toll, damit alle denken, wir sind zusammen.«

Ich zuckte mit den Schultern. »Dann denken sie es eben. Na und? Lass sie doch denken, was sie wollen.«

»So weit bin ich noch nicht.« Er sah mich verzweifelt an. »Hilf mir!«

Was half mehr als ein gutes Gespräch? Wir redeten und redeten, während das Meer sich den Boden unter unseren Füßen allmählich zurückeroberte, über uns der endlos weite Himmel.

Ich wusste, dass ich jetzt liefern musste, dass meine Fähigkeiten als Freund gefragter waren als je zuvor. Also tat ich alles, um Sverre Mut zuzusprechen, was mir am Ende so gut gelang, dass er ernsthaft darüber nachdachte, sich der ganzen Klasse mitzuteilen.

Bevor ich mir darüber klar werden konnte, ob ich das für übereilt hielt, versetzte uns die Nordsee auf ihre Art eine schallende Ohrfeige und ließ uns spüren, wer hier das Sagen hatte.

Die Flut kam.

Der Priel, in dem ich gerade noch meine Füße gebadet hatte, war zu einem breiten Strom angewachsen. Das Wasser strömte so schnell nach, dass unser Rückweg bereits abgeschnitten war.

»Shit.«

»Kommen wir da durch?«, fragte Sverre.

»Keine Ahnung. Sieht tief aus.«

»Versuchen wir es einfach, oder? Ich könnte eine kleine Abkühlung gebrauchen. Von der Sonne kriege ich langsam Kopfweh.«

Wir zögerten.

Aber hatten wir eine Wahl?

»Das würde ich bleiben lassen«, sagte eine fremde Frauenstimme hinter uns, als wir im Begriff waren, uns in die Fluten zu wagen.

Zu Tode erschrocken wirbelten wir herum. Eine Frau im weißen Kleid. Haare wie ein Flammenwerfer. Augen grün wie der Queller.

Wie lange stand sie schon dort? Hatte sie uns etwa belauscht? Und wie zum Teufel hatte sie sich uns unbemerkt nähern können, in einem Gelände, das keinerlei Sichtschutz bot?

»Hermine Hoppe«, stellte sie sich vor. »Und ihr beiden Hübschen wollt euch umbringen?«

Ich reichte ihr die Hand. »Eigentlich nicht. Wir haben nur die Zeit verquatscht und jetzt stehen wir blöd da. Sind Sie mit unserer Lehrerin verwandt: Liliane Hoppe? Hope?«

»Darauf kannst du Gift nehmen. Wir sind die, die man hier früher als Hexen verbrannt hat. Und wenn ich hier sage, meine ich auch hier. Genau hier.« Sie stampfte mit dem Fuß auf, dass es spritzte. Anders als wir war sie nicht barfuß, sondern trug geblümte Gummistiefel.

»Im Watt?«, fragte Sverre mit großen Augen. »Ist ja krass.«

»Im Watt gibt es viele Arten zu sterben. Merkt euch das. Überleben ist da schon etwas schwieriger, vor allem, wenn der Blanke Hans kommt. Und er kommt, der alte Stinkstiefel, er macht sich gerade auf den Weg. Ich rieche ihn schon. Aber keine Bange, heute seid ihr noch nicht dran. Los geht's, Jungs, ich bring euch hier raus. Folgt mir!«

Und so kamen wir doch noch zu künstlerischem Beistand.

≈

Während sie vorauseilte, hielt uns Hermine Hoppe einen Vortrag über die vielfältigen Gefahren des Watts: Seenebel, der auch bei allerbestem Wetter jederzeit auftreten kann und garantiert für völlige Orientierungslosigkeit sorgt. Starke Unterwasser-Strömungen in den Prielen, unsichtbar für das menschliche Auge. Schlickfelder, die zwar harmlos wirken, aber schnell zur Falle werden, wenn man bei auflaufendem Wasser bis zum Bauch in ihnen feststeckt wie in einem Sumpf.

Sie trug ziemlich dick auf.

Ich glaubte ihr jedes Wort.

»Und woher wissen Sie, wo man langgehen kann, ohne dass so ein Mist passiert?«, fragte Sverre. »Hier sieht doch alles gleich aus.«

»Für dich vielleicht. Genau deswegen habt ihr beiden Anfänger hier auch nichts zu suchen. An der Südspitze gibt es wenigstens Bojen, die euch zeigen, wann ihr umkehren müsst. Hier an der Nordspitze ist das Watt eine Diva, die ich allerdings ziemlich gut kenne, besser als meine eigene Verwandtschaft. Was für dich nur ein Kuddelmuddel von Wasseradern und Matsch ist, ist für mich wie eine Schatzkarte, die ich schon als Kind auswendig gelernt habe.«

Das Bild gefiel mir. »Können Sie uns beibringen, sie zu lesen?«, fragte ich aufgeregt.

Sie schüttelte den Kopf. »Keine Chance. Das würde Jahre dauern. Man muss die Gezeiten kennen. Wissen, welchen Einfluss das Wetter hat. Und dann ist immer auch noch Glück dabei.«

»Ich bin zufällig ein Glückskind«, erwiderte ich.

Sie betrachtete mich interessiert. »Da sei dir mal nicht so sicher. Mit dem Unglück ist es wie mit dem Seenebel. Eben hat noch die Sonne vom Himmel gelacht – und plötzlich weißt du nicht mehr, wo es langgeht.«

≈

Zum Abendessen gab es Gemüsesuppe, die wie Kleister aussah und auch so schmeckte. Schuld war die Einlage aus hoffnungslos zerkochten Nudeln. Ich mochte Greetje, aber ihre Kochkünste waren wirklich miserabel.

Verstohlen beobachtete ich Frau Hoppe, um auszuspionieren, ob sie etwas davon aß oder nur der Ordnung halber mit uns am Tisch Platz genommen hatte. Ihr Teller war kaum gefüllt, sie nahm nur ab und zu einen Löffel Suppe, weshalb ich annahm, dass sie entweder bereits satt oder später noch verabredet war, diesmal vielleicht zu einem richtigen Rendezvous mit diesem Mann, der in dem gläsernen Restaurant seine Hand auf ihre gelegt hatte. Möglicherweise würde sie diesmal auch mit Magnus ausgehen, der ebenfalls keinen Appetit zu haben schien und sich nicht an den Tischgesprächen beteiligte.

Hope. Je mehr ich von ihren Geheimnissen erfuhr, desto faszinierender fand ich sie. Dass sie unerreichbar war, machte sie nur noch interessanter. Anders als Sara, die einfach bloß eine machtversessene Zicke mit zwei linken Händen und Pferdephobie war, war sie eine gestandene Frau, eine Insulanerin mit unbekannter Vergangenheit. Jedes Mal, wenn ich sie lange ansah, entdeckte ich ein neues Detail, das mich kirre machte. Die dünne Haut auf den geschlossenen Lidern, wenn sie sich auf der Bank hinterm Haus sonnte. Die auffallend großen, zugleich aber auch feinen Hände, die jeden Handgriff mit einer gewissen Eleganz ausübten. Der perfekte Schwung ihrer Brauen.

Es war ein Tabu, seine Lehrerin scharf zu finden, das brachte nichts als Ärger. Außerdem steckte sie in mindestens einer Beziehung. Und wenn schon. Waren nicht alle großen Lieben unerfüllt?

Als Frau Hoppe mich nach dem Essen zum Einzelgespräch bat, fühlte ich mich so ertappt, dass ich spürte, wie ich dunkelrot anlief.

Ich folgte ihr in ein kleines Büro, das hinter der Küche lag. Sie setzte sich nicht hinter den Schreibtisch, sondern auf die niedrige Fensterbank und steckte sich eine Zigarette an, was ich unerhört fand.

»Rauchst du?«

»Nein. Ich will unbedingt hundert werden.«

Sie lachte.

Ich stand blöd rum und überlegte, ob ich sie auf das

Rauchverbot hinweisen sollte. Die Art, wie sie die Zigarette hielt, bezauberte mich.

»Und, Kim?«, fragte sie amüsiert und blies den Rauch durch das geöffnete Fenster nach draußen. »Alles gut bei dir?«

Ich räusperte mich. »Alles bestens.«

»Kommt mir auch so vor. Du fühlst dich hier schon richtig zu Hause, oder?«

Ich nickte. »Das verstehen Sie bestimmt gut. Wo Sie doch von der Insel stammen.«

Ich hoffte, dass sie darauf eingehen würde, aber es war unmöglich, ihr etwas Privates zu entlocken. Auch als ich Hermine Hoppe ansprach, sagte sie nur: »Sie wird euch bestimmt etwas Schönes für den Friedhof zaubern.«

Da Frau Hoppe genauso ungern über sich reden wollte wie ich über mich, und es mich außerdem nervös machte, mit ihr allein zu sein und ihr beim Rauchen zuzusehen, versuchte ich, die Sache schnell hinter mich zu bringen, indem ich das ganze Projekt überschwänglich lobte. Frau Hoppe hatte null Bock auf Schleimer, das war allgemein bekannt.

Doch statt mich wegzuschicken, hörte sie eine Weile zu, bevor sie mich mit großem Ernst ansah. »Schön, schön. Doch leider sind nicht alle so gut drauf, wie du ja vielleicht schon bemerkt hast. Ich dachte mir, Kim, vielleicht hättest du Lust und Kraft, dich ein wenig um jemanden zu bemühen, der dringend Hilfe gebrauchen könnte.«

Ich strahlte sie an. »Klar«, sagte ich, denn ich war mir

vollkommen sicher, dass es um Sverre ging, und wollte mich gerade als bereits eingeweiht zu erkennen geben, als sie mir einen anderen Namen nannte.

Er lautete Sara.

Opfer

Sara

Es war eine Verschwörung. Als ich das endlich kapierte, musste ich lachen, nicht weil es so witzig gewesen wäre, sondern aus Verblüffung über meine eigene Blödheit. Wieso war ich nicht eher draufgekommen, schon am Lagerfeuer, als keiner die Lieder singen wollte, die ich vorschlug?

Ich Idiotin hatte geglaubt, ich sei einfach nicht in Form. Dass es in der Klasse Leute gab, die das Potenzial hatten, mir mit System eins auszuwischen, war mir entgangen. Ich hatte es schlichtweg niemandem zugetraut. Tat es noch immer nicht, wenn ich ehrlich war, aber jetzt, wo ich die Zeichen erkannt hatte, bestand leider nicht mehr der geringste Zweifel.

Wie sie mir den Rücken zudrehten, wenn ich etwas sagte.

Wie unverfroren sie in meine Richtung schauten,

wenn sie über mich tuschelten, von Respekt keine Spur. Die Angst, die ich in ihnen wachgerufen hatte: weg, verschwunden, einfach so.

Wie niemand mitmachte, wenn ich versuchte, irgendeinen Loser aus Spaß in die Enge zu treiben, egal, um wen es sich handelte, egal, wie unbeliebt, wie dumm, wie leicht zu verspotten.

Mit welcher Entschlossenheit sie eine unsichtbare Mauer bildeten: die drinnen, ich draußen.

Aber wer war dabei?

Wer führte sie an?

Ich sah, wie Charlotte beim Frühstück mit Sverre schäkerte, und war mir sicher, dass sie nach unserem Streit die Seiten gewechselt hatte. Möglicherweise ging sogar alles von ihr aus. Oder hatte der bescheuerte Schönling Sverre seine Hände im Spiel? Er mochte mich nicht besonders. Untertrieben gesagt.

Ich fragte mich, ob dann automatisch auch Kim zum erlesenen Kreis meiner Feinde zählte – der Gedanke versetzte mir einen Stich.

Andererseits: Hatte er nicht schon ein paarmal den Beschützer für mich gespielt?

Und der magische Moment am Strand, den hatte ich mir doch nicht eingebildet. Oder vielleicht doch?

Ich hoffte so sehr, dass Kim auf meiner Seite war.

Ich war verwirrt und planlos, ein riskanter Zustand, erst recht, wenn man Feinde hatte. Wann immer möglich, zog ich mich allein zurück, um mich zu sammeln, mich für die anstehende Schlacht zu rüsten – leider ohne durchschlagenden Erfolg. Meine Nerven spielten verrückt.

≈

Oft wanderte ich einfach allein über die Insel, was weder die Hoppe noch Magnus mitbekamen, dafür waren sie zu sehr mit sich selbst beschäftigt. Manchmal verschwanden sie im Schuppen und kamen zerzaust und atemlos zurück. Dann behandelten sie einander wieder kühl wie Kollegen, die sich nicht besonders mochten. Es war lächerlich.

Inzwischen gingen sowieso alle davon aus, dass die beiden ein Paar waren, aber sie machten weiter mit ihrer Heimlichtuerei. Dabei galten Liebesbeziehungen im Kollegium unserer Schule zwar als verpönt, aber verboten waren sie nicht. Wie denn auch?

Da die Hoppe zweigleisig fuhr, ging es ihr wohl eher darum, die Aufmerksamkeit des einen nicht auf den anderen zu lenken.

Komisch, uns dann ausgerechnet hierherzubringen, wo die beiden Kontrahenten sich früher oder später über den Weg laufen mussten.

Sie war eine seltsame Frau, wie ich fand, irgendwie effekthascherisch, total unsympathisch, auch wenn die meisten das anders sahen. Sie fielen reihenweise auf sie herein. Ich nicht.

Weshalb sie mich kaputt machen wollte. Davon war ich immer noch überzeugt. Auf ihre Hilfe würde ich keineswegs bauen können, wenn es in der Klasse für mich hart auf hart käme, im Gegenteil. Es wäre ganz in ihrem Sinne.

»Das hast du dir selbst zuzuschreiben«, würde sie sagen. »Wie man in den Wald ruft, schallt es heraus.«

Sie konnte mich mal.

Alle konnten mich mal.

≈

Ich war also allein und viel unterwegs, wobei ich feststellte, dass ein Netz von Trampelpfaden die Insel überzog, auf denen man vor den grässlichen Kutschen sicher war. Die meisten führten durch Dünen, es gab auch einen Wald mit Kiefern und Fichten, Heidelandschaften und auf der Wattseite endlose Wiesen für die Schafe.

Um diese Jahreszeit sammelten sich dort Hunderte Zugvögel für ihre Reise nach Süden. Sie veranstalteten einen Heidenlärm, weshalb ich die Dünenwege bevorzugte, wo es ruhiger war und man selten eine Menschenseele traf. Dafür aber umso mehr Wildtiere.

Noch nie hatte ich so viele Rehe gesehen, sie kamen mir so nah, dass ich sie fast berühren konnte. Mit ihren warmen braunen Augen begutachteten sie mich genauso misstrauisch wie ich sie, bis wir uns aneinander gewöhnt hatten.

Schwieriger war es mit den Hasen: Sie erschreckten mich, weil sie die schlechte Angewohnheit hatten, immer dann meinen Weg zu kreuzen, wenn ich nicht damit rechnete. Sie rannten unglaublich schnell. Einmal sah ich, wie einer von ihnen von einem Fuchs verfolgt wurde, und konnte mich nicht entscheiden, wem ich die Daumen drücken sollte.

Jäger und Gejagte, so tickte die Natur nun mal – und wir Menschen waren ein Teil von ihr.

Spätestens daheim würden sich die Rollen schon wieder zu meinen Gunsten vertauschen, denn dort lag mein Jagdrevier und das war bedeutender als dieses vergessene Fleckchen Erde hier. Die würden sich noch wundern.

Ich sann auf Rache, bis mir vor lauter Gewaltfantasien langweilig wurde und ich wieder in so eine nervenaufreibende Trauerphase wegen Linn verfiel. Da ich ahnte, wie sehr Maroog ihr gefallen hätte, war ich in Gedanken ständig damit beschäftigt, ihr alles zu zeigen, was ich sah. Mangels begeisterter Reaktionen ihrerseits kam die Langeweile jedoch immer schnell zurück.

Und dann passierte etwas Erstaunliches: Auf einmal dachte ich an nichts mehr. Ich setzte einen Fuß vor den anderen, roch die frische Luft, lauschte dem Rascheln des Windes im Dünengras – und mein Kopf war leer wie ein unbeschriebenes Blatt.

Ich dachte nichts.

Ich fühlte nichts.

Ich ging einfach.

Es war entspannend, wie ein tiefer Schlaf, nur dass ich eben wach war und alles um mich herum wahrnahm. Die vielen Eindrücke rauschten durch mich hindurch, ohne Assoziationen zu wecken, weder gute noch schlechte.

Je öfter ich loszog, desto einfacher wurde es, diesen Zustand herzustellen. Er tat mir gut. Ich konnte wieder besser schlafen. Meine Wut ebbte ab, obwohl es ständig neue Gründe gab, sich über die anderen aufzuregen.

Wenn ich am Abendbrottisch um Butter bat und niemand sie mir reichte, stand ich auf, ging zum anderen Ende und nahm sie mir einfach, einen betont lässigen Ausdruck auf dem Gesicht.

Wenn in den Studierstunden Partnerarbeit angesagt war und die anderen mir Lilli vor der Nase wegschnappten, machte ich eben was mit Helena, die sich mir gegenüber neutral verhielt.

Ich zählte die Minuten, bis ich mich wieder verdrücken konnte.

Durch Zufall entdeckte ich dann den See. Wie die Insel war er lang und schmal, er lag teilweise umgeben von einem Schilfgürtel, versteckt zwischen Wald und Dünen. Die tief stehende Sonne brachte das Wasser zum Glitzern, es sah aus wie flüssiges Gold. Blaue Libellen tanzten am Ufer. Ein einzelner Vogel sang eine komplizierte Melodie.

Ich holte mein Handy aus der Tasche – obwohl es nutzlos war, lud ich es regelmäßig auf und trug es immer bei mir – und schoss ein paar Fotos, weil der Anblick so bezaubernd war.

≈

So kam ich zu den Aufnahmen von der Hoppe und ihrem Geliebten. Ich schwöre, sie schwammen mir einfach so vor die Linse. Anfangs sah ich nur ihre Köpfe aus dem Wasser ragen und dachte an irgendwelche Tiere, aber als sie näher kamen, erkannte ich sie und hielt voll drauf.

Als sie das gegenüberliegende Ufer erreichten, wo sie im knietiefen Wasser stehen blieben, um sich zu küssen, wechselte ich in den Videomodus. Beide waren splitterfasernackt wie im Hochsommer, und das bei vielleicht gerade mal zehn Grad Lufttemperatur. Aber meine Klassenlehrerin war heiß wie die Sahara. Ihr Romeo war der Typ vom Fahrradverleih.

»Frau Hoppe, du Flittchen«, flüsterte ich. »Na los, lass ihn richtig ran.«

Was soll ich sagen: Beim Küssen blieb es nicht. Sie und der Blauäugige spulten das ganze Programm ab, es war der reinste Porno.

Mit etwas Glück würden meine Aufnahmen die Hoppe den Job kosten, immerhin verletzte sie gerade die Aufsichtspflicht für einundzwanzig Schutzbefohlene, mich eingeschlossen. Was, wenn ich mich aus Kummer über meine neue Außenseiterrolle in die Nordsee stürzte?

Aber keine Bange, so etwas Schreckliches konnte ich meinen Eltern nicht antun. Stattdessen würde ich bis zum Umfallen kämpfen.

Ich mochte angeschlagen sein –, doch meine Feinde sollten mich besser nicht zu schnell abschreiben.

≈

Abends war ich immer noch in Fahrt. Es wurde wieder ein Lagerfeuer veranstaltet. Diesmal half ich nicht bei den Vorbereitungen. Mir war die Lust vergangen, ich wollte im Haus bleiben, aber Magnus proklamierte Anwesenheitspflicht.

Abgesehen davon, dass Nick das Wunder vollbracht hatte, alkoholisierten Punsch in die Domäne Haifisch einzuschmuggeln, den er netterweise mit mir und Lilli teilte, war es eine ziemlich fade Veranstaltung, zumindest anfangs. Palaver über den Friedhof. Die Bildhauerin, die eine Skulptur für das Projekt fabrizieren sollte, stellte sich vor und redete stundenlang über den Zusammenhang zwischen Kunst und Sterblichkeit. Zum Gähnen.

Die Frau war irgendwie mit der Hoppe verwandt, was man ihr auch ansah. Im Flammenschein wirkte ihr Gesicht fiebrig. Obwohl sie wild gestikulierte, lag eine Katze in ihrem Schoß und schlief tief und fest, es war dieselbe, die ich neulich morgens bei mir im Bett vorgefunden hatte. Ich hätte sie gern gestreichelt und war enttäuscht, weil sie mich nicht beachtete. Überall Verräter. Zur Strafe wünschte ich ihr den schwarzen Hund an den Hals.

Gerade als ich merkte, wie der Alkohol seine aufmunternde Wirkung entfaltete, vermeldete Sverre völlig zusammenhanglos: »Was ich euch noch sagen wollte: Ich bin übrigens schwul.«

Also doch.

Ringsum peinliches Schweigen.

Lilli kicherte.

Irgendjemand räusperte sich hektisch und Vivien rief: »Wie süß.« Als hätte sie gerade im Streichelzoo irgendein besonders flauschiges Tierbaby entdeckt.

Ich erschlug eine Mücke, die auf meinem Handrücken gelandet war, sich aber noch nicht festgesaugt hatte, und sagte: »Hast du es also auch endlich gerafft, herzlichen Glückwunsch. Weiß dein Alter es schon?«

Es war nur ein Schuss ins Blaue, ich kannte seinen Vater nicht. Aber an Sverres Gesicht sah ich, dass ich instinktiv den Finger in die noch frische Wunde gelegt hatte, und lächelte ihn unschuldig an.

»Seine Eltern sind cool«, sagte Kim, der so dicht neben seinem Kumpel saß, dass es schon fast als Kuscheln durchging. »Danke der Nachfrage.«

»Deswegen müssen sie ja nicht alles gleich toll finden, was ihr Kind macht.«

»Sprichst du aus Erfahrung?«, fragte Kim.

Punkt für ihn. Er konnte durchaus gehässig sein.

»Pass auf, was du sagst, Schwuchtel«, sprang Nick mir instinktiv bei, wofür er von Magnus eine Standpauke kassierte.

Ich prostete Sverre mit meinem Punschglas zu. »Auf die Liebe«, sagte ich.

Er war kreidebleich.

Ich sah, wie er die ganze Zeit mit seinen Nägeln herumknibbelte, während die anderen ihm nacheinander versicherten, was für ein toller Typ er doch sei und wie unfassbar mutig sie sein Outing fänden, womit sie ja auch recht hatten. Er hatte gewagt und gewonnen.

Die Funken tanzten, die Fledermäuse flatterten, die Gitarre kam zum Einsatz. Sie feierten ihn wie einen Rockstar, wünschten ihm alles Glück der Welt. Es war fast wie auf der Gay-Pride-Parade: schrille Töne und jede Menge Kitsch.

Doch egal, wie sehr Sverre die positive Reaktion der anderen auch freuen mochte: Ich wusste, ich hatte es ihm gründlich versaut.

Den Rest des Abends saß, für uns andere unsichtbar, sein alter Herr mit am Feuer, gramgebeutelt und all seiner Illusionen beraubt, und schüttelte missbilligend den Kopf.

Erst fühlte ich mich großartig.

Dann fühlte ich mich mies.

≈

»Sara, sag mal, bist du eigentlich zufrieden mit dir?«, wollte die Hoppe wissen.

»Sehr«, log ich.

So begann unser Einzelgespräch, das im Freien stattfand, und zwar ausgerechnet auf der Liebesbank, keine Ahnung, wieso dieser Ort. Vielleicht wegen der maximalen Entfernung zum Haus. Sicher nicht, weil es zwischen uns knisterte.

Ich wartete, dass die Hoppe weiterfragte. Oder mir Vorwürfe wegen meiner zahlreichen Vergehen an den Kopf schmiss. Doch sie ließ sich Zeit, zweifellos ein taktisches Vorgehen. Ich sollte weichgeklopft werden und Reue zeigen.

Vögel kreischten.

Wind frischte auf, es wurde wieder ungemütlich, obwohl der Himmel noch immer wolkenlos war, lag der nächste Wetterwechsel schon in der Luft. Ein weiteres Mal würde der Herbst sich sicher nicht von der Bildfläche vertreiben lassen.

Wer als Erste wieder redet, verliert, dachte ich und ahnte bereits, dass ich es sein würde.

Normalerweise hielt ich Schweigen locker aus, aber mit der Hoppe fand ich es total unangenehm. Es ist schwer zu erklären, bei so einem Kräftemessen läuft das meiste unterschwellig ab. Ich spürte zum Beispiel, dass sie mir körperlich überlegen war. Schon allein, wie sie dasaß mit ihrer kerzengeraden Haltung, die nichts Angestrengtes hatte, wie ihre Hände auf dem Schreibblock mit ihren Notizen ruhten. Die rot lackierten Nägel, mit denen sie mir die Augen hätte auskratzen können. Ich wusste, sie könnte stundenlang so dasitzen, ohne zu frieren, aufs Klo zu müssen oder auch nur das Bedürfnis zu haben, die Position zu wechseln.

Mein Puls beschleunigte, der Wind klatschte mir immer wieder Haarsträhnen in die Augen und mich nervte das leise Geräusch, das meine Nase beim Atmen machte.

Irgendwann wollte ich es nur noch hinter mich bringen. Natürlich hätte ich auch einfach weggehen können, doch damit wäre ich Frau Hoppe ja nicht dauerhaft losgeworden.

»Und Sie?«, fragte ich schließlich.

»Was ist mit mir?«

»Sind Sie zufrieden mit sich?«

»Selten«, sagte Frau Hoppe und lächelte. »Aber es kommt

vor. Insofern weiß ich, wie du dich fühlst.« Sie sah mich direkt an und betonte jedes einzelne Wort. »Glaub mir, Sara, ich weiß, wie du dich fühlst.«

Für mich klang das keineswegs tröstlich, sondern wie eine Drohung.

»Ach ja? Wie denn?«, fragte ich herausfordernd und bereute es sofort. Wer fragt, kriegt Antworten.

»Du hältst es nicht aus, wenn andere glücklich sind, solange du so furchtbar unglücklich bist.«

Das tat weh, denn es traf den Nagel auf den Kopf. Auch wenn ich alles versucht hatte, um die Traurigkeit tief in mir zu ersticken, war ich immer noch viel zu oft viel zu unglücklich.

Also gut, Frau Hoppe hatte mich durchschaut, es war ihr gelungen, mühelos in den Abgrund meiner Seele zu blicken, vielleicht, weil wir uns ähnlich waren, vielleicht, weil sie ihren Job gut beherrschte – oder (was ich nicht hoffte), weil meine Eltern ihr zu viel über unsere Familie erzählt hatten.

Um mir noch weiter auf die Pelle zu rücken, erzählte sie, wie sie, nachdem ihre Eltern bei einem Autounfall ums Leben gekommen waren, hier auf Maroog von ihrer Tante großgezogen worden war, der Künstlerin Hermine H.

Auch wenn sie es möglicherweise aufrichtig gut mit mir meinte: Ich hatte längst den Glauben daran verloren, dass sich Probleme lösen ließen, in dem man darüber sprach.

»Herzzerreißende Geschichte«, sagte ich. »Aber was hat das alles mit mir zu tun?«

»Egal wie viel du anderen wegnimmst. Dein Verlust wird dadurch nicht kleiner«, sagte die Hoppe mit einer Stimme, die mich unter sich begrub, so weich und warmherzig klang sie, womit schlagartig klar wurde, dass sie über Linn Bescheid wusste und dass es ihr leidtat.

Das Letzte, was ich wollte, war Mitleid.

Dafür hasste ich sie.

Und ich hasste meine Eltern, die mich mit ihrer Redseligkeit zu genau dem Opfer gemacht hatten, das ich nie sein wollte, ein armes, kleines, traumatisiertes Etwas, von Trauer zerfressen und daher unzurechnungsfähig.

Doch so war es nicht. Ich wusste immer genau, was ich tat: Ich nahm Rache.

Die Kinder in Linns Klasse hatten sie oft gequält, weil sie krank war und ihre Krankheit sie dazu brachte, sich immer eigentümlicher zu bewegen und viel zu laut und zunehmend undeutlich zu sprechen. Aus purer Freude an der eigenen Grausamkeit hatten sie eine Witzfigur aus meiner Schwester gemacht. Jetzt trat ich den Beweis an, dass im Grunde jeder eine Witzfigur war. Auch ich selbst natürlich, das hatte ich längst kapiert.

Die Frage war immer nur, wer zuletzt lachte.

Das wollte ich sein.

Und nein, mein Verlust wurde natürlich nicht kleiner, weil ich anderen Leuten ihr Glück nicht gönnte.

Aber meiner Wut tat es verdammt gut, sich nach Herzenslust auszutoben, denn sie war jung, quicklebendig und uferlos wie das Meer, sodass ich manchmal aus nichts anderem bestand, ich lebte nur noch durch und für sie, sie riss jedes andere Gefühl mit sich fort.

Und in diesem Moment erreichte sie einen neuen Höhepunkt: Ich wollte die Hoppe erwürgen. Mit der Axt auf sie losgehen. Unser Haus anzünden, während meine Eltern in ihren Betten schliefen. Ich wollte, dass die ganze Insel absoff mit Mann und Maus. Dass ein Sturm kam. Ein Feuer. Am besten gleich der Weltuntergang mit großem Trara.

Weil nichts davon geschah und ich befürchtete, die Hoppe könnte zu allem Überfluss auch noch Linns Namen in den Mund nehmen und ihn damit für immer beschmutzen, lief ich ohne ein weiteres Wort davon.

≈

»Wenn dir etwas Schlimmes passiert, willst du dann auch, dass anderen etwas Schlimmes passiert?«, fragte ich Nick, den ich zufällig in den Dünen getroffen hatte. Ich wäre fast in ihn reingerannt, so plötzlich war er vor mir aufgetaucht wie ein torkelndes Gespenst.

Er hatte eine mit Rum gepanschte Literflasche Cola dabei und war angetrunken, was seine Bedenkzeit auf meine Frage in die Länge zog.

Wenn es ums Saufen ging, war Nick erfinderisch – und er konnte auf Komplizen zählen. Ich vermutete, dass einer seiner Brüder ihm eine Flasche Hochprozentiges mit der letzten Post geschickt hatte, versteckt in dem ellenlangen Wollschal, um den er mit Hoppes Erlaubnis gebeten hatte. Der Schlawiner.

»Krieg ich noch ’ne Antwort?«, fragte ich.

»Keine Ahnung«, sagte er. »Mir ist noch nie etwas wirklich Schlimmes passiert, glaube ich. Als ich mir einmal den Arm gebrochen habe, wollte ich jedenfalls nicht, dass sich alle anderen auch den Arm brechen. Ich war einfach nur genervt.«

»Also bist du eigentlich ein netter Kerl?«

Er zuckte mit den Schultern und strahlte mich neckisch an. »Vielleicht. Wenn du das willst.«

»Aber du prügelst dich ständig.«

»Na und? Ist doch normal, ich bin eben cholerisch. Mein Vater sagt, das gehört so, Jungs müssen sich prügeln, sonst werden sie keine richtigen Männer.« Er setzte die Flasche an und trank. »Übrigens: Mein Vater und Sverres Vater gehen manchmal zusammen Enten schießen, deswegen weiß ich, dass der seinen Sohn sowieso schon für ein totales Weichei hält. Ist er ja auch. Du lagst so was von richtig. Der kann was erleben daheim. Sein Vater macht ihn kalt.« Er kicherte.

»Du bist kein netter Kerl«, stellte ich fest.

»Nein, wahrscheinlich nicht.«

Da das geklärt war und die Wut unverändert heftig in mir brodelte und schäumte, überredete ich ihn, zum Friedhof der Namenlosen zu gehen, um etwas kaputt zu machen, ein bisschen Randale, nicht allzu heftig.

Nick kratzte sich am Hinterkopf. Genau wie ich hasste er diesen Ort, allerdings war er abergläubisch und fürchtete die Seelen der Toten, deshalb war es etwas heikel, ihn für meinen Plan zu begeistern.

Ich gab ihm das Gefühl, mich im Stich zu lassen, wenn er kniff. Und das wollte er nicht. Er war ein echter Freund.

»Nicht die Kreuze«, sagte er flehend.

»Okay.«

Im Sonnenuntergang tranken wir uns noch mehr Mut an und zertrampelten den neuen Zaun. Er leistete keinen Widerstand und knackte ganz wunderbar, er schien selbst begeistert von der eigenen Zerstörung, er wollte, dass wir es taten.

Wir rissen die drei jungen Birken raus, die die anderen gepflanzt hatten, um den Untergrund zu stabilisieren.

Wir zerstörten das frisch angelegte Mosaik aus Steinen vom Strand.

Danach fühlte ich mich besser. Die Kreuze standen unversehrt und klagten uns an.

Blinde Wut

Kim

Der Anblick der Verwüstungen auf dem Friedhof versetzte mich in einen längst verblassten Sommer von früher zurück, ich muss ungefähr sechs gewesen sein: In meinen ersten großen Ferien war ich fast jeden Morgen mit meinem Großvater an einer Pferdekoppel vorbeispaziert, auf der viele Stuten mit ihren Fohlen standen. Wir sahen ihnen beim Spielen zu.

Eines Tages waren sie verschwunden und Opa erzählte mir, dass ältere Kinder aus dem Dorf das Heu im Unterstand angezündet hätten, worauf die ganze Herde in Panik den Zaun durchbrochen hatte und auf die Bundesstraße gelaufen war. Dort war es zu einem Unfall gekommen, bei dem eine junge Autofahrerin Prellungen und einen Schock erlitten hatte. Ein Fohlen und seine Mutter waren tot.

»Warum haben die das gemacht?«

»Anscheinend waren sie auf irgendjemanden wütend. Das haben sie so jedenfalls der Polizei erzählt.«

Blinde Wut.

Damals hatte ich für die Täter die Todesstrafe gefordert, mein Opa hatte mir beigepflichtet. Erst meine Eltern hatten mich später davon überzeugt, dass das erstens in keinem Verhältnis zur Tat stand und zweitens ohnehin keine gute Idee war, weil grundsätzlich grausam und im Falle eines Justizirrtums nicht korrigierbar.

Ich erinnerte mich genau daran, wie wir am Esstisch zusammengesessen und über Gerechtigkeit diskutiert hatten, es war für mich das erste Gespräch dieser Art überhaupt. Am Ende hatten meine geduldigen, felsenfest von der Kraft der Güte überzeugten Eltern mich auf ihre Seite gebracht.

Bis zu diesem Tag auf Maroog. Ich sah den niedergetrampelten Zaun und dachte zum ersten Mal seit all den Jahren wieder: Todesstrafe!

Natürlich war das total überzogen. Mein Verstand wusste Bescheid: Wir redeten hier von einer Sachbeschädigung. Im Gegensatz zu damals war niemand verletzt oder getötet worden, weder Mensch noch Tier.

Und dennoch war mein Bauchgefühl anderer Meinung, und es ballte sich dieser abgrundtief hässliche Gedanke tief in meinem Innern zur Faust.

Es war das Sinnlose, das mich so schockierte, mich in einen Zustand explosiver Hilflosigkeit versetzte.

Blinde Wut, die blinde Wut erzeugte.

»Sara, du gemeines, falsches Biest«, murmelte ich. »Du Missgeburt.«

»Die ist doch krank«, sagte Sverre.

Sicher war es vorschnell, streng genommen, aber wir zweifelten keine Sekunde an ihrer Schuld.

Ich hatte definitiv null Bock, dieses Mädchen unter meine Fittiche zu nehmen, im Gegenteil, fortan wollte ich sie nur noch fertigmachen, diesmal wirklich, da war kein Raum mehr für Verständnis in meinem Herzen.

Dabei hätte Frau Hoppe mich am Ende unserer vertraulichen Unterredung fast so weit gehabt. Zum einen, weil ich geschmeichelt war, dass sie ausgerechnet mich fragte. Zum anderen weil sie mit einem bedeutungsvollen Blick Saras schwierige Vergangenheit erwähnt hatte.

»Sie hat sehr viel durchgemacht.«

»Das wusste ich die ganze Zeit«, hatte ich geflüstert, stolz auf meine Intuition.

Was genau Sara Schreckliches passiert war, erfuhr ich nicht, dennoch fühlte ich mich in meiner Menschenkenntnis bestätigt und war vorübergehend bereit, ihr als guter Freund aus der moralischen Klemme zu helfen, in der sie sich befand, allein schon um von meiner schönen, rauchenden, kussmundgesegneten Klassenlehrerin dafür bewundert zu werden.

»Ich werde sehen, was ich tun kann«, lautete mein Versprechen.

Doch spätestens jetzt war mein Enthusiasmus dahin. Was auch immer Sara so ruiniert hatte, eine annehmbare

Entschuldigung für den ganzen Mist, den sie andauernd verzapfte, könnte es wohl kaum sein.

Mal ehrlich, viele Leute machen Grässliches durch – und die wenigsten werden deshalb zu Arschgeigen. Wie oft werden aus Kummer sogar Helden geboren? Jeder kennt doch diese Geschichten von irgendwelchen Lichtgestalten, die dermaßen vom Leben gebeutelt sind (schwerstkrank oder arm oder beides) und es trotzdem noch schaffen, sich aufopferungsvoll um andere zu kümmern.

Es ist kein Naturgesetz, dass ein Schicksalsschlag sich negativ auf die Persönlichkeit auswirkt. Wie so vieles ist es am Ende eine individuelle Entscheidung. »Irgendwann wird abgerechnet«, sagt meine Oma immer, und dann zählt nur, was wir aus unseren Möglichkeiten gemacht haben. Ob unsere Entscheidungen gut oder falsch waren.

Wie ein Junkie auf der Suche nach dem nächsten Schuss entschied Sara sich immer für das Falsche. In meinen Augen war sie es einfach nicht wert, dass wir ihr an diesem Punkt noch eine Chance gaben.

Sie war zu weit gegangen.

Natürlich gab sie es nicht zu.

»Was ist denn hier passiert?«, fragte sie, die Augen weit aufgerissen, als wir mit unserer gerade erst fertiggestellten Gedenktafel aus Holz die Friedhofsdüne erklommen hatten. Sie sah sich alles ganz genau an, dabei wechselte sie einen so übertrieben schockierten Blick mit Nick, dass sie ihn gleich mit reinritt, ihre schauspielerischen Fähigkeiten hatten empfindlich gelitten.

Alles klar, Nick hatte also auch randaliert. Das sah ihm nicht ähnlich, nicht hier. So gern er unter den Lebenden auch seinen Hang zur Brutalität raushängen ließ, dass er die Toten fürchtete, war mehr als ersichtlich. Auf dem Friedhof wirkte er immer, als hätte er die Hosen voll.

Sara musste großen Druck auf ihn ausgeübt haben, aus ihrer Sicht verständlich, denn er war der letzte treue Gefährte, der ihr geblieben war.

Lilli wankte.

Alle anderen spielten jetzt in meinem Team.

»Tu doch nicht so«, sagte ich leise zu Sara.

Sie ignorierte mich.

»Gib es einfach zu.«

»Es gibt nichts zuzugeben. Lass mich in Ruhe, du Lappen.«

Ich hatte Lust, sie am Handgelenk zu packen und ihr den Arm auf den Rücken zu drehen. »Genau das werde ich nicht tun. Das schwöre ich dir«, sagte ich leise.

Ich war selbst überrascht, wie viel Biss meine Stimme haben konnte, wenn ich in dieser Tonlage sprach.

»Soll ich jetzt Angst kriegen oder was?«

»Wenn ich du wäre, hätte ich welche. Ich würde schlottern vor Angst.«

Sie lachte, aber in ihren Augen sah ich tatsächlich einen Anflug von Panik wie am ersten Tag, als die Pferde ihr zu nah gekommen waren.

Aus einer Eingebung heraus imitierte ich ein Pferdegeräusch, die Art, wie sie Luft durch die Nüstern blasen.

Sofort machte Sverre es mir nach, worauf sein Fußballkumpel Leon sich einklinkte, dann Julian, Vivien und schließlich immer mehr Leute, bis fast die ganze Klasse »pferdisch« vor sich hinschnaubte.

Es hätte extrem lustig sein können, aber es war ein neu geborener Schlachtruf, eine Machtdemonstration, eine unverhohlene Drohung.

Und sie kam an.

Sara machte eine verzerrte Grimasse, so als verlöre sie den Boden unter den Füßen, ich sah sie geradezu fallen, während Nick Kampfstellung einnahm, bereit, auf uns alle gleichzeitig loszugehen.

»Hört sofort auf mit dem Quatsch«, rief er.

Wir schnaubten und schnaubten, bis Frau Hoppe es uns verbot und wir sahen, wie entgeistert sie über uns war.

»Was ist bloß in euch gefahren?«

»Falsche Frage«, sagte ich frech.

Wir waren wie entfesselt.

≈

Das Projekt war tot.

Niemand wollte den Zaun reparieren.

Niemand wollte das Fest vorbereiten, für das wir gerade erst die Genehmigung und einen Zuschuss von der Inselverwaltung bekommen hatten.

Niemand wollte die Gedenktafel aufstellen.

Dabei war sie echt gelungen: eine fein geschliffene Platte aus Birkenholz, auf der wir alle mit einem Lötkolben unterschrieben hatten – sozusagen als letzten Gruß zwischen den Namenlosen und denen, die ihre Namen wiedergefunden hatten.

Weil Julian sich als eine Art Großmeister der verschnörkelten Lötschrift erwiesen hatte, war es seine Aufgabe gewesen, den Spruch einzugravieren, auf den wir uns nach langen Diskussionen und ausgiebiger Recherche in Greetjes staubigen Lyrikbänden (wir konnten ja nicht ins Netz) geeinigt hatten:

Mit jedem Menschen verschwindet
ein Geheimnis aus der Welt

Obwohl Julian eine Null in Rechtschreibung war, hatte er das Wunder vollbracht, alles fehlerfrei und in einer sehr wirkungsvollen Schnörkelschrift auf der Tafel unterzubringen.

»Krieg ich jetzt 'ne Eins in Deutsch?«, hatte er die Hoppe gefragt.

»Na ja, zumindest keine Fünf mehr.«

Es wurde viel gelacht an dem Abend.

Alles schien möglich.

Bis heute. Eine Tür hatte sich geöffnet – und wieder geschlossen. Zwischen Aggression und Lethargie schwankend steuerten wir auf eine Katastrophe zu.

Anstatt die Gedenktafel wie geplant an das Tor aus Haifischzähnen zu schrauben, nahmen wir sie wieder mit zurück in die Domäne Haifisch, wo Julian sie versteckte. Es schien mir eine angemessene Vorsichtsmaßnahme. Weitere Wutausbrüche von Sara waren zu erwarten.

Ratlosigkeit griff um sich wie ein Fieber. Wir bekamen natürlich mit, dass Magnus und die Hoppe sich Sara und Nick vorknöpften, aber das war zwecklos, weil man ihnen nichts beweisen konnte. Wie denn auch? Auf Maroog gab es keine Überwachungskameras wie auf dem Schulgelände daheim, und da unsere Smartphones anders als sonst keine Daten sammeln konnten, erzeugten wir auch keine verräterischen Bewegungsprofile.

Schöne alte Welt. Was hatten unsere Eltern es früher leicht Mist zu bauen.

Das Einzige, was am Ende herauskam, war die Demontage unseres Pädagogenpärchens. Irgendwie hatten wir gehofft, dass die beiden mehr auf Lager hätten als andere Lehrkräfte, dass sie zu gegebener Zeit ein Ass aus dem Ärmel schütteln würden, um hier auf der Insel Probleme in den Griff zu bekommen, die im normalen Unterrichtsbetrieb einfach nicht lösbar waren. Denn das System Schule funktionierte meistens nur genau so lange, bis jemand kam, der sich ihm hartnäckig widersetzte.

Es war wie im Zirkus bei diesen Nummern mit Magiern und Tigern: Sobald die Biester wissen, dass sie stärker sind als ihre Dompteure, reißen sie ihnen den Kopf ab. Und die Hoppe und Magnus konnten nicht mal zaubern. Sie waren zwei ganz normale Erwachsene mit Beziehungsproblemen und wir waren auch nicht gerade Kuscheltiere.

»Wir müssen die Sache jetzt selbst in die Hand nehmen«,

sagte ich irgendwann zu Sverre, der zusammengesunken auf seinem Bett saß und lustlos in seinen Schulunterlagen blätterte.

»Und wie?«

»Phase zwei.«

»Die bedeutet was?«

»Was wohl?«

»Ja, was?«

»Krieg.«

Sverre sah mich an, er wirkte fasziniert. Er wiederholte das Wort ein paarmal wie ein Weintester, der einen guten Tropfen im Mund hin und her bewegte, um ihn dann wieder auszuspucken: »Krieg!«

≈

Ich stellte meine Truppen zusammen: Sverre, Vivien, Julian, Charlotte und ich waren die Speerspitze.

Wir trafen uns konspirativ auf einer schmalen Landzunge oberhalb von Nynordhavn, ein unwirtliches Dünengelände, wo drei gigantische Windkrafträder in den Himmel ragten – die Energiebeschaffer der Insel. Die Rotoren warfen mächtige Schatten über das Areal aus grauem Sand, flachen Dünen und kurzem, struppigem Strandhafer, während sie mit ihrem gleichmäßigen Fauchen die Luft in Stücke schnitten und zu Strom verarbeiteten.

Die Einheimischen nannten ihr Kraftwerk »die Zwerge«, was bewies, dass sie bei aller Verschrobenheit über einen gewissen Sinn für Humor verfügten.

Wir stellten unsere Räder auf dem Schotterweg ab und setzten uns auf das Betonfundament des mittleren Zwergs. Der Turm, der sich nach oben hin verjüngte, war unser einziger Zeuge. Es war ein würdiger Ort für einen Kriegsrat.

»Es wird doch kein Blut fließen, oder?«, fragte Sverre. Plötzlich wirkte er wieder besorgt. Neuerdings schwankten seine Stimmungen ständig zwischen Euphorie und Bedenken.

»Warum heißt es wohl sonst Krieg?«, erwiderte Charlotte amüsiert.

»Greifen wir sie etwa an? So richtig?«, fragte Julian.

Er war kein Kämpfertyp.

Die wenigsten von uns waren es.

Ich schüttelte den Kopf. »Nein. Wir lassen angreifen. Wir provozieren nur.«

»Okay. Gut.« Das war Sverre.

Wir kamen überein, dass wir Sara und Nick von nun an keine Sekunde mehr aus den Augen lassen würden. Es sollte eine offene Beschattung sein. Sie würden sich nie wieder frei und unbeschwert auf der Insel bewegen können – und sie sollten kapieren, dass das so war.

»Wenn Sara aufs Klo geht, wartet jemand von uns vor der Tür, bis sie wieder rauskommt. Wenn sie abends einschläft, wird ihr letzter Eindruck vom Tag sein, dass da immer jemand ist, der sie beobachtet«, sagte ich. »Genauso machen wir es bei Nick. Wir sind genug Leute.«

»Und wenn sie uns anspricht?«, fragte Vivien.

Ich dachte nach.

Im Stahl des Turms knackte es geräuschvoll.

»Keinen Streit. Von mir aus müssen wir gar nicht mehr mit ihr reden. Ist ohnehin sinnlos. Sie wird auch so verstehen, worum es geht.«

»Und wenn Nick uns angreift?«, fragte Sverre. »Er ist gefährlich.«

»Dann sollten diejenigen, die ihn beschatten, besser stärker sein als er.«

»Oder Mädchen«, sagte Charlotte mit einem bösen Grinsen. »Ich glaube nicht, dass er Mädchen verprügeln würde.«

Sie hatte recht. Ich sah sie bewundernd an. Die traute sich was. Trotzdem schien mir das Risiko erheblich, denn ich wusste, wie es sich anfühlte, von ihm traktiert zu werden.

»Wir müssen ihn einschüchtern«, sagte ich. »Und am besten auch Lilli, damit sie nicht doch noch auf die Idee kommt, ihrer Freundin Rückendeckung zu geben.«

»Okay«, sagte Vivien. »Und wie?«

Ich schloss kurz die Augen. Lilli war kein Problem, sie würde nur ein wenig Druck brauchen, um ihr Fähnchen in den Wind zu richten. Aber wie schüchtert man jemanden ein, der die Einschüchterung anderer zu seinem Markenzeichen gemacht hat? Ganz stumpf mit seinen eigenen Waffen? Oder völlig anders, irgendwie intelligenter?

Der Beton, auf dem wir saßen, war eiskalt und hart und irgendwann fühlte ich mich auf seltsame Art mit dem

Zwerg verwachsen. Das Vibrieren der Anlage übertrug sich auf mich, das schneidende Geräusch der Rotoren machte mich aggressiv und diese Aggression trieb mich voran. Von der hellen auf die dunkle Seite meines Ichs.

Nach kurzer Zeit hatten wir einen Aktionsplan entworfen, in dem jede Menge Scheußlichkeiten vorkamen. Unser Einfallsreichtum war nicht schlecht für einen Haufen Namenloser ohne Internet.

≈

Auf dem Weg nach Hause stoppten wir am Hafen, wo die Fischer der Inselflotte gerade damit beschäftigt waren, ihre Kutter fit zum Auslaufen zu machen. Sie blieben meistens über Nacht auf See und kamen in den frühen Morgenstunden zurück. Wie üblich sprachen sie nicht viel, aber ich schnappte einige Male das Wort Sturm auf, das irgendwie in vielen Sprachen gleich klingt: Storm, Sturm, Störm. Einprägsam, oder? Die Mienen der Seeleute waren noch finsterer als sonst.

Allerdings waren auch zwei Leute vor Ort, die auffallend fröhlich waren, sich neckten und geradezu um die Wette strahlten: Frau Hoppe und der Typ vom Fahrradverleih, ihr Verehrer Nummer zwei.

Die beiden ließen gerade ein Boot zu Wasser, ein kleines altmodisches Ruderboot, das allerdings auch über einen Motor verfügte. Es war rot, sehr rot. Die Farbe sah aus, als wäre sie gerade erst getrocknet.

Als Frau Hoppe uns erblickte, war sie nicht sauer, im

Gegenteil, sie winkte uns heran und begrüßte uns gut gelaunt: »Na, ihr Landratten, habt ihr schon mal so was Schönes gesehen?«, fragte sie und zeigte auf das Boot.

Wir musterten es eingehender. Es trug den Namen *Hope*. Nach ihr vermutlich. Ansonsten kann ich nicht viel darüber sagen. Es war eben ein Boot.

»Tolle Farbe«, sagte Sverre und streckte den Daumen in die Luft. Er ist der einzige Mensch, den ich kenne, der daraus eine förmlich-höfliche Geste machen kann.

»Es war verschollen nach dem letzten Orkan, bei dem auch der Friedhof so stark beschädigt wurde. Sören hat es gefunden und wieder seeklar gemacht.«

»Nett von ihm«, sagte Charlotte.

Ich sagte nichts und die anderen auch nicht.

Ich fand es komisch, dass sie hier war und mit diesem Sören schäkerte, während die gerade erst aufblühende Klassengemeinschaft wieder den Bach runterging. Es war, als hätte sie uns aufgegeben. Eine Weile waren wir ihr Lieblingsprojekt gewesen. Jetzt hatte sie ein anderes.

Wir standen noch eine Weile blöd rum, die Hoppe schwärmte von ihrem Boot und dem glücklichen Zufall, dass es wieder aufgetaucht war, Sören schmachtete sie an und wir wussten nichts mehr zu sagen.

Auf einmal wusste ich, dass die Hoppe nicht mit uns zurückkehren würde. Das fand ich furchtbar. Natürlich ahnte ich nicht, was mit ihr geschehen würde. Aber ich spürte bereits die Tragweite des Verlusts.

Schließlich gingen wir. Doch die Angst vor dem, was auf

uns zukam, packte mich an den Schultern und riss mich noch einmal herum.

»Was ist mit Magnus?«, schrie ich die Hoppe an. »Und was wird aus uns?«

»Alles wird gut!«, rief sie zurück.

Doch das konnte sie nicht wissen. Es war nur eine Phrase, mit der man Kinder abspeist, und wir waren keine Kinder mehr.

Albträume, die wahr werden

Sara

Ich lag in meinem Stockbett in der Domäne Haifisch, schummriges Licht erfüllte den Raum. Mein Rücken tat weh. Die harte, dünne Matratze, der Lattenrost, der quietschte. Über mir warf Lilli sich im Schlaf von einer Seite auf die andere und brachte die gesamte Konstruktion zum Schwanken, ihr Atem ging unruhig.

Linn stand aufrecht am Bettpfosten und beobachtete mich. Ihr Blick war anders als sonst: nicht liebevoll, sondern kühl und verständnislos. Enttäuscht. Sie mochte mich nicht mehr. Verachtete, was aus mir geworden war.

»Ich kann dir alles erklären«, sagte ich.

»Musst du nicht. Lass es einfach sein.«

»Aber es ist wegen dir. Keiner soll mehr über dich lachen. Ich will dich beschützen.«

»Dafür ist es zu spät. Hör endlich auf mit dem Quatsch. Beschütze dich lieber selbst.«

Sie kapierte es nicht. Ich richtete mich auf, um sie an den Schultern zu packen und zu schütteln, damit sie zur Besinnung käme, sie sollte mich wieder auf diese liebenswürdige Art ansehen, die ich von meiner Schwester kannte und die mir zustand, doch da verschwand sie plötzlich ohne ein weiteres Wort, kurz bevor meine Fingerspitzen sie erreichten.

Der Raum begann sich um mich zu drehen, ich fiel zurück in mein Kissen und rief nach Linn. Ich wollte ihr nach. Es muss der Klang meiner eigenen Stimme gewesen sein, der mich zurück in die Wirklichkeit katapultierte.

Quälend langsam begriff ich, dass ich einen Albtraum gehabt hatte. Linn war fort – für immer. Meine Schwester würde nie wieder ihren Blick auf mich richten. Ich war jetzt ein Einzelkind.

Real waren lediglich meine Rückenschmerzen.

Und die Erkenntnis, auch im Wachzustand kritisch beäugt zu werden, wenn auch nicht von dem Menschen, den ich mehr liebte als alles andere auf der Welt.

Es war Charlotte. Sie stand genau da, wo eben noch Linn gewesen war, und hielt die Arme vor der Brust verschränkt. Sie ließ mich keine Sekunde aus den Augen.

Obwohl noch fast eine Stunde Zeit bis zum Wecken war, trug sie Jeans und einen dicken Strickpulli statt ihres Pyjamas, so als hätte sie die ganze Nacht an dieser Stelle verbracht.

»Was machst du da?«, fragte ich flüsternd.

Sie gab keine Antwort. Ihr Gesicht war ausdruckslos.

»Spinnst du?«

Schweigen.

Eine Bettdecke raschelte, dann tauchte plötzlich Vivien auf und gesellte sich an Charlottes Seite, auch sie ohne jeden Kommentar, auch sie komplett angezogen.

»Ihr verratet mir jetzt sofort, was der Schwachsinn soll. Oder nein, vergesst es, ich brauche keine Erklärung. Verpisst euch einfach.«

Keine Reaktion, sie harrten einfach nur aus. Es war gespenstisch.

Längst hatte ich es aufgegeben zu flüstern, inzwischen müssten die anderen hellwach sein, aber niemand nahm von uns Notiz, als wäre das, was vor sich ging, völlig normal.

Ich mochte den schrillen Klang meiner Stimme nicht, denn er verriet das ganze Ausmaß meiner Beunruhigung.

Wütend trommelte ich mit den Fäusten gegen Lillis Matratze, damit sie mir beistand, doch das Einzige, worauf man sich bei ihr neuerdings verlassen konnte, war ihre Unzuverlässigkeit.

Sie seufzte und sagte, ich solle sie in Ruhe lassen.

»Siehst du nicht, was hier los ist?«

»Die tun dir doch gar nichts. Lass sie doch gucken. Schlaf am besten weiter.«

Charlotte starrte.

Vivien starrte.

Ich zeigte ihnen den Stinkefinger.

Sie starrten weiter.

Schließlich boxte ich nochmals nach oben, Lilli machte: »Pst« und ein paar andere fielen ein, was mir ihre gemeine Aktion vom Friedhof ins Gedächtnis rief. Ich befürchtete, dass sie wieder anfangen könnten, diese Pferdegeräusche zu machen.

Die Erinnerung daran schnürte mir die Kehle zusammen. Eine Tsunamiwelle aus Bildern von unerträglicher Intensität hatte mich überrollt, als sie das taten. Eigentlich war es eine lächerliche Angelegenheit, aber eben nicht für mich.

Terror ist immer etwas, das im Kopf beginnt, das hatte ich schon lange verstanden.

Um die anderen nicht noch zu weiteren Bosheiten anzustacheln, wandte ich mich ab und verkroch mich unter der Decke, vor Hitze glühend.

So verbrachte ich den Rest der Nacht.

Das war der Anfang meiner Beschattung.

Später beim Frühstück stellte ich fest, dass Nick dasselbe Problem hatte.

≈

Von da an konnte ich keinen Schritt mehr vor den anderen setzen, ohne dass mich irgendjemand dabei kontrollierte. Tagsüber waren sie in der Regel zu dritt, meistens spielte sich Charlotte als Anführerin auf. Es schien ihr Vergnügen zu bereiten. Das verstand ich sogar. Macht kann Spaß machen. Ich wünschte innig, ich hätte es mir mit ihr nicht so dermaßen verscherzt.

Sie hielten Abstand, das schon. Aber sie waren einfach immer da und das nervte gewaltig.

Anfangs ignorierte ich sie, gedemütigt, den Tränen nah. Ich konnte nicht fassen, wie leicht es für sie gewesen war, das Ruder herumzureißen.

Ich ging ständig aufs Klo, schloss die Kabinentür ab und setzte mich auf den geschlossenen Deckel, um nachzudenken, wissend, dass meine Feindinnen draußen auf mich warteten. Sie waren am Zug und hatten alle Zeit der Welt.

Sie schrieben ihre Namen jede Stunde, die verstrich, während meiner verblasste.

Es ist schwer, seine Würde zu bewahren, wenn der einzige Rückzugsort eine Toilettenkabine ist, in der Spinnennetze von der Decke baumeln und es nach fauligem Abflussrohr stinkt.

Ich hörte sie vor der Klotür leise reden, aber ich verstand nicht, was sie sagten. Nur eines war sicher: Es ging die ganze Zeit um mich. Jedes Lachen, jede Geste, jeder Halbsatz, den ich aufschnappte, alles war selbstverständlich als Angriff oder Spott zu verstehen.

Um runterzukommen, wollte ich gern meine Wanderungen wiederaufnehmen. Ich träumte davon, eine Weile an dem versteckten See zu sitzen, um den Libellen bei ihren Flugmanövern zuzuschauen. Inzwischen erschien mir dieser abgelegene Ort wie das letzte Paradies auf Erden, doch es gab kein Entrinnen.

Vergeblich versuchte ich, schneller zu sein als Eva, Vivien und Charlotte.

Meine Beine waren bleischwer und gehorchten mir nur widerwillig, als kämpften sie gegen eine unsichtbare Unterströmung an, die die anderen mühelos überwanden.

≈

Auf halber Strecke kehrte ich um und schlich zurück zur Domäne, wo zwei Fuhrwerke mit ihren fetten, trägen Kutschengäulen parkten, was mir natürlich gleich wieder einen Heidenschreck einjagte. Wie sich herausstellte, hatte irgendjemand auf dem Deich die rote Katze der Bildhauerin getreten, die daraufhin ins Watt gelaufen war und seither vermisst wurde. Eine schreckliche Geschichte.

»Tierquälerei!«, schrie die Furie und gab uns die Schuld. Wir waren die Fremden. Angeblich kursierten Zeugenaussagen im Dorf, die uns belasteten.

Natürlich fiel der Verdacht sofort auf Nick, was typisch war.

Er beschwor seine Unschuld.

Es war eine Tragödie, dass ihm niemand glaubte, auch die Hoppe nicht, dabei wurde auch er mittlerweile dauernd belagert und konnte somit überhaupt nicht der Täter sein. Die Ungerechtigkeit der völlig aus der Luft gegriffenen Anschuldigung setzte ihm sichtlich zu.

Wir verdrückten uns zusammen auf die Bank hinterm Haus, tranken ekligen Früchtetee (seine Alkoholvorräte waren leider erschöpft) und pflegten unseren Hass.

Natürlich waren wir auch dabei keine Sekunde allein.

Seine und meine Beschatterinnen hatten sich auf der

nächstgelegenen Düne zusammengefunden und provozierten uns mit ihrer Selbstherrlichkeit und ihren fortwährenden Blicken voller Streitlust.

»Was für eine Scheiße«, sagte Nick. »Die blöden Weiber wollen uns echt fertigmachen. Ich wette, die waren das auch mit der Katze. Damit wir Ärger kriegen.«

»Ich weiß. Genauso muss es gewesen sein. Und was machen wir jetzt?«

»Du bist das Superhirn. Wäre wenigstens ein Typ dabei, könnte ich den zu Grütze verarbeiten, da wären die anderen ganz schnell auf Tauchstation, das garantiere ich dir, aber bei den Mädels da drüben habe ich echt Hemmungen. So was macht man einfach nicht: Frauen schlagen.«

»Als Fitschen«, ergänzte ich resigniert.

»Genau.«

»Hat wieder was mit Ehre zu tun?«

Er nickte.

»Und da kann man absolut keine Ausnahme machen?«

Er schüttelte den Kopf. »Nö. Nur Frauen können Frauen verprügeln«, erklärte er. »Aber das geht meistens in die Hose. Gebrochene Finger, eingerissene Nägel und so. Traust du dir das zu?«

Ich dachte nach. Geprügelt hatte ich mich zuletzt in der Grundschule und obwohl ich weder vorm Haareausreißen noch vorm Schienbeintreten zurückgeschreckt war, hatte ich dabei meistens den Kürzeren gezogen. Ich besiegte meine Gegner bekanntermaßen anders: mit Sprache. Mit

Intrigen. Am allerliebsten mithilfe der schier endlosen Möglichkeiten im Netz.

Ein paarmal hatte ich früher Ohrfeigen verteilt, aber nur gegen Mädchen, die ohnehin schon Schiss vor mir hatten und sich nicht wehrten.

Einmal hatte ich einer ins Gesicht gespuckt. Sie hatte nicht gewagt, es abzuwischen. Die Spucke war direkt unter ihrem Auge gelandet und langsam die Wange heruntergelaufen. Das hatte mächtig Eindruck hinterlassen. Bei ihr und bei mir.

Da mir nichts Besseres einfiel, ging ich rüber zu Charlotte, um es auf diese Weise zu probieren. Ich gab mir Mühe, den Anschein zu erwecken, ich würde bloß reden wollen, ich brauchte den kleinen Vorteil des Überraschungseffekts, doch sie war nicht dumm.

Sie wich zurück, ich schnellte vor, die anderen Mädchen scharten sich blitzschnell um sie, um ihr Deckung zu geben. Dann verstreuten sie sich wieder.

Ich war ausgebremst.

Nick sah mir von der Bank aus kopfschüttelnd zu: So wird das nichts, sagte sein Gesichtsausdruck.

Und er behielt recht. Als ich mich ein zweites Mal vorwagte, passierte genau dasselbe und wieder und wieder.

So ging es hin und her. Schließlich fanden wir uns in einer Art seltsamen Tanz wieder, ein wenig wie Boxer im Ring, bevor sie zur Sache kamen.

Nie kam ich nah genug an Charlotte heran, inzwischen erschien mir mein Plan ohnehin idiotisch. Ich war so kaputt, ich hatte ja nicht mal mehr genug Spucke im Mund.

Die anderen lachten mich aus.

Ich hätte fast mitgelacht, es war wirklich eine komische Situation, denn alles, was ich tat, jede einzelne Bewegung, war so sinnlos wie der Versuch, einen Pudding an die Wand zu nageln.

Was mir entgangen war: Irgendwie hatten wir bei unserem Gerangel die Hausseite gewechselt, die Fuhrwerke mit den Pferden waren zum Greifen nah.

Ich roch die Tiere, bevor ich sie sah.

Wie auf Verabredung bildeten Charlotte und ihre Komplizinnen jetzt einen geschlossenen Ring und drängten mich in ihre Richtung ab.

Zu spät erkannte ich ihr Vorhaben, schockiert über ihre kontrollierte Grausamkeit.

Meine Hände begannen zu zittern, ich atmete stoßweise und merkte, wie meine Unruhe sich auf die bis dahin noch geduldig wartenden Pferde übertrug. Eins scharrte mit den Hufen, ein anderes wieherte und schüttelte die Mähe. Sie waren nirgendwo festgebunden.

Als ich sicher war, dass sie mich gleich überrennen würden, wahrscheinlich nicht mal in böser Absicht, sondern aus ihrem eigenem Fluchtinstinkt heraus, kreuzte plötzlich Nick an meiner Seite auf.

Er hatte kein Mädchen schlagen, aber zwei von ihnen unsanft zur Seite stoßen müssen, um zu mir zu gelangen: Eva rieb sich den Arm, Vivien war auf dem Hintern im Gras gelandet, stand allerdings gleich wieder auf und klopfte sich zornig den Dreck von der Jeans.

»Spinnst du?«, schrie sie ihn an.

»Haut endlich ab!«, schrie er zurück. »Es reicht.«

Während ich immer noch gegen meine Pferdepanik ankämpfte, waren plötzlich überall Leute um uns herum, ich sah Kim, ich sah Sverre, ich sah den blöden Gitarristen und die Jungs, die immer zusammen Fußball spielten, alles Verstärkung für Team Charlotte, kein Zweifel, niemand von denen war gekommen, um sich uns anzuschließen.

Wie zu erwarten war, wurde es jetzt richtig hässlich, Beleidigungen und giftige Blicke flogen hin und her, bis den immer brutaleren Worten Taten folgten und etwas entstand, das man vielleicht als Handgemenge bezeichnen könnte, die allerletzte Vorstufe zu einer richtigen Schlägerei. Längst, das spürte ich, bremste uns nur noch unsere eigene Unerfahrenheit im Einsatz von roher Gewalt. Bis auf Nick wuchsen wir alle behütet auf, wir wussten nicht, ob wir Blut sehen konnten.

Wir würden es bald erfahren.

Nick wirkte maximal beunruhigt. Irgendwann hob er einen ziemlich großen Stein vom Boden auf, in seinen Augen glänzte die fiebrige Bereitschaft, ihn zu benutzen.

»Ich mach die alle platt.«

Ich wollte nur noch weg.

Wo waren diese Lehrer, wenn man sie brauchte? Nach einer gefühlten Ewigkeit ließen sich endlich die Hoppe und Magnus blicken, gefolgt von unserer Wirtin und dem

Pferdeheini, was gut war, denn sie brauchten tatsächlich all ihre Kräfte, um das Durcheinander, in das wir uns hineinmanövriert hatten, zu entwirren.

»Was soll das? Seid ihr wahnsinnig? Was ist bloß in euch gefahren?« Die Hoppe war stinkwütend. Ihre Stimme dröhnte so laut, dass man sie noch auf dem Festland gehört haben dürfte. Das brachte uns zur Räson.

Alle starrten auf den Boden, bloß ich nicht.

Ich starrte die Hoppe an.

»Das ist doch alles Ihre Schuld, schließlich ist das Ihr missglücktes Experiment hier«, rief ich und gab die Frage zurück, die sie mir unlängst gestellt hatte. »Sind Sie zufrieden mit sich?«

Das saß.

Ich sah es ihr an.

Ein Raunen ging durch die Reihen. Nick entglitt der Stein, er schlug dumpf auf.

Am Ende ließ ich alle stehen und rannte einfach los, weil ich wusste, dass in diesem Moment niemand den Mut haben würde, mir zu folgen.

≈

»Sara.«

Ich rannte.

»Sara! Bleib doch mal stehen.«

Nicks Stimme weit hinter mir.

Ich rannte und rannte.

Irgendwann stoppte ich und wirbelte herum.

»Du darfst niemanden umbringen!«, schrie ich ihn an. »Du kannst dir nicht einfach einen Stein greifen und jemandem damit den Schädel einschlagen. Verstehst du das? Wenn du einen umbringst, ist der für immer tot. Egal ob er einen Namen hatte oder nicht, ob ein königliches Grab auf ihn wartet oder eine Urne oder der nächste Straßengraben, er oder sie kommt nicht mehr zurück. Nie wieder! Geht das in deinen blöden Bauernschädel?«

Nick hatte mich erreicht. Keuchend blieb er stehen, vornübergebeugt, die Hände auf den Oberschenkeln abgestützt, um zu verschnaufen.

»Das weiß ich doch«, sagte er und japste nach Luft. »Und ich habe und hätte ja auch niemanden umgebracht. Ich wollte dich bloß vor diesen wild gewordenen Furien beschützen, verdammt. Wieso krieg ich jetzt alles ab?«

»Du hast von plattmachen geredet.«

Er richtete sich auf. »Das war nur so ein Spruch. Kapier es endlich, ich bin auf deiner Seite.«

Das war er wirklich. Er hatte recht.

Ich beruhigte mich.

Eine Weile gingen wir schweigend nebeneinanderher. Als wir beide wieder zu Atem gekommen waren, fingen wir an zu beratschlagen, wie es weitergehen sollte.

Nick war für: in die Fresse.

Ich wollte einen Waffenstillstand.

Wir steckten in der Klemme, und das Blöde war, dass ich überhaupt keine Lust verspürte, ausgerechnet mit Nick in derselben Klemme zu stecken. So dankbar ich ihm auch war, weil er zu mir hielt und nicht wie meine angeblich besten Freundinnen beim ersten Gegenwind die Seite gewechselt hatte, zwischen uns herrschte trotzdem eine unerklärliche Fremdheit. Alles an ihm war mir fremd geblieben, obwohl ich ihn ja nun schon eine Weile kannte: seine Bewegungen, seine Art zu sprechen, seinen Geruch. Die Chemie stimmte einfach nicht, daran konnte auch die Tatsache nichts ändern, dass wir beide einsam waren. Es tat mir leid, aber diese Kluft war unüberwindbar. Nick schien es zu spüren.

Vielleicht war er deswegen so auf körperliche Gewalt aus. Je länger wir redeten, desto mehr steigerte er sich in den Wunsch hinein, Denkzettel zu verteilen, er wollte unbedingt jemandem wehtun. Um Dampf abzulassen und sich wieder Respekt zu verschaffen. Ganz oben auf seiner Liste stand immer noch Kim.

»Ich schwöre dir, von dem geht alles aus. Wenn wir diesen Kim kleinkriegen, knicken die anderen auch ein.«

»Quatsch. Du bist einfach neidisch.«

Er kniff die Augen zusammen. »Ja, okay, das bin ich vielleicht, und wenn schon. Du kannst ihn noch so toll finden, er ist trotzdem gegen dich. Schmink ihn dir ab. Überlass ihn mir und du bist deine Probleme los.«

Er berührte mich an der Schulter. Es war keine Anmache, sondern ein Appell.

Ich wich zurück.

Nick hatte recht, ich spürte es. Irgendwann hatte Kim sich entschlossen, mein Feind zu sein. Es musste hier auf

Maroog passiert sein. Nach unserem ersten Spaziergang am Strand. Ich war traurig.

So traurig, dass ich darüber nachdachte, einfach zum Hafen zu gehen, die nächste Fähre zu nehmen und vom Festland aus meine Eltern anzurufen, damit sie mich abholten.

Allein die Erkenntnis, dass sie vielleicht, nein, sehr wahrscheinlich, nicht kommen würden, hielt mich davon ab. Das machte mich noch trauriger.

Meine Traurigkeit tat sich auf wie ein Abgrund, der mich verschluckte. Ich war ganz unten. Zu Hause würde ich den Weg zurück ans Licht niemals finden.

Der einzige Ort, an dem das möglich schien, war hier: die Dünen, der See, die Stille.

Ich hatte eine Idee.

»Kannst du einen Zaun reparieren?« fragte ich Nick.

»Wieso?«

»Was wäre, wenn wir den Schaden am Friedhof reparieren würden? Heimlich. Ohne irgendetwas zuzugeben. Dann könnte das Projekt weitergehen, das würde die Situation besänftigen. Und wir hätten unsere Ruhe.«

Er zuckte mit den Schultern.

Besänftigung war nicht das, was Nick vorschwebte. Trotzdem erklärte er sich bereit, es zu versuchen.

≈

Im Morgengrauen vollbrachten wir das Wunder, uns vor dem Wecken aus dem Haus zu schleichen. Alle schliefen wie Babys, sogar Charlotte. Ich hielt das für ein gutes Zeichen. Nicht mal das miserable Wetter konnte mich vom Gegenteil überzeugen. Es dämmerte, aber richtig hell würde es heute kaum werden, denn in Richtung offenes Meer lagen tiefschwarze Wolken auf der Lauer, ein Gebirge aus Regen und Hagel. Noch war es trocken. Oben auf der Friedhofsdüne empfing uns der Nordwind mit klammen Böen. Die Wellen am Strand tosten und wüteten. Möwen absolvierten halsbrecherische Flugmanöver und ließen dabei ihr Gelächter erklingen. Sie waren in ihrem Element.

»Geh bloß nicht so nah an den Rand, sonst wehst du noch runter«, warnte mich Nick und setzte den Rucksack mit dem Werkzeug ab, das er im Schuppen zusammengesammelt hatte.

Er wollte sich gerade an die Arbeit machen, als er etwas erblickte, das ihn schlagartig erblassen ließ.

»Nick?«

Seine Augen waren geweitet.

»Was ist denn los?«

Dann sah ich es. Irgendwelche Witzbolde aus der Klasse hatten zwei weitere Kreuze aufgestellt, grob zusammengezimmert aus Resten des Zauns, eins für ihn, eins für mich. Unsere Geburtsdaten standen darauf. Auch für einen Todestag hatten sie sich entschieden.

»Das ist morgen«, raunte Nick.

»Es ist nur ein abgeschmackter Scherz«, sagte ich. »Mach dir nicht ins Hemd.«

Obwohl auch ich den Friedhof der Namenlosen aus

ganzem Herzen hasste und es unheimlich fand, meinen Namen auf einem Grab zu lesen, war ich nicht halb so erschrocken wie er. Ich zertrampelte die Kreuze, aber ich ahnte, dass ich ihm damit nicht helfen würde. Er machte nicht mit. Er tat überhaupt nichts mehr, sondern stand einfach nur da, blass und verstört, während über ihm die Möwen lachten und der Sturm an seinem Parka zerrte.

Ich wollte Nick nicht spüren lassen, wie tief sein Entsetzen mich berührte. In diesem Augenblick wurde er zu einem verlassenen Kind.

»Sollen wir sie abfackeln?«, fragte ich.

»Okay«, sagte er, aber da wusste ich schon, dass auch das ihm nicht helfen würde.

Gewalt

Kim

Beim Wecken fehlten Sverre und Nick. Das gefiel mir ganz und gar nicht. Ich fragte mich, wie es ihnen gelungen war, den Schlafsaal zu verlassen, ohne dass ich es bemerkte.

Zwar hatten wir nach dem Gerangel beschlossen, unsere Überwachungsaktion fürs Erste zu beenden, weil die Heftigkeit der Eskalation uns beunruhigt und überfordert hatte (und weil Frau Hoppe so entsetzt über uns war, dass wir nahezu alles tun würden, um ihre Laune zu verbessern).

Aber ich hatte dennoch Stunde um Stunde wach gelegen, um mir darüber klar zu werden, wie es weitergehen sollte. Eine Erkenntnis der Nacht: Die Kreuze mit Saras und Nicks Namen mussten unbedingt weg, bevor irgendjemand sie sah. Die Aktion, auf Charlottes Mist gewachsen, war einfach zu geschmacklos. Nein, sie war noch schlimmer als das, sie war grob. Grausam.

Was hatten wir uns bloß dabei gedacht? Frau Hoppe würde uns zu Recht die Köpfe abreißen, wenn sie davon erfuhr.

Ich spürte, dass sie kurz davor war, das ganze Projekt abzubrechen. Daheim, davon war ich überzeugt, würde alles wieder werden wie zuvor, und das war wahrscheinlich auch meine Schuld.

Die Reue nagte an mir.

Bei diesem Spiel gab es keine Gewinner.

Umso mehr galt: die Kreuze weg, und zwar dringend. Niemand durfte sie sehen.

Lediglich das Rauschen eines heftigen Schauers auf dem Reetdach hielt mich davon ab, mitten in der Nacht allein zum Friedhof aufzubrechen, um die Sache durchzuziehen. Ich war nicht aus Zucker, aber ich wollte mir auch nicht gleich die nächste Erkältung einfangen und wartete auf eine Regenpause.

Dass ich dabei letztlich doch in den Schlaf abgedriftet sein musste, war mir entgangen.

Und jetzt fehlten Sverre und Nick, was nichts Gutes verhieß. Zum ersten Mal, seit wir auf Maroog angekommen waren, bekam ich es mit der Angst zu tun.

Ich stand auf, zog mich an und machte mich allein auf die Suche nach Sverre. Er war weder im Bad noch in der Küche oder im Wohnzimmer. Ich ging zurück in den Schlafsaal. Seine Schuhe standen nicht unterm Bett. Im Schrank fehlten seine Jeansjacke und sein Lieblingshoodie vom letzten Hurricane-Festival: Wir waren zusammen dort gewesen. Das war vor dem ganzen Mist und wir hatten einen Heidenspaß gehabt.

Ich musste lange suchen. Inzwischen waren alle in heller Aufregung, denn wir hatten insgesamt drei Abgänge zu verzeichnen: Sara, Nick und eben Sverre. Da er mein bester Freund war, interessierte ich mich hauptsächlich für seinen Verbleib.

Ich weiß nicht, was mich letztlich auf die Idee brachte, auf den Dachboden hinaufzusteigen, wo wir uns sonst nie aufhielten, warum auch? Da oben gab es nichts außer leeren Pappkartons, die meisten bedruckt mit chinesischen Schriftzeichen, gammligen Decken und ein paar ausrangierten Stühlen. Als ich das Deckenlicht anknipste – es war so ein altmodischer Schalter zum Drehen, der eine Energiesparbirne in ihrer Fassung zum Glimmen brachte –, flitzte eine Maus über die Holzbohlen. Geschickt erklomm sie einen der massiven Dachbalken und verschwand im Reet.

Ich sah ihr nach, dann sah ich mich um.

Fadenscheinige Putzlappen hingen zum Trocknen an einer Wäscheleine, die quer über den Raum gespannt war. Im Balken hatten sich Liebespaare verewigt, einige mit einem Messer, andere mit Edding. Es gab tatsächlich Leute, die jederzeit einen Edding zur Hand hatten, auf dem Klo, im Bus, beim heimlichen Rendezvous.

So wenig frequentiert, wie ich in meiner grenzenlosen Naivität angenommen hatte, war der Dachboden also keineswegs.

Ringsum raschelte und knackte es.

»Kannst du das Licht wieder ausmachen, bitte?«

Ich erschrak.

Es war Sverres Stimme.

Sie kam aus der Dunkelheit im hintersten Winkel des Raums, wohin der ohnehin schwache Schein der Lampe nicht fiel.

Ich trat zu ihm in den Schatten, ließ das Licht aber an.

»Was machst du hier oben?«

Er gab keine Antwort.

Inzwischen hatte die lahmarschige Sparbirne ihre volle Leuchtkraft erreicht und ich konnte meinen Freund erkennen, wie er apathisch auf einem der Stühle kauerte. Den Kopf hatte er auf die Brust sinken lassen.

Seine Haltung erinnerte mich an einen Besuch bei meiner Großtante im Altersheim: Genauso dämmerten dort die Senioren vor sich hin, die nicht mehr am Leben teilhaben konnten oder wollten. Oft waren sie bekleckert – genau wie jetzt Sverre.

Komischerweise war es das, was mich am meisten irritierte: dass mit seinem Hoodie etwas nicht stimmte. Da war ein Muster, das vorher nicht dagewesen war. Wie gesagt, es war sein Lieblingspulli, normalerweise passte er gut darauf auf. Und jetzt prangte da ein ziemlich großer dunkler Fleck, ohne dass es ihn zu kümmern schien.

Ich blinzelte und wagte mich näher heran, bis mir ein süßlich-metallischer Geruch in die Nase stieg: Blut.

»Scheiße. Du bist ja verletzt. Was ist passiert? Sverre!«

Ich nahm seinen Kopf zwischen die Hände und drehte das Gesicht zu mir. Er verzog die Mundwinkel zu einem missglückten Grinsen, ein kläglicher Versuch, alles runterzuspielen.

Ich untersuchte ihn und entdeckte ein blaues Auge, das Weiß im Glaskörper war von geplatzten Äderchen durchzogen, beide Wangen waren gerötet und geschwollen, Blut und Schmutz klebten an der Oberlippe. So sah jemand aus, der, verflucht noch mal, mächtig eingesteckt hatte.

Weil er so still war, wurde ich immer lauter, schließlich schrie ihn an: »Was ist passiert? Sag doch was.«

»Es ist nichts weiter«, sagte er leise. Seine Stimme klang belegt. »Das ist bloß Nasenbluten.«

»Hat dich jemand geschlagen?«, fragte ich, obwohl es eindeutig so war.

»Nein, ich bin gegen einen Balken gelaufen.«

»Ach komm.«

»Dann frag doch nicht so dämlich.«

Ich atmete durch. Um uns herum piepsten und raschelten die Mäuse.

»Wer war es? Nick?«

Er zuckte mit den Schultern, was in seinem Fall sowohl Ja als auch ein Nein bedeuten konnte.

»Nur ins Gesicht oder sonst noch irgendwohin? Tut es sehr weh? Was fehlt dir genau?«

»Nichts weiter. Es geht schon. Mach nicht so ein Drama draus.«

»Ist es aber.«

Er wollte mir nicht sagen, wer ihn so zugerichtet hatte, doch da Nick ebenfalls nicht in seinem Bett gewesen war, fiel es mir leicht, eins und eins zusammenzuzählen.

Nicht zu vergessen, dass ich selbst schon Bekanntschaft mit Nicks Fäusten gemacht hatte. Das hier trug einfach seine Handschrift.

Ich überredete Sverre aufzustehen und zerrte ihn ins Licht, um ihn mir noch genauer anzusehen. Soweit ich es beurteilen konnte, schienen die Verletzungen nur oberflächlich. Schlimmer als bei mir neulich, aber er würde es überleben. Andererseits waren diesmal nicht nur ein paar Tropfen, sondern ziemlich viel Blut geflossen. Was, wenn er eine Gehirnerschütterung hatte? Das würde auch sein seltsam teilnahmsloses Verhalten erklären.

»Hast du dich übergeben?«

Er nickte. »Einmal.«

»Shit. Wir sollten einen Arzt rufen.«

»Muss das sein?«

»Ja, das muss sein.«

Auf dem Weg die steile Treppe hinunter kotzte Sverre nochmals. Ich konnte gerade noch verhindern, dass wir beide stürzten.

≈

Der Arzt, ein stark gebräunter Surfertyp mit riesigen Pranken, war der erste Besucher der Domäne Haifisch, der keine Kutsche lenkte, er saß in einem der wenigen Pkw, die auf der Insel zugelassen waren. Wir hörten ihn kommen, lange bevor wir ihn sahen. Wie ein Panzer durchpflügte der Geländewagen Pfützen und Schotter, gefolgt von einem Krankenwagen mit Blaulicht und Sirene: das volle Action-Programm. Keine zehn Minuten nach dem Anruf von Greetjes Festnetztelefon waren sie da. Alle aus der Klasse hingen vorm Haus herum und gafften.

Waren Autos eigentlich immer so laut?

Wieso störte das sonst nie?

Wie sich herausstellte, verfügte die Domäne Haifisch über ein anständig geheiztes, gut ausgerüstetes Krankenzimmer, in dem Sverre versorgt wurde. Ich durfte nicht dabei sein. Auch die Hoppe musste raus.

Während der Arzt und die beiden Sanitäter aus dem Krankenwagen ihren Job machten, erzählte ich Frau Hoppe, was ich wusste, also nicht viel. Sie zitierte mich dafür in ihr Arbeitszimmer wie bei meinem Einzelgespräch vor ein paar Tagen.

Sie machte Tee und schenkte mir ungefragt eine Tasse davon ein. Er schmeckte nach Gras und hatte eine beruhigende Wirkung auf mich. Leider war der Effekt schnell wieder dahin, denn je länger wir sprachen, desto aufgewühlter wurde ich.

Komischerweise hatte ich anfangs nicht das Gefühl, dass Frau Hoppe mir sonderlich aufmerksam zuhörte. Sie saß hinterm Schreibtisch, nickte abwesend und trank ihren Tee. Irgendwann stand sie auf und setzte sich wieder ans offene Fenster, um zu rauchen, was ich noch unmöglicher fand als beim ersten Mal – und genauso umwerfend. Wie immer ärgerte ich mich über mich selbst, weil ich nicht damit aufhören konnte, mich an meiner Lehrerin zu berauschen.

»Die Sache mit deiner dicken Lippe neulich Nacht, das war Nick auch, oder?«, fragte sie schließlich.

Ich schwieg eine Weile, dann sagte ich: »Kann sein.«

»Ihr verratet mir immer nur das Nötigste«, klagte sie. »Wenn überhaupt.«

»Dafür verraten Sie uns überhaupt nichts«, entfuhr es mir.

»Warum sollte ich? Um mich geht es hier doch überhaupt nicht. Ihr solltet auf Maroog zueinanderfinden – und zu euch selbst. Ich dachte, hier am Meer mit einer völlig ungewohnten, spannenden Aufgabe, die euch herausfordert, und zwar ohne diese verdammte Hetze im Internet, könntet ihr ganz anders aufeinander zugehen. Dass es zu echten Begegnungen zwischen euch kommen würde. Das habe ich mir so sehr für euch gewünscht.«

Sie sprach das Wort »Begegnung« aus, als wäre es eine ziemlich heilige Angelegenheit.

»Eine Prügelei ist irgendwie auch eine richtige Begegnung«, sagte ich.

Frau Hoppe legte den Kopf in den Nacken, blies ihren Rauch in die Luft und lachte, was erkennbar kein Ausdruck von Heiterkeit war, dafür war sie viel zu verbittert, und das verstand ich gut. Es war einfach insgesamt schlecht für uns gelaufen.

»Ich dachte, wir würden richtige Gespräche führen. Über das Leben und über das Sterben.«

»Hätte ja auch klappen können«, sagte ich.

»Du musst mich nicht trösten. Wahrscheinlich habe ich es mir zu einfach vorgestellt.«

Darauf wusste ich nichts zu sagen. Draußen prasselte der nächste Schauer nieder. Ich trank meinen Tee und beobachtete durch das Fenster, wie die Sanitäter plaudernd und vom Regen völlig unbeeindruckt zu ihrem Rettungswagen zurückgingen, einstiegen und gemächlich davonfuhren. Ohne Blaulicht. Anscheinend war es nicht allzu schlimm um Sverre bestellt, sonst hätten sie ihn mitgenommen.

»Zu Sara war ich übrigens offener, falls es dich interessiert«, nahm Frau Hoppe den Faden wieder auf. »Hat mir auch nichts gebracht. Ich habe versucht, an sie ranzukommen, indem ich ihr meine eigene Geschichte erzählt habe. Als Kind war ich ein ziemliches Biest, genau wie sie. Dann starben meine Eltern und ich kam hierher auf die Insel zu Hermine. Es war, als würde dieser Ort mich automatisch verändern – zum Besseren. Das Meer, die Weite, die Stille, das macht was mit dir. Anfangs dachte ich, es würde auch bei Sara funktionieren. Aber zuletzt wurde es ja eher schlimmer mit ihr, oder? Sie ist völlig neben der Spur und ich verstehe das einfach nicht. Das ist alles so hoffnungslos verfahren und ich weiß nicht, wieso. Kim, hast du mal versucht, an sie ranzukommen? Ich hatte dich doch darum gebeten.«

Wenn es einen Knopf gäbe, der mich auf der Stelle im Erdboden hätte versinken lassen, um irgendwo in Australien wieder rauszukommen und einen Neuanfang zu starten, ich schwöre, ich hätte ihn, ohne zu zögern, gedrückt. Ich schämte mich unendlich. Dummerweise sind diese Knöpfe nie da, wo man sie braucht.

Ich stammelte herum wie ein Vollidiot.

»Was ist los?«, fragte Frau Hoppe, als sie merkte, dass kein vernünftiger Satz aus mir rauszukriegen war. »Sag mal, kann es sein, dass ein paar Leute aus der Klasse den Spieß rumgedreht haben und jetzt versuchen, Sara fertigzumachen? Angriffsfläche bietet sie ja weiß Gott genug. Ohne ihr Handy ist sie doch total aufgeschmissen. Weißt du was darüber?«

Ich zuckte mit den Schultern und schwieg, der geborene Feigling.

»Vielleicht sehe ich ja auch Gespenster. Scheiße, ihr seid meine erste eigene Klasse. Ihr seid aber auch so ein Sauhaufen«, sagte Frau Hoppe, raufte sich die Haare und steckte sich unmittelbar nach der ersten die zweite Zigarette an.

Ich war in eine Kettenraucherin verschossen.

»Verdammt, ich wollte alles so toll machen.«

»Machen Sie doch. Wirklich, alle lieben Sie, Hope, äh Frau Hoppe.«

Ich liebe Sie, hätte ich am liebsten hinzugefügt, doch das konnte ich mir gerade noch verkneifen.

In meinem Kopf hatte sich Stück für Stück ein furchtbares Chaos eingenistet, das rächte sich nun: Gewaltige Gefühle explodierten wie unsachgemäß gelagerte Feuerwerkskörper und steckten mich von innen in Brand: Ich hasste mich und die anderen für das, was wir Sara angetan hatten, und ich hasste Frau Hoppe, weil sie ausgerechnet mir so etwas Beschissenes nicht zutraute, weil sie mich für einen ach so liebenswürdigen und harmlosen Kerl hielt, was ich ja bis vor Kurzem auch gewesen war, aber jetzt nicht mehr.

Ich wollte ihr die Wahrheit entgegenschmettern, ihr sagen, dass sie als Klassenlehrerin gerade komplett versagte, weil sie viel zu sehr mit ihren eigenen Liebesgeschichten beschäftigt war, weshalb sie maximal die Hälfte von dem mitbekam, was in der Klasse vor sich ging. Dafür hasste ich sie übrigens auch. Ich hasste sie, weil ich sie liebte. Ich hasste Nick, weil er ein Schläger war. Am allermeisten hasste ich den Hass selbst, den der anderen und meinen eigenen. Ich wollte ihn wirklich unbedingt loswerden, aber er war da, er war laut und er fand immer neue Nahrung.

Wenn es einmal richtig brennt, ist das mit dem Löschen eine ziemlich verzwickte Angelegenheit.

»Hast du mir was zu sagen?«, fragte Frau Hoppe, die mich fortwährend beobachtete.

»Nicht wirklich.«

Natürlich war es an der Zeit, ihre umfangreichen Wissenslücken zu schließen und die eigenen Sünden einzuräumen. Wie sollte sie uns sonst helfen? Denn das war es, was sie wirklich wollte, ich sah es ihr an.

Ich kämpfte mit mir, wollte mein Gewissen erleichtern, doch meine Feigheit behielt die Oberhand.

Statt auszupacken, bat ich sie um einen Zug von ihrer Zigarette und sie hielt sie mir hin. Regeln schienen für Frau Hoppe nur gelegentlich Gültigkeit zu haben, was für eine Lehrerin seltsam war.

Ich nahm die Kippe. Normalerweise rauchte ich nicht, hatte es nie probiert. Der Rauch war viel heißer als erwartet. Es fiel mir schwer, einen Hustenanfall zu unterdrücken.

»Und? Hast du mir jetzt was zu erzählen?«

Ich schüttelte den Kopf.

Ihre Resignation war mit den Händen zu greifen.

Ich dachte an Frau Hoppes Eltern.

Wenn meine Eltern jung sterben würden, wüsste ich nicht, was ich machen sollte. Ich glaube, davon könnte ich mich mein ganzes Leben lang nicht mehr erholen.

»Ach, macht doch alle, was ihr wollt.« Sie sah aus, als wäre sie schon dabei, verloren zu gehen.

Das war das Letzte, was sie zu mir sagte.

≈

Der Arzt klopfte. Erwartungsgemäß wollte er mit Frau Hoppe allein reden, wie die anderen Einheimischen nannte er sie Hope und betrachtete sie mit einer Mischung aus Bewunderung und Skepsis.

Ich war heilfroh, mich verdrücken zu können, um abzuhusten und mir eine Runde Selbstmitleid zu gönnen.

Inzwischen hatten sich Nick und Sara wieder eingefunden, sie saßen mit klitschnassen Haaren am langen Tisch im Speisesaal, schwiegen sich an und löffelten Hafergrütze. Seltsamerweise rochen sie nach Rauch. Mir fiel auf, dass Nick seinen Arm komisch hielt. Er sah aus, als hätte er Schmerzen. Sollte Sverre sich erfolgreich gewehrt haben?

Ich konnte die beiden nicht zur Rede stellen, weil Magnus über sie wachte wie ein besonders gewissenhafter Vollzugsbeamter. Irgendwann sollten sie zur Hoppe rein und Magnus passte auf, dass sie nicht nochmals abhauten.

Ich schlich mich zu Sverre ins Krankenzimmer. Er versank fast in seinem frisch aufgeklopften Daunenkissen und sah wirklich zum Heulen lädiert aus.

Obwohl seine Augen geschlossen waren, wusste ich, dass er wach war.

»Was hat der Arzt gesagt?«, fragte ich.

»Dass es nicht so schlimm ist«, antwortete er, ohne die Augen zu öffnen. »Eine leichte Gehirnerschütterung. Ich soll bloß zwei Tage ruhig liegen bleiben.«

Ich setzte mich zu ihm aufs Bett. Heftige Windböen peitschten den Regen, der allmählich in Hagel überging, gegen die Scheiben. Es war, als würde die Domäne Haifisch gezielt angegriffen.

»Wie es aussieht, verpasst du nicht viel.«

Wir sagten eine Weile nichts und hörten dem Rauschen und Poltern zu, bis ich mich schließlich überwinden konnte, ihn zu fragen, ob er Nick bei der Hoppe angeschwärzt hatte.

»Ja«, sagte Sverre und sah mich endlich an. »Den sind wir los, der kann packen.«

»Wie meinst du das?«

»Ist doch nicht so schwer zu verstehen. Die Hoppe schickt ihn nach Hause. Gut, oder?«

Ich schwieg. Eigentlich müsste ich mich freuen, doch das Unbehagen, das ich verspürte, war zu groß.

Eine weitere Böe ließ das Haus erzittern, im Gebälk krachte und ächzte es unablässig. Draußen fielen scheppernd ein paar Fahrräder um und der Hund, den ich seit Tagen nicht mehr gesehen hatte, begann wie verrückt zu bellen.

»Ist doch gut, wenn Nick nicht mehr hier ist«, insistierte Sverre aufgeregt.

»Ja«, sagte ich. »Alles gut.«

≈

Doch nichts war gut. Als das Wetter sich ein wenig besserte, kehrte der Arzt zu seinem Wagen zurück, er hatte Nick dabei, der anscheinend in der Zwischenzeit gepackt hatte und seine Siebensachen im Kofferraum verstaute. Sein linker Unterarm war dick verbunden.

Als Frau Hoppe sich von ihm verabschieden wollte, ignorierte er ihre ausgestreckte Hand. Sein Gesicht war versteinert, doch er sagte kein Wort.

Sara war diejenige, die eine Szene machte: Sie schrie Nick an, was für ein kompletter Idiot er sei.

Sie schrie Frau Hoppe an, um ihr den Tod zu wünschen: »Ich will, dass du abkratzt, du blöde Hexe. Dann kannst du dich auf deinen eigenen Friedhof legen.«

Irgendwann schrie sie uns alle an.

Sie war völlig durchgeknallt.

»Jetzt lass mal gut sein, Kleine«, sagte Greetje und nahm sie mit nach drinnen.

Normalerweise war Sara niemand, den man sich einfach so schnappen und von A nach B befördern konnte, aber gegen Greetje kam man schwer an, wenn sie etwas wollte. Sie war ein Fels in der Brandung. Und stark wie ein Bärin.

Ich sah Lilli und Charlotte direkt in die Augen. Sie machten keinerlei Anstalten, Sara beizustehen.

Wir sahen den Wagen wegfahren. Nick schaute nicht zurück, er war Saras letzter Verbündeter gewesen, und jetzt war er fort.

Das Motorengeräusch verklang.

Dann übernahm wieder der Sturm die Regie.

Versunken

Sara

Sie verhörten uns zusammen, Frau Hoppe und der schmucke Arzt; warum Magnus nicht dabei war, erschloss sich mir nicht. Die Hoppe war bemüht, uns Normalität vorzugaukeln, indem sie liebenswürdig sprach und Grünen Tee ausschenkte. Anfangs war Nick aufreizend lethargisch, was ich genauso für eine Masche hielt wie die Freundlichkeit unserer Lehrerin.

Das ist wirklich ein Problem, wenn man selbst den Leuten ständig etwas vormacht: Irgendwann kommt einem alles wie Taktik vor, jede Geste, jedes Heben oder Senken der Stimme, jede Emotion, die gezeigt oder weggelassen wird.

Der Arzt bemerkte die Verbrennung, die Nick sich beim Abfackeln der Kreuze zugezogen hatte (wir hatten Terpentin aus dem Schuppen als Brandbeschleuniger verwendet, es hatte eine Stichflamme gegeben) und bestand darauf, sie zuallererst zu versorgen.

Ich sah nicht hin.

Der Rauchgeruch war beißend. Nick wollte sich die Schmerzen nicht anmerken lassen, ich hörte es an der Art, wie sein Atem ging.

»Du wirst eine Narbe behalten«, sagte der Arzt, als er den Verband angelegt hatte, und verordnete Schmerzmittel und ein Antibiotikum.

Es schien Nick zu freuen: In seiner Welt waren Narben Trophäen.

»Hast du dir das zugezogen, bevor du Sverre geschlagen hast?«, fragte Frau Hoppe unvermittelt.

»Davor«, sagte Nick, womit er ganz nebenbei ein Geständnis abgab.

Fassungslos fragte ich mich, ob er zufällig in die Falle getappt war. So blöd konnte er eigentlich nicht sein.

»Und wie ist es passiert?«, fragte Frau Hoppe.

»Hab gezündelt.«

»Wo?«

Schulterzucken.

»Etwa hier am Haus?«

»Ne, irgendwo draußen. Am Strand oder so.«

»Einfach so?«

»Einfach so.«

»Und hast du Sverre auch einfach so angegriffen?«

»Ja genau. Einfach so.«

»Nick, warum machst du so etwas?«, sagte die Hoppe kopfschüttelnd. »Bitte erkläre es mir.«

»Kann ich nicht erklären. Weiß ich nicht.«

Spöttisch schlug der Arzt Langeweile als Begründung vor.

»Ja«, sagte Nick und musterte ihn anerkennend, als spielten sie im selben Team. »Langeweile ist abartig, Mann. Und hier gibt es jede Menge davon.«

Er war kein sonderlich begabter Lügner. Die letzten Tage waren nervenaufreibend für uns beide gewesen, gelangweilt hatten wir uns schon lange nicht mehr.

Die Hoppe trommelte mit den Fingern auf der Tischplatte und sah aus, als wäre sie lieber woanders. Augen auf bei der Berufswahl, dachte ich.

Draußen soff die Welt ab.

Mir war schleierhaft, was in Nick vor sich ging. In den nächsten fünf Minuten nahm er einfach alles auf sich: die Schläge gegen Sverre (unschuldig), gegen Kim (schuldig) und sogar die Tierquälerei an der Katze (keine Ahnung, hoffentlich unschuldig).

Er brüstete sich regelrecht damit, den Friedhofszaun zertreten zu haben. »Leider geil«, sagte er.

Mich ließ er raus.

Kein Zweifel, er hätte sich auch noch die Verantwortung für den Klimawandel in die Schuhe schieben lassen, wenn die Hoppe oder der Arzt ihn danach gefragt hätte.

Wozu diese Farce? Sahen die denn nicht, wie dreckig es ihm ging?

Irgendwann kapierte ich, dass er bloß nach Hause geschickt werden wollte, dazu war ihm jedes Mittel recht. Er war einfach völlig fertig, weil diese Idioten seinen Namen auf ein Grabkreuz gepinselt hatten. Obwohl bis auf ein paar verkokelte Reste nicht mehr viel davon übrig war: der Anblick hatte ihn vollkommen demoralisiert.

Sie waren zu weit gegangen. Das würde ich ihnen heimzahlen müssen.

»Warum sagst du nicht, was wirklich los ist?«, fragte ich. »Wo du doch anscheinend so großen Redebedarf hast.«

»Warum sagst *du* es nicht?«, fragte die Hoppe mich.

Der Arzt lächelte mir aufmunternd zu. »Wir hören«, sagte er.

Vielleicht weil er attraktiv war und mir schon eine ganze Weile niemand mehr auf eine so gewinnende Art zugelächelt hatte, konnte ich der Vorstellung, offen mit ihm zu reden, plötzlich etwas abgewinnen. Ich meine, warum eigentlich nicht?

Alles, was in den letzten Tagen passiert war, würde Nick und mich in einem völlig anderen Licht erscheinen lassen: Mit etwas rhetorischem Geschick waren wir auf einmal die Guten. Diejenigen, denen man übel mitgespielt hatte.

Noch zögerte ich, mich als Opfer zu erkennen zu geben, der Stempel ist wenig verlockend und schwer abzuwaschen, das wusste ich, er bringt bestenfalls Mitleid und jede Menge neues Pech, das andere bereitwillig abladen.

Hunde heben ihr Bein ja auch immer an derselben Laterne, einer nach dem anderen.

Ich sah Linns abgekaute Nägel vor mir: Meine Schwester war ein Opfer!

Es war das erste Mal, das ich diesen Gedanken so richtig

an mich ranließ. Die Wut deswegen trug ich schon lange in mir, sie hatte mich seit Jahren nicht verlassen. Sie war auf Dauer furchtbar ermüdend.

Ich atmete tief ein. Regenluft drang durch jeden Spalt und verteilte sich im Raum, die Wolken am Himmel nahmen bedrohliche Ausmaße an.

Ich hörte, wie der Sekundenzeiger der Markenuhr, die der Arzt als Statussymbol am Handgelenk trug, laut und angeberisch tickte.

Mir war, als würde ich zerbersten, weil ich alles um mich herum so intensiv wahrnahm und so viel dabei fühlte. Große, schwere Gefühle, die drückten und zogen und rüttelten wie der Sturm.

Die Außenwelt verschmolz mit meinem Innern.

Sag was, dachte ich. Meine Zunge war schwer wie nach einem Besäufnis, in meiner linken Schläfe pochte eine Ader.

Los, jetzt sag was.

Ich sah, wie Frau Hoppe erkannte, was in mir vor sich ging, wie sie sich anstrengte, eine Verbindung zu mir aufzubauen.

Mein innigster Wunsch in diesem Moment: Sie könnte mir trotz allem versichern, dass ich genau richtig war, so wie ich war.

Dann fühlte ich mich endlich bereit.

Doch bevor ich anfangen konnte zu reden, ging Nick auf mich los. Seine Hände schnellten vor und schlossen sich um meinen Hals. Ich wollte mich wehren, aber er drückte zu.

Ich war noch nie gewürgt worden. Es fühlt sich unglaublich an, man bekommt tatsächlich überhaupt keine Luft, null, der totale Ausnahmezustand. Ich kann es nicht empfehlen.

Nicks Griff war wie ein Schraubstock. Ich wedelte mit den Armen und war heilfroh, als ich sah, wie der Arzt aufsprang, um mir zu helfen.

Wir wurden mit Gewalt voneinander getrennt. Ich wurde im Stuhl zurückgeschleudert.

»Es reicht!«, schrie die Hoppe. »Du fährst nach Hause.«

Hustend und würgend rannte ich aufs Klo.

≈

Ich fand Nick im Jungenschlafsaal, wo er gerade seine Klamotten in den Rucksack stopfte. Er weigerte sich, mit mir zu reden, sah mir nicht in die Augen, sah auch sein Zeug nicht an, sein Blick war leer, er packte blind.

Ich bebte vor Zorn. Nicht weil er mich angegriffen hatte – dafür hatte ich trotz allem ein gewisses Verständnis –, sondern weil er mich im Stich ließ.

»Ich sag alles der Hoppe.«

»Mach, was du willst«, entgegnete er. »Mich geht's nichts mehr an. Bin eh morgen tot.«

Das glaubte er wirklich. Er war abergläubisch bis zum Abwinken, wahrscheinlich lag das genau wie sein Hang zur Brutalität in der Familie, auf die er so stolz war. Die Fitschen-Bande.

Ich dachte daran, dass mein Nachname mir nichts bedeutete. Eigentlich schade.

Plötzlich hatte ich Angst, Nick könnte aus reiner Panik verunglücken und tatsächlich umkommen: eine selbst erfüllende Prophezeiung. Dann hätten die Urheber dieses dämlichen Scherzes ihn auf dem Gewissen. Zur Hölle mit ihnen.

Ich machte mir wirklich große Sorgen um Nick und ich begriff schlagartig, was das bedeutete. Dass wir hier auf der Insel tatsächlich Freunde geworden waren – trotz allem. Auch wenn er in mich verliebt war und ich nicht in ihn, auch wenn er ungehobelt und aufbrausend war, er war mein Freund.

Diese schlichte Wahrheit brachte einen Klumpen Eis in meinem Brustkorb zum Schmelzen. Ich hatte Freundschaft geschlossen. Die Fähigkeit dazu war nicht verschwunden, sie war nur eingefroren gewesen. Und jetzt, wo in meinem Herzen Tauwetter herrschte, sollte ich denjenigen ziehen lassen, der dieses Wunder bewirkt hatte?

»Und was ist mit mir?«, fragte ich ihn.

»Du musst dir einen anderen Doofen suchen. Dir ging es doch sowieso nie um mich.«

»Doch, natürlich.«

»Ist klar. Das kannst du deiner Großmutter erzählen, die glaubt dir bestimmt.«

Nur fürs Protokoll: Ich hatte keine Großmutter mehr. Aber das spielte hier keine Rolle.

»Am Anfang vielleicht nicht«, sagte ich. »Aber jetzt schon. Wir sind Freunde.«

Doch er hörte mir schon längst nicht mehr zu.

≈

Verzweifelt rannte ich zur Hoppe, um sie zu bitten, Nick nicht nach Hause zu schicken. Und wenn ich bitten sage, meine ich das auch so, ganz sicher: In meinem Kopf formulierte ich es als eine Bitte. Ich suchte keinen Streit, ich war bereit, meine Klassenlehrerin anzuflehen, buchstäblich vor ihr auf die Knie zu gehen.

Ich wünschte, ich hätte es getan.

Dann wäre vielleicht alles anders gekommen.

Das Problem mit der Hoppe war, dass sie ständig Sachen machte, die mich unfassbar auf die Palme brachten.

Sie hielt sich noch im Arbeitszimmer auf, aber jetzt war Magnus bei ihr. Sie stritten und rauchten Zigaretten dabei. Es wirkte wie eine Szene aus einem Film. Offensichtlich war es ein privater Streit.

Die Hoppe war verheult, Magnus aggressiv. Ich konnte nicht fassen, dass sie ausgerechnet jetzt ihre Beziehung durchdiskutierten, während Nick packte und sich vorm Sterben fürchtete, während Sverre verprügelt im Bett lag, während ich fertiggemacht wurde – und insgesamt alle irgendwie am Rad drehten.

Draußen stand der Arzt und wartete.

Ich räusperte mich hörbar und sagte, ich müsse über Nick reden. Ich sagte: »Bitte«.

»Thema durch«, erwiderte Magnus.

Darauf ich: »Wer fragt dich denn irgendwas?«

»Siehst du, genau das ist das Problem«, sagte Magnus zur Hoppe.

Und schon zofften sie sich munter weiter, behandelten

mich wie Luft, weshalb ich einer spontanen Eingebung folgend mein Handy aus der Tasche zog und ihm das Video vom Badesee unter die Nase hielt. Frau Hoppes lüsternes Lachen in den Armen des anderen Typen perlte durch den Raum. Magnus wurde erst blass, dann rot.

Kaum wurde es spannend, kreuzte der Arzt auf, weil er loswollte: »Die Fähre wartet nicht auf uns. Wenn der Sturm erst mal richtig im Gange ist, wird die Verbindung komplett eingestellt«, sagte er.

Sie wollten mein Handy konfiszieren – in dem Punkt waren sie sich plötzlich einig.

Da drehte ich durch. Ich weiß noch, dass ich alle anschrie, was ich sagte, weiß ich nicht mehr.

Irgendwann kam die Wirtin und hielt mich fest. Ich glaube, sie nahm mich sogar kurz in den Arm. Seltsam, aber ich ließ es einfach so geschehen.

Wenig später war Nick auf und davon.

≈

Obwohl ich gegen Regen, Hagel und Wind ankämpfen musste, wollte ich unbedingt zum See. Das Wetter war so grässlich, dass ich keine Wildtiere sah. Die Rehe, die Vögel, die Hasen, sie alle hatten sich irgendwo verkrochen, ich fragte mich nur wo, denn die karge Dünenlandschaft bot keinerlei ersichtlichen Schutz. Zumindest nicht für Menschen.

Auch im Wald wurde es nicht besser: Das Blätterdach war zu durchlässig, um der Wucht der Niederschläge standzuhalten, außerdem rissen die Böen Totholz und sogar armdicke Äste von den Bäumen, überall auf dem Trampelpfad lagen Blätter und Zweige.

Ich erreichte mein Ziel dennoch. Der See war aufgewühlt, der Sturm trieb schäumende Wellen kreuz und quer über das Wasser.

Eine Weile stand ich einfach da, ließ den Regen auf mich niedergehen wie bei einem indianischen Reinigungsritual und sah zu, wie das Schilf sich bis auf den Boden bog. Als am gegenüberliegenden Ufer eine Birke entwurzelt wurde und ihre Krone klatschend im Wasser landete, bereute ich, dass ich keine Gelegenheit hatte, das Spektakel zu filmen.

Aus Gewohnheit regte ich mich noch eine geraume Weile über die Hoppe auf. Was wollte die mit meinem Handy?

Aber meine Wut hatte keinen Biss mehr, denn da machte sich noch ein anderes Gefühl in mir breit, das viel stärker war: Ich liebte diesen Ort. Bei jedem Wetter. Er war meine Kirche, machte irgendwie einen besseren Menschen aus mir.

Beweis: Auf einmal freute ich mich für Nick, weil er bald daheim bei den anderen Fitschens sein würde. Normalerweise freute ich mich in jenen dunklen Jahren meines Lebens ausschließlich für mich selbst, wenn überhaupt.

Wie zur Belohnung hörte der Regen auf. Schlagartig wurde es wärmer.

≈

Auf dem Rückweg kam ich zu dem Schluss, dass es an der Zeit wäre, doch mal mit Frau Hoppe zu reden, und zwar richtig.

Ich ging schnurstracks in ihr Arbeitszimmer, ich war so bereit wie noch nie –, doch sie war fort. Alle waren fort, in der ganzen verfluchten Domäne Haifisch herrschte gähnende Leere, bis auf Sverre, der bekanntlich krank war. Er lag in seinem Krankenbett und las.

Als ich die Tür aufriss, sah er mich erschrocken an.

»Hi«, sagte ich. »Wie geht's?«

»Danke, gut«, sagte er, was irgendwie eine lustige Antwort war angesichts der Tatsache, dass sein Gesicht aussah, als hätte ihn ein Inselgaul umgerannt.

Leider kam ich nicht dazu, ihn zu fragen, wer ihn denn nun wirklich vermöbelt hatte, denn die Wirtin kreuzte auf und jagte mich aus dem Raum.

»Der Junge braucht Ruhe«, sagte sie. »Und du einen Tee.«

Sie machte mir einen. Wie alles, was diese Frau zubereitete, schmeckte er scheußlich, tat aber dennoch gut.

Nachdem ich mich eine Viertelstunde unter die heiße Dusche gestellt und mir trockene Sachen angezogen hatte, stellte ich plötzlich fest, dass die Sonne schien. Der Wind hatte die Wolken weggeblasen. Ein unverhofftes Geschenk, das anscheinend alle, die halbwegs fit waren, aus dem Haus getrieben hatte.

»Täuscht euch nicht, es ist nur eine Verschnaufpause«, sagte die Wirtin zu mir. »Heute Nacht kommt der Blanke Hans zurück.«

Der Blanke Hans – so nannten die Leute an der Küste den Sturm – und zwar jeden einzelnen; Tiefausläufer hießen nicht Xavier oder Felix wie bei uns.

Alle waren Hans, der blank zog. Und Hans legte gerade eine kreative Pause ein.

Unwillkürlich musste ich an Wirbelstürme in den Tropen denken: In gewisser Weise befanden wir uns also gerade im Auge eines Hurrikans, falls die seltsame Alte mit ihrer Wetterprognose recht behalten sollte.

»Wo sind denn alle?«, fragte ich.

»Auf der Suche nach Rungholt«, sagte die Wirtin. »Die See hat sich weit zurückgezogen, es ist eine gute Gelegenheit.«

Rungholt. Genau wie die anderen aus der Klasse hatte mich die Geschichte lange beschäftigt. Wahrscheinlich hatte ich auf eine andere Art darüber nachgedacht: Ich hatte mich gefragt, ob ich durch Linns Tod für irgendetwas bestraft worden war. Oder meine Eltern. Ob es möglich war, dass Katastrophen (große oder persönliche) dazu dienten, einen erzieherischen Einfluss auf die Menschheit auszuüben.

Falls ja: Bei mir hatte es schlecht funktioniert. Das Biest in mir war erst hinterher erwacht.

Da ich die Domäne immer noch als einen bedrückenden Ort empfand und, um mich von meinen hunderttausend Problemen abzulenken, beschloss ich, ebenfalls ins Watt zu gehen.

Ich dachte an die versunkene Stadt, stellte mir den Weltruhm vor, wenn ausgerechnet ich sie entdeckte. Dann würde ich sofort die Schule schmeißen. Ich würde mein ganzes Leben, wie es jetzt war, schmeißen und irgendwo anders ein neues beginnen.

≈

Einstweilen radelte ich zur Südspitze und fühlte mich einsam und verlassen. Am Ende des Weges, eigentlich am Ende der Welt, lagen jede Menge Fahrräder von den anderen aus der Klasse herum. Der Wind wehte immer noch böig und frisch. Aufgeplusterte Möwen standen herum und starrten alle in dieselbe Richtung: raus aufs Meer.

Nur dass nichts davon zu sehen war, nirgendwo, als wäre es nie hier gewesen, übergangslos vereinte der Meeresboden sich mit dem Himmel.

Der Wind hatte das Wasser so weit zurückgedrängt, dass selbst die Priele geradezu ausgetrocknet wirkten, der Horizont flirrte wie im Wilden Westen, obwohl es kühl war. Es herrschte gähnende Leere, der Sand war hart wie Beton, in den irgendein künstlerisch begabter Bauarbeiter ein Wellenmuster einzementiert hatte.

Nach dem ganzen Grau und der wolkenschweren Düsternis war die Lichtflut überwältigend.

Zögernd ging ich los. Ab und zu bückte ich mich, um eine Muschel aufzuheben, einmal fand ich einen runden Stein, den ich anfangs für eine alte Münze hielt, und hatte ein kleines Rungholt-Hochgefühl.

Davon abgesehen war die plötzliche Ödnis in dem sonst

so lebhaften Biotop namens Watt bedrückend. Kein Tier, kein Mensch, kein Haufen Pferdemist. Nicht mal ein winziger Krebs krabbelte vorbei. Die ganze Welt war wie weggewaschen. Ein Wüstenplanet.

Entmutigt ging ich weiter, bis ich eine der orangefarbenen Bojen entdeckte, die für uns das Signal zur Umkehr darstellten. Weiter raus, das hatte die Hoppe uns eingeschärft, durften wir niemals gehen – zu gefährlich, weil Rückweg ausgeschlossen. Die Entfernung wurde einfach zu groß.

Ich sah mich um. Neben der Boje lag ein Boot auf dem harten Meeresgrund, rot wie die Feuerwehr und auf den Spitznamen unserer Lehrerin getauft: *Hope.*

Ich sprach ihn leise vor mich hin.

»Ja, es gehört ihr«, sagte plötzlich eine vertraute Stimme hinter mir. »Deiner Lieblingsfeindin. Sie ist irgendwo da draußen.«

Es war Helena. Irgendwie war es ihr gelungen, sich anzuschleichen; wie sie das gemacht hatte, war mir ein Rätsel, wo man doch alles und jeder kilometerweit im Voraus sah.

»Frau Hoppe hat ein Boot?«

»Ja, sie fährt immer raus und lässt es trockenfallen. Damit sie weiter ins Watt kann.«

»Trockenfallen? Was heißt das?« Ich wusste, dass Helena schon oft an der Nordsee Urlaub gemacht hatte. Sie kannte sich also in diesem feindseligen Umfeld bedeutend besser aus als ich.

»Wie der Name schon sagt. Man läuft mit dem ablaufenden Wasser aus dem Hafen aus und wartet dann an einem bestimmten Punkt weit draußen, bis das Boot mit der Ebbe auf Grund fällt. So kann zum Beispiel die Boje hier am Boot der Startpunkt für eine Wattwanderung sein, das verändert den Radius, weil man ja nicht den ganzen Weg bis zum Strand zurücklaufen muss. Keine Ahnung, wie die Hoppe sich hier draußen orientiert, vielleicht hat sie eine Seekarte oder so. Oder einen Kompass. Oder sie hat es im Urin.« Helena lachte. »Die Hoppe ist ja halbe Insulanerin, wahrscheinlich kennt sie sich hier bestens aus. Sie will doch unbedingt dieses abgesoffene Kaff finden.«

»Rungholt. Das würde ich auch gern finden«, sagte ich.

Helena betrachtete mich interessiert. »Warum?«

»Weil ich mich auch ein bisschen so fühle, als wäre ich im Sturm versunken. Wenn ich Rungholt finde, finde ich mich vielleicht selbst.«

Helena lachte wieder, überhaupt wirkte sie bestens gelaunt. »Könnte klappen. Aber ich glaube, das haben schon andere versucht und sind gescheitert. Guck dir die Hoppe an. Die läuft doch auch vor irgendwas davon. Vor ihrer schlechten Kindheit wahrscheinlich.«

»Stimmt irgendwie«, sagte ich verblüfft.

Helena überraschte mich. Anders als die anderen schien sie mich nicht zu hassen, dabei hätte gerade sie allen Grund dazu.

»Die Hoppe macht mich irre«, sagte ich.

»Ich weiß, was du meinst. Das Gegenteil von gut ist gut gemeint.«

Wir schauten uns an wie Komplizinnen.

»Du nimmst alles zu ernst«, sagte Helena freundlich. »Sei mal locker. Das musste ich auch erst lernen. Glaub mir, es geht. Los versuch's mal.«

Also versuchte ich es. Aus Spaß setzten wir uns in das Boot, alberten darin herum, imitierten die Hoppe und lästerten über sie, über ihren Kleidungsstil, die lackierten Nägel, die wir völlig übertrieben fanden.

»Sie hält sich für einen Vamp«, sagte Helena verächtlich.

»Ja, und für die beste Klassenlehrerin seit dem ›Club der toten Dichter‹«, sagte ich.

»Dabei denkt sie nur an sich.«

»Eine richtige Schlampe.«

Auf einmal nahm der Wind wieder zu, als hätte jemand einen Schalter umgelegt. Er trug das Läuten der Kirchenglocken von Nynordhavn in Fetzen bis zu uns.

»Wir sollten zurückgehen«, sagte ich.

Als wir die *Hope* gerade zurücklassen wollten, entdeckten wir das Seil, mit dem das Boot an der Boje befestigt war, damit es nicht verloren ging, wenn die Flut käme.

»Wenn wir das hier kappen, sind wir sie los«, sagte ich und spielte eine Weile damit herum.

Helena lachte wieder.

Diesmal stimmte ich ein.

≈

Auf dem Rückweg schwankte der Wattboden unter meinen Füßen, als wäre ich gerade erst aus einem Karussell gestiegen. Alles drehte sich.

Das Geheimnis

Kim

Zusammen mit Sverres Fußballkumpel half ich Greetje, Sturmschäden zu beseitigen und die Domäne Haifisch auf weitere Wetterkapriolen vorzubereiten. Wir trugen die Bänke und Stühle, die verstreut auf dem Gelände herumstanden oder bereits umgeweht waren, in den Schuppen, sammelten überall in den umliegenden Dünen Windlichter, Fackeln und anderes loses Zeug ein und schlossen an der Sturmseite die Fensterläden.

Später, meinte Greetje, würde es richtig schlimm werden, dann müssten zur Sicherheit auch noch sämtliche Fahrräder aus dem Unterstand in den Schuppen verfrachtet werden. Viel Platz war da nicht mehr, ich wusste nicht, wie das gehen sollte, aber ich versprach, zur Stelle zu sein, wenn es so weit war.

»Macht ihr mit?«, fragte ich die anderen.

Keiner reagierte.

Sverres Freunde behandelten mich abweisend, geradezu feindselig, was mir Rätsel aufgab, denn eigentlich verstanden wir uns prima.

Überhaupt war die Stimmung unter uns unglaublich gereizt. An allen Ecken flammten Konfliktherde auf: der Küchendienst, der Aufräumdienst, die Leute, die gerade Hausaufgaben machten, alle stritten, stichelten und schmollten um die Wette.

Die Auseinandersetzungen drehten sich um Dinge, über die man eigentlich gar nicht streiten konnte, wie den Musikgeschmack der Eltern (falls man da überhaupt von Geschmack reden konnte) oder die vernünftigste Art, Teller zu stapeln, lauter Banalitäten, sie waren die Atemluft nicht wert und wurden doch mit hitziger Unnachgiebigkeit ausdiskutiert.

Idiotische Scheindebatten, die uns halfen, all das totzuschweigen, was uns wirklich krank machte: Nicks Rauswurf, das gescheiterte Friedhofsprojekt, Sverres blutiges Gesicht – und Sara.

Immer wieder Sara.

Jeder Handgriff, den wir in diesem aufgewühlten Zustand erledigten, kam mir wie eine Beschäftigungstherapie zur Überbrückung vor, nur verstand ich nicht, was es jetzt noch zu überbrücken galt, worauf wir uns eigentlich zubewegten.

Den ganz großen Knall?

War eine Sturmflut auf dem Weg nach Maroog und würde uns alle mit sich reißen wie einst die Einwohner von

Rungholt, weil wir es einfach nicht auf die Reihe bekamen, uns zu vertragen?

Jedenfalls trug der Wind mit seiner alles beherrschenden Unerbittlichkeit dazu bei, dass wir wie erschrockene Hühner aufeinander rumhackten.

Ich grübelte, was vor sich ging. Es war, als hätte sich die negative Energie, die mit Sara in der Klasse Einzug gehalten hatte, endgültig verselbstständigt. Der Hass ernährte sich von sich selbst, er wuchs und gedieh prächtig.

Dabei hatte doch hier auf der Insel alles besser werden sollen.

Was passierte mit uns?

Nicht mal über meine eigenen Gefühle konnte ich mir so richtig klar werden, ich schwankte zwischen Angst, Wut und dem Harmoniebedürfnis, das so typisch für mich war. In letzter Zeit meldete es sich immer seltener zu Wort und wenn doch, dann reagierte ich mit Trotz: Ich hatte diesen ganzen Irrsinn nicht angefangen, warum sollte ausgerechnet ich mich jetzt dafür verantwortlich fühlen, Frieden zu stiften?

Andererseits: Warum nicht ich?

Wer sonst?

Unsere Lehrerin war doch sowieso überfordert. No Hope Hoppe nannte ich sie insgeheim.

≈

Es war schwer, halbwegs runterzukommen. Ich grübelte, wollte mit Sverre darüber reden, doch er schlief fest und da ich wusste, dass er sich erholen sollte, weckte ich ihn nicht auf.

»Ist was?«, fragte ich die Fußballheinis, die inzwischen im Flur vor dem Krankenzimmer herumlungerten und mich anstarrten.

»Ne, war was?«, fragte Leon zurück.

Er hatte einen blauen Fleck auf der Hand, das war mir beim Möbelschleppen schon aufgefallen. Er sah, dass ich es sah. Irgendetwas an seinem Gesichtsausdruck machte mich stutzig.

»Wollt ihr da etwa rein? Das geht jetzt nämlich nicht, Sverre pennt.«

Schulterzucken. »Dann eben später. Los kommt, wir hauen ab.«

≈

Das Warten auf was auch immer war zermürbend, als würde ich einen unsichtbaren Feind wittern. Unentschlossen und ruhelos schlich ich umher, bis ich einer inneren Eingebung folgend die Tür zum Mädchenschlafsaal aufstieß. Er war leer und aufgeräumt. Alle Betten waren gemacht.

Ich wusste, in welchem Sara schlief, weil ich mir vor ein paar Tagen eine gefühlte Ewigkeit draußen vor dem Fenster die Füße platt gestanden hatte, um ihr dabei zuzusehen, wie sie mit angezogenen Knien auf dem Rücken lag und an die Zimmerdecke starrte.

Keine Ahnung, ob sie mich dabei bemerkt hatte. Das

Ganze war Teil der Observierung gewesen, aber ich war mir trotzdem wie ein Stalker vorgekommen.

Genauso war es auch jetzt, als ich mich an ihren Sachen zu schaffen machte. Was suchte ich eigentlich? Die Nadel im Heuhaufen oder mit anderen Worten die Auflösung des Rätsels Sara. Irgendetwas, das mir verriet, wie sie wirklich tickte, am liebsten ein Tagebuch, dem sie alles schonungslos anvertraute: ihre gesammelten Schandtaten samt Begründung.

Ich fragte mich schon so lange, was der Motor für ihren Hass sein mochte. Vielleicht gab es da noch eine liebenswürdige oder wenigstens menschliche Seite an ihr. Natürlich interessierte mich auch brennend, was es mit dem schrecklichen Geheimnis in ihrer Vergangenheit auf sich hatte.

Reines Interesse – keine Sensationslust. Zumindest redete ich mir das ein.

Ich sagte mir, dass ich ein Recht hätte, die Wahrheit über Sara zu erfahren, schließlich hatte ich, genau wie alle anderen aus der Klasse, die Folgen zu ertragen. Je mehr ich wüsste, desto leichter würde ich an sie rankommen –, und genau das hatte sich die Hoppe ja ursprünglich von mir gewünscht.

Am Ende könnte sich das, was sich gerade wie eine Riesensauerei anfühlte, als friedensstiftende Aktion erweisen. Spionage im Dienste einer höheren Sache.

Wir waren die Guten! Das hatte ich mir eine Weile nicht mehr selbst eingetrichtert. Es wirkte noch immer. Wollte ich zumindest glauben.

Während ich in Saras nach Waschmittel duftenden Kleidungsstücken herumwühlte, machte sich trotzdem eine nölige Stimme in meinem Kopf breit, um mir mitzuteilen, dass ich einen nicht wiedergutzumachenden Fehler beging.

Falsch, falsch, falsch, sagte die Stimme.

Meine Antwort lautete: Der Zweck heiligt die Mittel.

Tat er das wirklich?

So weit war es mit mir gekommen: Inzwischen stritt ich sogar schon mit mir selbst.

Ausgerechnet als die Zweifel an meinem Tun immer größer wurden und ich kurz davor war, mich zu verdrücken, fand ich einen Schreibblock am Fußende des Bettes, eingeklemmt zwischen zwei Laken, also ein Gegenstand von großer Wichtigkeit für seinen Besitzer – oder seine Besitzerin. Kein so schlechter Trick, das Bett doppelt zu beziehen.

Dass Sara in diesem Raum, der so gut wie keine Privatsphäre bot, überhaupt das Risiko einging, etwas zu verstecken, überraschte mich dennoch. Ich hatte nicht wirklich erwartet, etwas zu finden.

Und nun hielt ich ein dünnes, blau-bunt geblümtes Notizheft mit einer gummierten Oberfläche in den Händen. Es fühlte sich griffig an, wie Dinge, die man kleinen Kindern in die Hand gibt, Lernbesteck und solche Sachen.

Ich zögerte, es aufzuschlagen, drehte es hin und her und lauschte meinem eigenen Atem, der stoßweise ging. Jeder Atemzug, jeder Herzschlag, jedes Rascheln schien jetzt das

Heulen des Sturms lautstark zu übertönen. Ich hatte ein flaues Gefühl im Magen.

Auf der Rückseite des Blocks prangte ein Sticker mit Regenbogenmotiv, der um Unterstützung für ein Kinderhospiz warb. Allein der Gedanke an einen solchen Ort war herzzerreißend.

Ich fing an zu blättern.

Kariertes Papier. Der Name der Besitzerin war sorgfältig in das dafür vorgesehene Feld ganz vorn eingetragen: Linn, nicht Sara, schade. Sonst nichts. Kein Nachname, keine Adresse.

Mein Puls raste. Wer war Linn? Und wieso war ihr persönlicher Besitz in Saras Hand und für sie offenbar von so großer Bedeutung, dass sie nachts auf ihm schlief?

Ich hatte Mühe, mich zu konzentrieren. Angespannt arbeitete ich mich durch die Seiten, die voller Buntstift-Zeichnungen waren, alles sehr kindlich, ein Ozeandampfer mit fröhlichen Passagieren hinter den Fenstern, viele Tiere, meistens Bären oder Hunde mit Schlappohren, Sonnenblumen, weite Landschaften.

Dann nur noch hohe Gebäude. Eins trug die Aufschrift Krankenhaus.

Ich fand, Linn war eine begabte Zeichnerin, Schreiben war anscheinend eher nicht so ihr Ding, es gab nur kurze Tagebucheintragungen, so etwas wie: *Heute gab es Nudelsalat.* Oder: *Auf dem Spielplatz war eine große Pfütze. Wir haben die Schuhe ausgezogen.*

Irgendwann wurden die Bilder düsterer, verloren ihren

Optimismus. Statt weiter Buntstifte zu benutzen, hatte Linn zum Bleistift gegriffen.

Dasselbe Krankenhaus, jetzt in Schwarz. Engel flogen mit ernsten Mienen über das Karopapier, Wolkengebilde mit fratzenhaften Gesichtern türmten sich auf, dazu diverse Zombies, die allesamt Ähnlichkeit mit Pferden hatten und von den Engeln mit Lichtschwertern attackiert wurden.

Mir kam ein schlimmer Gedanke: War Linn vielleicht jemand, den Sara in ihrer alten Schule fertiggemacht hatte, ein kränkelndes Opfer aus Kindertagen und die deprimierenden Eintragungen der Beweis ihres »Erfolgs«?

Ich hasse die Reittherapie, schrieb das Mädchen namens Linn. *Die Pferde sind so böse.*

Und später: *Da gehe ich nie wieder hin.*

Noch eine Phobikerin. Was hatte das nun wieder zu sagen?

Lange starrte ich auf eine Seite nur mit Kreuzen. Ein Friedhof auf Papier.

»Sara sagt, es wird alles wieder gut«, las ich. »Wenn sie es sagt, glaube ich es ihr.«

Ich biss meine Unterlippe blutig.

Manchmal war ich wirklich schwer von Begriff. Linn und Sara waren keine Feindinnen. Im Gegenteil. Sie gehörten fest zusammen. Zu fest vielleicht.

Je weiter ich vorblätterte, desto krakeliger wurde die Schrift, die Buchstaben kippten hin und her, mal hatte Linn zu stark aufgedrückt und das Papier beschädigt, dann wieder so schwach, dass man kaum etwas erkennen konnte.

Auch die Zeichnungen wurden immer schwächer, irgendwann waren es nur noch Kritzeleien. Dann war Schluss.

Ich schluckte schwer, meine Kehle war eng. Ich begriff, dass ich gerade in die Seele eines sterbenden Mädchens blickte –, und zwar, ohne dass sie mich dazu eingeladen hatte.

≈

»Wer ist Linn?«

Lilli glotzte mich irritiert an. »Wieso?«

»Ist doch egal. Sag mir einfach, wer Linn ist.«

»Keine Ahnung, ich kenne keine Linn. Was machst du überhaupt hier drinnen?«

»Nichts. Irgendwo muss man ja hin. Ich wollte einfach nur mal eine Weile allein sein. Was mir offensichtlich nicht vergönnt ist.«

Angriff ist die beste Verteidigung, oder? Ich hatte mich zum Lesen auf den Fußboden gesetzt und wollte Linns Aufzeichnungen unterm Bett verschwinden lassen, bevor Lilli bemerkte, was ich in den Händen hielt, doch ihre Neugier war leider schon geweckt.

»Was hast du denn da? Gehört das Sara? Los, zeig mal her.«

Sie griff nach dem Schreibblock, ich zog eilig die Hand weg.

»Hör auf«, bat ich. »Rede einfach mit mir, okay? Ja, das

gehört wahrscheinlich Sara. Könnte sein, dass eine gewisse Linn es ihr vererbt hat. Oder sie hat es geklaut.«

Sie sah mich genervt an. »Wie, vererbt? Ich verstehe kein Wort.«

»Welche Vokabel fehlt?«

»Sehr witzig.«

Wir schwiegen. Es war bedrückend im Schlafsaal. Da Lilli nun mal da war und auch keinerlei Anstalten machte, wieder zu gehen, erzählte ich ihr schließlich, was es mit den Aufzeichnungen auf sich hatte.

Danach ärgerte sie sich umso mehr, dass ich ihr keinen Blick in den Block erlauben wollte.

»Wieso entscheidest du das einfach? Was gibt dir das Recht dazu? Wenn ich es ansehe, fällt mir vielleicht etwas Wichtiges wieder ein, was Sara mal erzählt hat.«

Ihre Argumentation war nicht von der Hand zu weisen. »Du bist doch bloß neugierig.«

»Du nicht, oder was?«

Am Ende gab ich nach und reichte Lilli die Notizen. Sie betrachtete sie. Ich sah, dass es sie genau wie mich in einen Abgrund katapultierte. Man fühlte sich direkt mies, am Leben zu sein.

»Das ist ja schrecklich«, sagte sie und ich nickte.

»Ich wünschte, Sara hätte diese Linn mal erwähnt. Sie tut immer so unberührbar. Als könnte ihr nichts auf der Welt zu Herzen gehen.«

»So ist sie eben. Vielleicht kann sie nicht anders. Oder es geht ihr eben nichts mehr zu Herzen, seit Linn.«

»Glaubst du, Linn ist gestorben?«

»Ja, das glaube ich.«

Bevor wir richtig miteinander reden konnten, rauschten Charlotte, Eva und Vivien in den Raum. Lilli, die erleichtert wirkte, weihte sie sofort ein.

Genau wie Lilli hatte auch Charlotte nie etwas von einer Linn gehört, offenbar war Sara ihren vermeintlichen Freundinnen gegenüber stets genauso verschlossen gewesen wie bei jedem anderen auch. Allmählich begann ich, sie zu verstehen.

≈

Als ich Linns Buch zurück an seinen Platz legen wollte, rückten sie es nicht heraus, sondern begannen, sich damit zu vergnügen. Je länger sie blätterten, desto weniger berührte sie, was sie sahen, bis sie anfingen, alles ins Lächerliche zu ziehen.

Sie machten sich über die vielen Schreibfehler lustig und lästerten über die naive Hoffnung, es könnten irgendwo da oben im Himmel Engel umherfliegen, um den Kampf gegen böse Geister aufzunehmen. Eva drehte richtig auf.

Als wüssten sie es besser. Als wüsste irgendjemand irgendetwas Genaueres über den Tod und seine unendlich vielen Geheimnisse.

»Okay, es reicht, ihr hattet euren Spaß«, sagte ich. »Gebt mir den Block.«

Charlotte schüttelte den Kopf. Ihre Miene war kämpferisch. »Er gehört dir doch gar nicht. Wenn Sara ihn wiederhaben will, muss sie schon zu mir kommen. Sonst fotografiere ich zu Hause jede einzelne Seite und stelle sie ins Netz.«

Ich war eher erschüttert als wütend.

So viel Eiseskälte.

Ich probierte es mit ein wenig Gewalt, doch weder wollte ich Charlotte ernsthaft wehtun, noch Linns Eigentum in Stücke reißen. Gnadenlos hielt sie es fest. Eva kniff mich in die Seite.

Beim Gehen hörte ich noch, wie die Mädchen mich Weichei nannten und, wer weiß, womöglich war da sogar etwas Wahres dran.

Es gab Schlimmeres. Wenigstens war ich nicht gemein. Jedenfalls nicht so sehr wie sie.

≈

Wieder ging ich ins Krankenzimmer zu Sverre. Er war jetzt wach, aber sein Blick war wie ausgeknipst.

Ich fragte, wie es ihm ginge.

Er sagte: »Ganz okay.«

Mein Bedürfnis, ihm von Linns Notizen zu erzählen, war überwältigend, sodass ich trotz seiner Teilnahmslosigkeit mit meiner Geschichte begann.

Die Reaktion war gleich null.

»Du findest es schlimm, dass ich an Saras Sachen war, oder?«

»Ist mir egal.«

»Seit wann sind dir solche Sachen egal?«

Anstatt zu antworten, meinte er, ich solle aufhören, mir über ihn und Sara und all die anderen das Hirn zu zermartern.

»Das bringt doch nichts!«

»Und was bringt was?«

»Keine Ahnung. Nichts?«

Es war deprimierend. Eine Weile schwiegen wir und sahen aus dem Fenster. Es war trocken. Der Himmel riss gerade auf.

Zu guter Letzt brachte Sverre einen idiotischen Spruch, den ich schon kannte: »Wenn jeder an sich denkt, ist an alle gedacht.«

Manchmal konnte er einen irremachen. Ich schob es auf sein Kopfweh und die Müdigkeit. Er sah aus, als müsste er schon wieder alle Willenskraft aufbringen, um überhaupt wach zu bleiben.

»Bist du froh, dass Nick weg ist?«, flüsterte ich, als ich zum Abschied seine Hand drückte.

Sverre erwiderte den Händedruck nicht. Seine Antwort lautete, ebenfalls flüsternd: »Ist mir egal.«

≈

Wenig später jagte Magnus uns alle nach draußen. Das Wetter war so schlagartig besser geworden, es hatte fast etwas Kulissenhaftes, wie im Theater, wenn man aus der Pause kommt und ein neuer Akt beginnt.

Ich für meinen Teil wünschte mir ein komplett neues Stück. Anstatt mich über den unerwarteten Sonnenschein zu freuen, verspürte ich Lust, mir eine Decke über den Kopf zu ziehen.

Leider war Magnus der Meinung, wir würden uns in den nächsten Stunden, schlimmstenfalls sogar Tagen, im Orkan noch lange genug drinnen auf den Wecker gehen, weshalb er darauf bestand, dass (außer Sverre natürlich) niemand zurückblieb.

Also gingen wir uns gezwungenermaßen an der frischen Luft auf den Wecker. Über der Insel lag ein goldener Glanz.

Missmutig teilten wir uns in Grüppchen auf. Dabei fiel mir der Friedhof wieder ein: unsere blöde Aktion mit den Kreuzen.

Ich fragte rum, ob jemand Ahnung hatte, wohin Sara gelaufen war. Sie fehlte seit Nicks Abreise. Keiner wusste was. Ich hatte ein blödes Gefühl.

Die ganze Zeit dachte ich an sie und Linn, während ich mit Julian und einem stillen Typen namens Hagen zum Friedhof aufbrach, um die Kreuze mit Saras und Nicks Namen wieder verschwinden zu lassen, auch wenn ich insgeheim ahnte, dass es dafür bereits zu spät war.

Als wir vor Ort tatsächlich nur noch ein paar verkohlte Reste vorfanden, war ich entsetzt, aber nicht überrascht.

»Glaubst du, Nick hat sie gesehen?«, fragte Julian.

Ich nickte, denn davon war ich überzeugt.

»Vielleicht hat Nick Sverre zur Rede gestellt«, sagte Hagen nachdenklich. »Er wusste doch Bescheid. Deswegen die Prügelei. Er wollte uns nicht mitreinziehen und hat alles eingesteckt.«

»Gut möglich. Das würde zu Sverre passen. Aber er sagt mir leider nichts.«

»Es war bestimmt so«, beharrte Julian und hob ein schwarzes Stück Holz vom Boden auf. »Nick ist so ein Mistkerl.«

»Es war aber auch echt eine Riesensauerei, was wir da gemacht haben«, sagte ich. »Ich wünschte, das alles wäre nie passiert.«

»Ja, ich auch«, gab er zu.

Über unseren Köpfen krakeelten die Möwen um die Wette. Ich sah mich um, betrachtete unser unvollendetes Werk. Wir hatten vieles in Ordnung gebracht, doch der Sturm arbeitete gegen uns und hatte schon wieder neues Unheil angerichtet. Überall lag Treibgut vom Strand herum, haufenweise Müll. Ein rostrot angelaufener Kanister. Ein Flipflop. Plastikfetzen, die sich im zerstörten Zaun verfangen hatten. Vom Walknochentor aus schimpfte eine Krähe auf uns herab.

»Wir können von vorn anfangen«, murmelte ich.

Alles kam mir plötzlich sinnlos vor.

Die ganze Welt ein Friedhof der Namenlosen, die schon zu Lebzeiten mehr tot als lebendig waren.

Die Kreuze der Ertrunkenen standen unversehrt und schrien nach Beachtung – wie in Linns Heft. In Gedanken entschuldigte ich mich bei ihnen, weil wir es nicht geschafft hatten, uns Geschichten für sie auszudenken, sie lebendig werden zu lassen. Unsere eigenen machten uns zu sehr zu schaffen.

Alles in allem war der Friedhof der Namenlosen ein noch trostloserer Ort als bei unserem ersten Besuch. Unvorstellbar, dass wir vor Kurzem noch geplant hatten, hier ein Fest zu feiern.

Wieder spürte ich Unruhe in mir aufsteigen.

≈

Wir wollten noch nicht zurück. Der Sand war so steinhart und ausgetrocknet, dass wir mit den Rädern am Strand entlangfahren konnten. Wir umrundeten die Südspitze und fuhren ins Watt, wo die anderen aus der Klasse mal wieder auf der Suche nach Rungholt waren.

Sie wandelten umher wie schiffbrüchige Gespenster, Schemen im harten, gleißenden Licht.

Die Ebbe war diesmal besonders niedrig. Nicht dass wir viel Ahnung davon hätten, es fiel einfach auf, wie weit das Wasser sich zurückgezogen hatte. Als wäre es seit Jahrhunderten fort.

Wir wussten aus den Nachrichten, was das bedeuten kann, und erzählten uns Geschichten von Tsunamis, bis wir uns gegenseitig komplett verrückt gemacht hatten.

Auf einmal fühlte ich mich krank vor Heimweh.

Eine atemberaubende Orientierungslosigkeit erfasste mich.

Als ich in weiter Ferne eine der Bojen sah, die die Grenze des betretbaren Bereichs markierten, stutzte ich, denn ich sah die *Hope* wie einen gestrandeten Wal auf der Seite liegen. Von ihrer Kapitänin Frau Hoppe keine Spur.

Stattdessen erblickte ich Sara, sie hatte in dem Ruderboot Platz genommen – und sie war nicht allein. Ausgerechnet Helena war bei ihr, und soweit ich das aus der Ferne beobachten konnte, verstanden sie sich prächtig.

»Ich dachte, die können sich nicht ab«, sagte Julian.

»Heute so, morgen so«, erwiderte ich.

Ich verstand die Welt nicht mehr: Kurz zuvor hatte ich noch gedacht, sie würde wegen Nicks Rauswurf vor Kummer vergehen und jetzt amüsierte sie sich mit ihrer Erzfeindin, als wäre er ihr völlig gleichgültig.

Vielleicht hatte Sverre doch recht und ich sollte aufhören, über andere Leute nachzudenken, solange ich mir selbst so ein Rätsel war.

Insbesondere von Frauen hatte ich keinen blassen Schimmer, sie waren einfach zu komplex für mich. So viel stand fest.

Allmählich machte mich das irre. Ich war wütend auf Frau Hoppe, weil sie uns im Stich ließ und stundenlang durch die Gegend stromerte. Hope.

No Hope Hoppe.

Ich entwarf ein grausames Szenario, in dem sie ertrank, stellte mir ihr Gesicht vor, wenn sie zurückkäme und das Boot wäre fort. Keine Ahnung, warum ich Gefallen daran fand. Vielleicht weil es mir eine Art wohligen Schauer verschaffte, wie den anderen das Gerede über Rungholt und Tsunamis. Vielleicht war ich auch einfach neidisch auf sie, weil sie so frei war, zu tun, was immer sie tun wollte.

≈

Je später es wurde, desto nervöser wurde Magnus, weil Frau Hoppe nicht heimkam. Er sagte, er hätte keine Ahnung, wo sie sich aufhalte. Sie hatte schon oft abends gefehlt, aber für diese Nacht galt laut Greetje eine Orkanwarnung.

Nach dem Abendessen heulten überall auf der Insel die Sirenen. Ich hatte sie schon oft in der Gegend rumstehen sehen, ohne sie wirklich als das wahrzunehmen, was sie waren, sie befanden sich auf hohen Masten an den Wegesrändern und wurden regelmäßig von Greifvögeln angeflogen.

»Sturmflutwarnung«, sagte Greetje.

»Und das bedeutet?«, fragte Magnus.

»Dass ein paar Leute nasse Füße bekommen werden.«

»Wir auch?«, fragte Vivien.

»Abwarten.«

Klar redeten jetzt wieder alle von Rungholt. Wir hatten unsere Lektion gelernt.

Ich war sicher, dass Greetje es bloß spannend machen wollte. Im Gegensatz zu Magnus wirkte sie kaum beunruhigt.

Obwohl ich inständig hoffte, dass Frau Hoppe es sich gerade irgendwo mit Sören gemütlich machte, dem Typen vom Fahrradverleih, erzählte ich Magnus nach einem kurzen Kampf mit meinem inneren Schweinehund, dass ich nachmittags ihr Boot, die *Hope,* im Watt gesehen hatte. Vielleicht war das keine gute Idee.

Er schien entsetzt. Ich sah, dass seine Hände zitterten, und auf seiner Stirn stand Schweiß.

Er bedankte sich und wollte wissen, ob mir sonst noch etwas aufgefallen wäre.

Ich war zu feige, Sören zu erwähnen. Ich hatte keine Ahnung, ob er Bescheid wusste. Vermutlich schon.

Magnus hatte sich ziemlich verändert, seit wir hier waren. Auf dem Schulhof, wenn er Aufsicht hatte, war er immer von Schülern umringt gewesen und hatte sich mit ihnen ganz normal unterhalten, daher wusste ich zum Beispiel, dass er auf amerikanische Serien stand. Jetzt konnte die Distanz, die er zu uns hielt, ihm nicht groß genug sein. Er hatte einen breiten Rücken, der irgendwie runder geworden war, weshalb er weniger kräftig wirkte.

Ich hatte ihn immer für einen superlässigen Typ gehalten, aber Liebeskummer machte anscheinend jeden kaputt. Ich war froh, dass er nicht wusste, wie oft ich mir vorgestellt hatte, zwischen Frau Hoppe und mir könnte etwas laufen. Und was ich mir nachmittags im Watt ausgemalt hatte. Im Grunde genommen, das begriff ich jetzt, hatte ich sie mir damit endgültig aus dem Kopf geschlagen. Wurde ja auch Zeit.

Ich stellte mir vor, ganz kumpelhaft zu Magnus zu sagen: »Ach komm, wir schlagen uns die blöden Zicken aus dem Kopf.«

Stattdessen lungerte ich noch eine Weile unschlüssig in seiner Nähe herum und ging dann vor die Tür, um auf Frau Hoppe zu warten, die nicht kam.

Nie mehr.

≈

Draußen hatte sich der Himmel verdunkelt, neue Wolken hingen schwer über den Dünen und dem Haus.

Gegen elf Uhr zerriss das gruselige Auf und Ab der Sirenen erneut die Stille des Abends, wenig später klingelte in Greetjes Zimmer das Telefon. Sie ging ran, als hätte sie alle Zeit der Welt. Magnus folgte ihr.

Dann, als wir unter uns waren, tobte plötzlich der Orkan los wie ein von der Leine gelassenes Rudel Hunde. Niemand schickte uns ins Bett.

Gegen Mitternacht fiel der Strom aus.

Tumult mit Schaf

Sara

Urgewalten wirkten auf die Domäne Haifisch ein. Der Orkan war gekommen, um das Haus aus den Angeln zu heben, und es wehrte sich nach Kräften. Der Angriff erfolgte in Wellen. Sie brachten die Wände und den Boden zum Vibrieren.

Erstarrt harrten wir im schummrigen Licht der Sturmlampen aus, die Greetje wegen des Stromausfalls herbeigeschafft hatte. Sie wurden mit Petroleum betrieben und ließen erahnen, wie trübe die Welt unserer Vorfahren gewesen sein musste.

Überall huschende Schatten.

Und doch sah ich mehr, als ich wollte. Ich sah die geviertelten Fenster wabern und sich verformen wie eine heiße Masse.

Noch hielten sie stand.

»Seht ihr das auch?«, fragte ich die anderen.

Niemand antwortete.

Gut möglich, dass sie mich weiterhin schnitten. Wahrscheinlicher jedoch war, dass sie mich einfach nicht hören konnten, denn das Getöse war ohrenbetäubend.

Es ist schwer zu beschreiben, wonach dieser Orkan klang, der alles übertraf, was ich bisher an Stürmen erlebt hatte. Nach dem Schreien vieler Kehlen, nach etwas, das reißt, nach einem sehr hohen Heulen und tiefstem Donnergrollen: Jede erdenkliche Art von bedrohlichem Lärm war dabei. So tönte rasende Wut: ein Gefängnis aus Schall.

Das Haus, indem es ohnehin immerzu knarrte und ächzte, schien auf seine Art zu antworten.

Ich dachte an ein sinkendes Schiff.

Ich dachte an Leben, das hell leuchten wollte und dann doch erlosch.

Es war eine Zumutung.

Ich bebte vor Angst und Überforderung, auch wenn ich mir sagte, dass die Domäne Haifisch alt war und Unwetter dieser Art im Gegensatz zu mir durchaus kannte.

≈

Als es etwas ruhiger wurde, hörten wir ganz in der Nähe das durchdringende Jammern eines Schafs. Die Wirtin sprang auf und lief nach draußen. Obwohl sie die schmale Hintertür nur einen Spalt öffnete, fegte ein Windstoß durchs Haus und brachte alles, was im Weg stand, zu Fall.

Glas klirrte.

Blech schepperte.

Sie kam zurück und hatte das Tier im Schlepptau, beide waren klitschnass und hinterließen Pfützen auf dem Boden.

»Es kann in der Diele bleiben, bis das hier vorbei ist«, sagte die Wirtin und notierte den Wasserstand auf der Tafel, die in der Küche neben der Spüle hing, die Miene stoisch wie immer, als wäre nichts Weltbewegendes passiert.

»Ist das hoch?«, fragte Lilli ängstlich.

»Hoch genug.«

Zusammen mit Magnus und Kim verbarrikadierte sie die Haustür mit Sandsäcken, die wie durch ein Wunder bereitlagen.

Das Schaf erholte sich schnell. Es bekam Kartoffelschalen als Mitternachtssnack und legte sich danach vor den Kamin schlafen. Ich fand es niedlich, auch wenn es streng roch. Immerhin war es kein Pferd. Seit Maroog mochte ich Tiere lieber als vorher.

Dann klingelte das Telefon erneut, was seltsam war. Inzwischen war es mitten in der Nacht.

»Kommt bitte alle zusammen«, sagte die Wirtin, als das Gespräch beendet war. Ihre Stimme klang ernst und duldete keinen Aufschub.

Wir stellten uns im Kreis auf. Sie hielt die Laterne hoch, leuchtete einzeln in unsere Gesichter, um zu überprüfen, ob alle beisammen waren, bevor sie verkündete, dass etwas Schlimmes passiert sei.

Das Pathos in ihrer Stimme gefiel mir nicht. Er erinnerte mich an Linns Oberarzt und passte nicht zu ihr.

Einen Atemzug war es still. Sogar der Orkan schien innezuhalten, als wolle er ebenfalls mitbekommen, worum es ging.

Die Wirtin räusperte sich. »Die Fähre ist im Hafen vor dem Festland verunglückt. Es gab Tote und Verletzte.«

Erst sagte keiner was, neben Lilli schlug Charlotte die Hand vor den Mund.

Dann redeten alle gleichzeitig los, bedrängten die Wirtin mit Fragen, die sie nicht beantworten konnte oder wollte: Wie viele Tote? Wer?

Der Orkan legte wieder los.

Mir war komisch. Ich stand auf und wollte aus dem Raum laufen, allein sein mit meinem Schrecken, doch da war eine unsichtbare Wand, gegen die ich prallte. Ich taumelte und fiel hin, aber ich schlug nicht auf.

≈

Helena hielt meine Hand.

Kim reichte mir ein Glas Wasser.

Wir saßen zu dritt auf einem der zerschlissenen Alte-Leute-Sofas, die im Aufenthaltsraum standen, während ringsum der Weltuntergang seinen Lauf nahm.

Ich trank.

»Geht es dir besser?«, fragte Kim.

»Er hat dich aufgefangen«, sagte Helena beeindruckt. »Du bist einfach zusammengeklappt.«

»Trink mal was«, sagte Kim und ich trank.

Mir war kalt. Ich hörte das Blut in meinem Kopf rauschen. Erst allmählich drangen die aufgeregten Stimmen der anderen zu mir vor.

Wie sie sich anschrien!

Es ging um Nick, der vielleicht tot war. Und um das Kreuz. *Sein* Kreuz, diesen bösen, bösen, bösen Streich, den sie ihm gespielt hatten –, nur weil er an meiner Seite stand.

Jetzt gaben sie alles zu, die Katastrophe war zu groß, um weiter zu schweigen.

Charlotte brach in Tränen aus.

»Was habt ihr getan?«, brüllte Magnus. Er war fassungslos. »Seid ihr völlig verrückt geworden? Was ist bloß los mit euch? Das wird ein Nachspiel haben. Dafür müsst ihr geradestehen.«

»Das versuchen sie doch gerade«, sagte die Wirtin. »Gib ihnen eine Chance.«

Doch es wurden gerade keine Chancen verteilt, nur Anschuldigungen.

Alle redeten durcheinander und klagten sich gegenseitig an: der Herzlosigkeit, der Gemeinheit, der Ehrlosigkeit. Alle hatten recht.

Ich trank mein Wasser aus und dachte an Nicks Gesicht, als er das Kreuz erblickt hatte.

Wenn sie es gesehen hätten, würden sie nicht streiten, sondern sich einmal zur Hölle und zurück schämen. Die Vorstellung, dass Nick mit diesem Horror, der sich in seine

Seele gebrannt hatte, umgekommen war, brach mir das Herz zum zweiten Mal.

Ich begann zu weinen.

»Vielleicht geht es ihm gut«, sagte Kim leise. Ich sah, dass auch ihm Tränen in den Augen standen. »Wir wissen doch noch gar nichts Genaues.«

»Und wenn nicht? Dann seid ihr schuld. Ihr alle!«

Kim schlug die Hände vors Gesicht und weinte jetzt richtig.

»Na gut, du vielleicht nicht.«

»Doch«, lautete seine Antwort, er presste sie so entschieden hervor, dass die anderen zu uns rübersahen. »Ich auch. Und wie!«

Helena machte ein verächtliches Geräusch, stand auf und ging weg.

≈

Kim und ich blieben sitzen. Wir heulten wie Kinder. Komischerweise schaffte das eine Art Verbindung zwischen uns. Er war nicht der erste Junge, den ich heulen sah, aber der einzige, dem es überhaupt nicht peinlich zu sein schien.

Während sich die anderen aus der Klasse immer hysterischer anschrien (je länger sie das taten, desto abstruser wurden die gegenseitigen Beschuldigungen, wer was wann zu wem zuerst gesagt hatte und so weiter), wurden wir stiller.

Wir saßen auf dem Sofa und schwebten zugleich wie in einer Seifenblase durch den Raum. Zumindest empfand ich es so.

Von dort sah ich das Chaos wie in Zeitlupe ablaufen. Sah Magnus' Überforderung und fragte mich, wo zum Teufel die Hoppe steckte.

Ich rückte ein Stück näher an Kim heran, bis ich die Wärme seiner Haut spüren konnte. Das fühlte sich ziemlich gut an. Ich wollte den Arm um seine Schultern legen, weil er so untröstlich war, traute mich aber nicht.

Es dauerte eine Weile, bis ich anfing, mich über mich selbst zu wundern, weil ich kaum wütend auf ihn war. Es lag vielleicht daran, dass insgesamt so viel Wut in der Luft lag und das Wüten des Orkans ohnehin alles übertraf. Oder mein Kontingent an Hassgefühlen aller Art war einfach verbraucht.

Wenigstens bereute er es, das war offensichtlich.

Eine ungeheuerliche Erkenntnis: Ich hatte einfach keine Lust, Kim fertigzumachen, obwohl ich es gekonnt hätte, es wäre sogar ein Leichtes gewesen, denn er hätte sich nicht gewehrt.

Stattdessen war ich bereit, ihm vor all den anderen zu vergeben.

Nick war auch kein Heiliger. Er hatte Kim hinterrücks angegriffen, nachts im Schlafsaal. Kein Wunder also, dass die beiden keine Freunde waren.

Er war verwundbar, Kim war es auch.

Verwundbar saßen wir zusammen und taten uns nichts. Wir waren eine stille Zuflucht im Sturm.

Die Stille ist allem überlegen.

≈

»Was meintest du eigentlich mit ›und wie‹?«, fragte ich irgendwann.

»Ich verstehe nicht.«

Ich spürte, er wollte bloß Zeit gewinnen.

»Du hast vorhin gesagt, du seist auch schuld – und wie!«

Kim sah mich unendlich traurig an. »Ich habe die Initiative ergriffen. Der ganze Mist gegen dich ging von mir aus.«

»Du hast die anderen gegen mich aufgehetzt?«

Er nickte. »Ja, irgendwie schon. Ich meine, es war nicht schwer, die meisten hatten sowieso große Lust, dir eins auszuwischen, aber ohne mich hätten sie sich wahrscheinlich nie getraut. Es tut mir so leid.«

Ich knallte ihm eine, ich konnte nicht anders.

Er kniff die Augen zusammen und hielt seine Wange, wirkte aber nicht überrascht.

»Warum hast du das gemacht?«, fragte ich.

»Ich dachte, irgendwann muss Schluss sein. Ich hatte diese dicke Lippe, die dein Kumpel Nick mir verpasst hatte, die tat verdammt weh, und dann kam Vivien angelaufen und hat mir erzählt, dass du ihren Lieblingspulli an den Hund verfüttert hast. Da ist mir der Kragen geplatzt. Ich wollte einfach, dass du aufhörst, alle möglichen Leute fertigzumachen.«

»Du wolltest kein Namenloser mehr sein.«

»Nein, wollte ich nicht. Niemand sollte das sein.«

»Und jetzt kommst du dir toll vor?«

»Kein Stück. Es ist alles außer Kontrolle geraten. Guck dich doch um.«

Seine Wange war rot.

Ich hatte ihn geschlagen, und er hatte es hingenommen: War das normal? Kim war mir ein Rätsel, genau wie meine Gefühle für ihn.

Mein Gehirn hatte überhaupt Mühe, das ganze Geschehen zu verarbeiten, ich merkte förmlich, wie es nicht hinterherkam.

Diese Nähe, die so war wie mit Linn und doch wieder ganz anders.

Der Verrat.

Was sollte ich jetzt mit ihm anfangen – und er mit mir?

Ich wollte, dass er mir alles beichtete, damit wir neu anfangen könnten, falls meine Bereitschaft zu vergeben wirklich groß genug wäre.

Immerhin: Ich fühlte mich bereit, auch in meine eigenen Abgründe zu blicken. Das immerhin war ich ihm schuldig, dachte ich.

Ich dachte auch: Ich will ihn nicht verlieren, dabei hatte ich ihn überhaupt noch nicht für mich gewonnen.

»Sag mir alles, was du gemacht hast«, bat ich.

Er nickte und versuchte ein schiefes Lächeln, das misslang.

Ich sah, wie er sich konzentrierte.

Dann warf der Orkan eine Salve Hagel gegen das Fenster und eine der geviertelten Scheiben brach, worauf das Schaf wach wurde und blökte.

Die anderen unterbrachen ihr Theater und taten so, als wollten sie helfen, möglicherweise hatten sie das auch tatsächlich im Sinn, aber am Ende liefen die meisten nur hektisch hin und her und verbreiteten neue Panik.

»Wir sterben!«, rief Eva.

»Halt die Klappe«, keifte Charlotte sie an und Helena lachte sich kaputt.

Vivien holte Eimer und Lappen. Vorsichtig sammelte sie die Scherben ein und wischte die schmelzenden Hagelkörner vom Boden auf.

Kim, der ebenfalls ein Talent besaß, sich nützlich zu machen, half Greetje und Magnus dabei, das Loch im Fenster mit einer Plane abzudichten.

»Tumult mit Schaf«, sagte er zu mir, als er fertig damit war, und ich musste trotz allem lachen.

≈

Wir kamen nicht dazu, weiterzureden. Der Sturm flaute ab und Magnus bestand darauf, dass wir alle endlich ins Bett gingen.

Im Mädchenschlafsaal war Wasser durch die Fenster eingedrungen, und zwar jede Menge davon, sodass wir noch eine ganze Weile damit beschäftigt waren, es aufzuwischen.

Einige der Jungs halfen. Kim, der Alleskönner, war selbstverständlich mit von der Partie. Deswegen bekam er auch mit, wie ich routinemäßig unter meiner Matratze nach Linns Aufzeichnungen tastete. Jeden Abend und jeden Morgen derselbe Handgriff.

Diesmal waren sie nicht da.

Der Schreck nahm Anlauf, sprang – und trat mir mit voller Wucht in die Magengrube.

Als ich Kim quer durch den Raum auf mich zulaufen sah, wusste ich sofort, was Sache war: Er hatte sie gelesen. Kim wusste über Linn Bescheid!

Er hatte sich mein Geheimnis erschlichen, bevor ich den Hauch einer Chance gehabt hatte, ihm freiwillig mein Herz auszuschütten, und deswegen hatte er auch die Ohrfeige klaglos hingenommen. Weil er wusste, dass er sie verdient hatte. Diese und noch unendlich viele mehr, die ich ihm am liebsten an Ort und Stelle verabreicht hätte.

Ich spürte, wie der Hass mit Wucht zurückkehrte, er warf mich fast um.

»Wo ist Linns Buch?«, fragte ich. Meine Stimme zitterte.

»Ich habe es nicht.«

»Aber du hast es gelesen?«

Er nickte schwach.

Ich befahl meiner Hand, ihn wieder zu schlagen, aber sie verweigerte den Gehorsam.

Eine Weile standen wir uns stumm und hilflos gegenüber.

»Du bist das Letzte und das weißt du auch«, sagte ich schließlich. »Und da hilft jetzt auch kein Geheule mehr. Ich will es zurück.«

≈

Ich durchsuchte die Sachen von allen, niemand konnte mich davon abhalten.

Helena und Vivien waren allerdings auch die Einzigen, die es versuchten, und das auch nur halbherzig. Die anderen wirkten wie vor den Kopf geschlagen, vielleicht war da auch so etwas wie Mitgefühl in ihren Gesichtern zu lesen. Oder sie waren bloß müde.

Allmählich gingen uns genau wie dem Sturm die Kräfte aus.

Charlotte und Lilli flüsterten.

Eva kicherte so ausgiebig, dass ich kurz darüber nachdachte, mir das große Brotmesser aus der Küche zu holen und es ihr irgendwohin zu rammen.

Irgendwann stand die Wirtin in der Zimmertür und motzte uns an, weil wir immer noch wach waren. Ob wir vor nichts Respekt hätten? Ob nicht schon genug passiert sei?

So sorgte sie dafür, dass wir schlussendlich einfach schlafen gingen. Kein Geschrei mehr. Keine Messerattacken.

Ich war so erledigt, dass ich es nicht mal mehr schaffte, mich in den Schlaf zu weinen.

Als ich erwachte, war es hell. Meine Zunge fühlte sich pelzig an. Ich brauchte eine Weile, um mich an die letzte Nacht zu erinnern.

Linns Tagebuch lag unversehrt auf meiner Decke. Obwohl ich darüber froh und erleichtert war, hätte ich von Kim mehr erwartet.

≈

Laut Magnus war Maroog von der Außenwelt abgeschnitten. Die Fähre fuhr nicht, der Ausfall konnte Tage dauern. Nur Notfälle wurden ausgeflogen. Wir waren anscheinend keiner, obwohl es immer noch keinen Strom in der Domäne Haifisch gab, was bedeutete, dass auch keine neuen Informationen vom Festland zu uns vordrangen. Inzwischen war auch noch das Festnetztelefon ausgefallen.

Sogar die tägliche Kutsche aus Nynordhavn ließ auf sich warten, weil der Weg teilweise überflutet und teilweise unterspült worden war.

Unter diesen Umständen war es eigentlich nicht weiter erstaunlich, dass Frau Hoppe immer noch fehlte, doch Magnus war inzwischen so aufgelöst, dass er anfing, uns ihretwegen runterzumachen: Wir hätten sie vertrieben. Unseretwegen hätte sie vielleicht im Watt die Zeit vergessen.

Er baute sich im Speisesaal vor uns auf, stemmte die Hände in die Hüften und sagte: »Ihr seid die schrecklichste Schulklasse aller Zeiten.«

Komischerweise reagierte kaum jemand. Alle löffelten ihre Hafergrütze. Nach der Sturmnacht waren alle völlig abgestumpft.

Ich ärgerte mich über mich selbst, als mir bewusst wurde, dass ich insgeheim nach Kim Ausschau hielt. Er war nirgends zu sehen.

Dann sprach Magnus mich direkt an: »Du wolltest doch, dass sie umkommt. Du bist ein Teufel.«

Jetzt ging ein Raunen durch die Klasse.

Ich hielt ihn für verrückt.

Möglicherweise war die Hoppe nach dem jüngsten Streit mit ihm zu derselben Einschätzung gelangt und hatte sich endgültig für ihren Insel-Lover entschieden. Wer könnte es ihr verdenken. Aber dass sie uns so im Stich gelassen hatte, war schon seltsam.

≈

Nach dem Frühstück nahm die Wirtin mich beiseite, um mich zu trösten: »Hope verläuft sich nicht im Watt, bloß weil ein paar Schülerinnen gemein zu ihr waren. Und es sinken auch keine Fähren, weil irgendjemand irgendeinem anderen einen Streich gespielt hat. Ist das klar?«

Ich nickte.

Nach den Ereignissen der Sturmnacht fühlte ich mich wie hinter Glas.

»Wir sind wirklich eine schreckliche Klasse, oder?«

Sie lächelte. »Bei Gott, das seid ihr. Ich glaube, wenn wir das hier heil überstehen, werde ich mich wieder aufs Schafezüchten konzentrieren.«

»Wo ist eigentlich das Schaf von letzter Nacht?«

»Wieder bei seiner Herde. Wieso?«

»Ach nur so.«

Aus irgendeinem unerfindlichen Grund freute ich mich darüber. Es bewies mir, dass Dinge sich zum Besseren wenden konnten, selbst wenn sie hoffnungslos erschienen. Das Schaf hatte bestimmt schon mit seinem Leben abgeschlossen und jetzt war seine Welt wieder in Ordnung.

Bis dahin würde es bei mir allerdings noch dauern. Das war mir klar.

≈

Auf einmal kam Kim in den Aufenthaltsraum gerannt, er hatte den großen schwarzen Hund und die totgesagte rote Katze im Schlepptau, was ihn allerdings nicht sonderlich zu interessieren schien, dafür wirkte er viel zu schockiert. Er war völlig außer Atem und brachte nur ein einziges Wort hervor.

Es lautete: Hope.

Die echte Grippe

Kim

Ich war zum Umfallen müde. Jedes Mal, wenn ich anfing, darüber nachzudenken, wo Charlotte Linns Heft versteckt haben könnte, fielen mir die Augen zu.

Das Problem war: Ich hatte null Erfahrung mit Verstecken. Klar hatte ich als Kind mal einen Schatz im Garten vergraben (ihn allerdings nie wiedergefunden, denn unser Garten war riesig und die Karte, die ich mir gemalt hatte, fehlerhaft), aber was meine privaten Sachen betraf, wusste ich, dass meine Eltern da nie im Leben rangehen würden. Ich könnte ein Tagebuch offen auf dem Schreibtisch liegen lassen, selbst wenn ein Mitglied meiner Familie oder ein Freund zufällig den Raum betreten würde, wäre niemand von ihnen neugierig genug, um einen Blick hineinzuwerfen.

Um ehrlich zu sein: Warum auch? Ich erlebte ja nie etwas Spannendes. Außer neuerdings auf Maroog. Und das war mir eigentlich viel zu viel.

Ich war komplett fertig mit den Nerven. Meine Gefühle für Sara trafen mich mit einer Wucht, auf die mich nichts vorbereitet hatte, kein Film, kein Song, den ich rauf und runter hörte, und auch keine der unzähligen Spekulationen, die ich mit Sverre darüber angestellt hatte, wie es sein mochte, ernsthaft verliebt zu sein.

Als Kind hatte ich meine Oma mal gefragt, wie man den Unterschied zwischen einem Schnupfen und einer echten Grippe erkennt.

»Du merkst es, wenn es so weit ist, glaub mir«, hatte sie behauptet. Noch im selben Winter war ich erkrankt und was soll ich sagen: Meine Oma hatte recht behalten.

Genauso war es jetzt auch. Es hatte mich voll erwischt. Das war keine Schwärmerei mehr. Es war Liebe. Die echte Grippe unter den ganz großen Gefühlen. Mit hohem Fieber.

Kein Wunder, dass die Hoppe nicht dagegen ankam. In Gedanken verzieh ich ihr ihre dauernde Abwesenheit ein Stück weit.

Liebte Sara mich auch? Ich wollte es so gern glauben, gestern im Orkan auf dem Sofa hatte ich es einen Moment lang deutlich gespürt. Bei der Erinnerung daran überkam mich ein Glücksgefühl. Allerdings hatten wir insgesamt einen miserablen Start hingelegt – für ein Traumpaar. Mit anderen Worten: Unsere Chancen, zusammenzukommen, tendierten gegen null, und das war noch optimistisch geschätzt.

Momentan hasste Sara mich mehr als alle anderen. Ich konnte es ihr nicht verdenken.

Umso mehr wollte ich Linns Heft finden. Nicht um Sara leichter rumzukriegen, sondern weil ich es ihr schuldig war.

Mein Nervenzusammenbruch fiel also aus, es ging nicht anders. Ich musste jetzt liefern, im wahrsten Sinne des Wortes.

Ich stellte meinen Handywecker auf eine Stunde und stöpselte die Kopfhörer ein. Mehr Schlaf war nicht drin.

Als der Alarm direkt in meinem Ohr loslegte, schreckte ich hoch und stand sofort auf, bereit, um meine Liebe zu kämpfen.

Der Morgen graute bereits. Alles war ruhig im Haus, bis auf den Wind, der immer noch kräftig um die alten Mauern blies. Die Domäne Haifisch war ein gutes Haus. Es hatte uns beschützt.

Ich zog mich an und schlich los. Aus Magnus' Zimmer hörte ich lautes Schnarchen. Hinter Greetjes Tür war es still, auch aus dem Zimmer von Frau Hoppe drang kein Laut.

Ich dachte nach. Im Schlafraum der Mädchen hatte Sara sicher schon alles auf den Kopf gestellt.

Zuerst checkte ich die Badezimmer: nichts.

Auch in den Taschen der Jacken, die an der Garderobe hingen, wurde ich nicht fündig.

Die Möglichkeiten waren überschaubar, gerade das machte es kompliziert. Da Greetje nicht erlaubte, dass in den Aufenthaltsräumen Sachen von uns liegen blieben, musste Charlotte einen anderen Ort gewählt haben.

Schließlich rief ich mir Erinnerung, wer Charlottes Komplizen waren. Zum harten Kern der Verschwörung gegen Sara, der ich nicht länger angehören wollte, gehörte nun mal auch Sverre. Mein bester Freund. Und er kam zufällig gerade in den zweifelhaften Genuss eines eigenen Zimmers.

≈

Sverre war schon hellwach, als ich leise den Raum betrat. Er saß aufrecht im Bett, hatte sich das Kissen in den Rücken gestopft und sah aus dem Fenster, wo sich helles Morgenlicht durch eine dunkle Wolkenfront kämpfte.

Ich fackelte nicht lange, ich hatte es eilig. Fragen nach seinem Befinden konnten warten, er redete sowieso nicht gern darüber. Ich fühlte, dass es ihm peinlich war, mich zu sehen. Aber wer wäre ihm lieber gewesen?

»War Charlotte hier?«, fragte ich.

»Auch«, sagte er mit krächzender Stimme und räusperte sich. »Und viele andere. Ich bekomme überraschend viel Besuch für einen Namenlosen. Seit meinem Coming-out bin ich so beliebt, wie ich es mir nie hätte träumen lassen. Leider nicht bei allen.« Er deutete auf sein demoliertes Gesicht. Das Hämatom am Auge sah nicht mehr ganz so grünblau aus, die verletzte Haut hatte jetzt einen Stich ins Gelbe.

»Tut es noch sehr weh?«, erkundigte ich mich nun doch. Es war furchtbar, was ihm passiert war. Ich hatte den Schock über die Tat noch nicht mal ansatzweise verarbeitet. Irgendwie passierte alles gleichzeitig.

»Es geht. Meine Kopfschmerzen sind jedenfalls weg,

das ist doch schon was. Man muss positiv denken. Heute schreib ich mich selbst gesund. Und wie läuft es bei dir so? Du bist früh auf.«

»Weil ich auf der Suche nach etwas bin. Hat Charlotte dir was dagelassen?«, fragte ich.

»Klingt ja kryptisch. Was denn genau?«

»Irgendwas.«

»Und wenn?«

»Mann, hör doch auf mit den blöden Gegenfragen! Es ist dringend. Hat sie oder hat sie nicht?«

Sverre seufzte. »Sie hat. Und sie meinte schon, dass du danach fragen würdest. Dass du jetzt auf Saras Seite stehst.«

Ich verspürte einen Stich. Ich würde immer auf Sverres Seite stehen. Ich sah uns als Kinder über Felder streifen und auf Bäume klettern und wusste nicht, was ich entgegnen sollte, um ihm klarzumachen, dass es darum jetzt nicht ging. Schon lange nicht mehr.

Ich setzte mich zu ihm aufs Bett und betrachtete ihn mit all der Zuneigung, die ich, seit ich denken konnte, für ihn empfand an. Er war eine starke Persönlichkeit, klug, mitfühlend und warmherzig. Er würde zurechtkommen, er wusste es nur noch nicht. Neid hatte jemand wie er eigentlich nicht nötig.

»Können wir damit aufhören, bitte?«, fragte ich. »Das ist doch alles Wahnsinn. Frau Hoppe ist weg. Nick ist vielleicht gestorben. Alle drehen hier langsam durch. Wir müssen aufhören, uns gegenseitig fertigzumachen. Ich bitte dich: Gib mir das Heft.«

Er schüttelte den Kopf.

»Warum nicht?«

»Hab's Charlotte versprochen.«

»Charlotte nervt.«

Ich flehte ihn an, bis er es mir tatsächlich reichte.

»Du hast es nicht gelesen, oder?«, fragte ich.

»Nein. Hätte ich das tun sollen?«

Dafür hätte ich ihm um den Hals fallen können. Ich schüttelte den Kopf. »Du bist so ein guter Kerl«, sagte ich. »Ein viel besserer als ich.«

»Da irrst du dich gewaltig. Ich mache ständig Fehler.«

Ich konnte den Blick in seinen Augen nicht deuten: Zweifel? Spott?

»Nenne mir einen einzigen.«

Er atmete tief ein und hörbar wieder aus. »Zum Beispiel hab ich dich angelogen wegen Nick. Er war überhaupt nicht derjenige, der mich geschlagen hat. Ich wünschte, er wäre es gewesen, aber es war jemand anderes. Jemand, der mir viel mehr bedeutet als dieser Idiot.«

»Sagst du mir, wer?«

»Geht nicht.«

Ich konnte mir nicht vorstellen, von wem er sprach, bis mir plötzlich wieder einfiel, wie feindselig seine Fußballkumpel mich behandelt hatten.

Später hatten sie vor dem Krankenzimmer auf der Lauer gelegen, Abscheu in den Gesichtern – und in einem Fall noch etwas mehr.

Der blaue Fleck auf Leons Hand.

Ich Idiot! Warum war ich nicht gleich darauf gekommen?

»War es Leon?«, fragte ich.

»Wie gesagt, es war nicht jeder begeistert von meinem Outing«, erwiderte Sverre.

»Also war er es. Wieso? Hasst er Schwule, oder was? Ist es, weil ihr in einer Mannschaft spielt?«

»Das ist nicht das eigentliche Problem. Ja, er hat Schiss wegen der Mannschaft, aber es ist eher was Persönliches. Weißt du, was ich meine?«

Sverre verstummte. Er war knallrot geworden. Ich stand auf der Leitung und brauchte eine geraume Weile, um zu kapieren, was es mit seiner Scham auf sich hatte. Ich konnte es nicht fassen.

»Seid ihr etwa zusammen?«

»Jetzt nicht mehr. Eigentlich waren wir es nur für einen Tag. Zählt das überhaupt?«

Er vertraute mir an, wie sie sich auf Maroog gefunden und gleich wieder verloren hatten, ineinander verguckt hatten sie sich allerdings schon lange vorher: daheim auf dem Fußballplatz.

Und dann war hier auf der Insel alles ganz schnell gegangen. Zu schnell für Leon, der anscheinend in Panik geraten war, als Sverre vorpreschte.

»Er hat mir gesagt, dass er noch nicht so weit ist«, sagte Sverre. »Er hat mich angefleht, die Klappe zu halten, aber ich dachte, ich tue letztlich uns beiden einen Gefallen, wenn ich den Anfang mache. Außerdem habe ich ihn ja überhaupt nicht erwähnt. Trotzdem ist er durchgedreht. Jetzt behauptet er plötzlich, alles wäre von ihm aus nur ein Scherz gewesen. Dass er in Wirklichkeit auf Mädchen steht. Aber das ist gelogen. Er hat einfach Schiss, glaube ich. Fußball ist sein Leben.«

»Das gibt ihm noch lange nicht das Recht, dich so zuzurichten!«

»Nein, natürlich nicht. Ich will ihn ja auch nicht in Schutz nehmen.«

»Tust du aber gerade. Vielleicht hat er dich wirklich nur verarscht. Hast du dir darüber mal Gedanken gemacht?«

Sverre schüttelte energisch den Kopf. »Nein, so ist er nicht.«

Die echte Grippe, dachte ich.

Ich tröstete Sverre, so gut es ging, doch letztlich würde er die Sache mit Leon klären müssen. Ich fand, was er getan hatte, war unverzeihlich. Andererseits: Was hieß das schon?

Unweigerlich wanderten meine Gedanken von Leon zu Sara. Ich hoffte, dass sie nicht aufwachte, bevor ich ihr das Buch zurückbringen konnte.

»Du, ich muss gehen«, sagte ich. »Wir reden später weiter. Tu mir einen Gefallen und pass auf dich auf.«

»Dasselbe wollte ich dir auch gerade sagen.«

≈

Ungesehen gelangte ich ins Mädchenzimmer und brachte Linns Buch zurück.

Im Flur begegnete ich Greetje im Morgenmantel. Ihr Gesicht war noch zerfurchter als sonst. Sie sah abgekämpft aus und wollte unter die Dusche, was ich für eine ausgezeichnete Idee hielt.

Als ich ihr meine Hilfe anbot, bat sie mich, den Kaminofen im Speisesaal anzuzünden, also ging ich raus, um Holz zu holen. Es war so kalt, dass ich meinen Atem sah.

Der Schuppen stand unversehrt an seinem Platz. Auch das Haus hatte den Orkan im Großen und Ganzen gut überstanden. Allerdings gab es anscheinend immer noch keinen Strom, jedenfalls funktionierte das Licht auch hier nicht.

Ich nahm meine Handytaschenlampe zu Hilfe, um nach der Axt zu suchen. Sie war nicht an der dafür vorgesehenen Werkzeugleiste, was seltsam war, denn ich hatte sie gestern eigenhändig dort aufgehängt. Hammer, Schraubenzieher, Zangen – alle anderen Utensilien waren da, wo sie hingehörten. Die Axt nicht.

Drinnen erzählte ich Greetje davon, die mich ärgerlich darauf hinwies, dass noch ausreichend gespaltenes Holz im Vorratsraum wäre. Wenn das alles so lange dauerte, könne sie es ja auch gleich selbst machen. Auf das Verschwinden der Axt ging sie mit keinem Wort ein.

Magnus kam hinzu und sagte: »Ist wahrscheinlich im Sturm verloren gegangen.«

»Das ergibt keinen Sinn, im Schuppen gibt es überhaupt keine Sturmschäden«, sagte ich, worauf er mich anfuhr: »Kümmere dich um deinen eigenen Kram.«

Es war offensichtlich, dass er Frau Hoppe wie verrückt vermisste: die echte Grippe.

≈

Mir war nicht nach Haferbrei zumute. Anders gesagt: Ich wollte Sara nicht begegnen, weil ich mich so vor ihr schämte.

Also lief ich draußen umher und begutachtete die Sturmschäden: Der Weg ins Dorf war ziemlich in Mitleidenschaft gezogen worden. Überall stand Wasser, teilweise war der Schotter weggespült worden und hatte sich auf den umliegenden Wiesen verteilt. Entwurzelte Bäume bildeten einen undurchdringlichen Wall aus Geäst.

Mittendrin entdeckte ich die tot geglaubte rote Katze – und zwar quicklebendig. Zwar wirkte sie verstört, kein Wunder nach der turbulenten Nacht, aber Verletzungen sah ich keine. Ich freute mich natürlich riesig, sie zu sehen, was ich ihr auch sagte. Ihr Mauzen fiel etwas übellaunig aus. Sie ließ sich von mir aus dem Gestrüpp befreien, wollte aber nicht lange auf meinem Arm verweilen. Stattdessen folgte sie mir in sicherer Entfernung.

»Du hast bestimmt Hunger, oder?«, fragte ich. »Komm, gehen wir zurück.«

Ich weiß nicht, warum ich trotzdem noch einen Abstecher zur Wattseite unternahm. Vielleicht war das überraschend schöne Wetter schuld. Je länger ich unterwegs war, desto mehr riss der Himmel auf. Es blieb kalt. Die Luft war herrlich klar.

Am Wasser, das vollkommen unbewegt war, lachte mir zur Begrüßung die Sonne ins Gesicht und für einen kurzen wunderbaren Moment stand ich einfach nur da und ließ die Schönheit auf mich wirken. Wasser, Licht und Luft. Dazu dieses wunderbare Fieber. Die rote Katze strich mir zwischen die Beine und schnurrte. Ganz in der Nähe stromerte der schwarze Hund an der Wasserkante entlang.

Ich atmete durch. Die Luft war so klar, dass ich in weiter Ferne die Windräder auf dem Festland erkennen konnte. Es herrschte Flut. Soweit ich es beurteilen konnte, war der Scheitelpunkt noch nicht erreicht. Noch lief das Wasser auf.

Und mit ihm das Boot.

Erst dachte ich, es sei eine der Bojen, die da sachte auf und ab schaukelte, doch dann, als die Umrisse sich deutlich abzeichneten, wusste ich sofort, dass es die *Hope* war.

Sie trieb leer auf mich zu.

Ich weiß nicht, warum ich wegrannte. Vielleicht wollte ich einfach nicht derjenige sein, der unsere Klassenlehrerin als Leiche aus der Nordsee fischte.

Zumindest nicht allein.

≈

In allen Gesichtern stand Panik beim Anblick der *Hope*. Das Boot hatte Schlagseite, die Strömung hatte es in ein manövrierunfähiges Stück Treibgut verwandelt. Noch immer in Ufernähe, dümpelte es kontinuierlich auf die Inselspitze zu, ein signalroter Punkt in der jetzt spiegelglatten See.

Wir würden sie verlieren. Dass die *Hope* zu sinken drohte, war selbst für eine Landratte wie mich offensichtlich.

Helena fand als Erste die Sprache wieder: »Was, wenn sie da drinnen liegt und nicht mehr lebt?«

»Wer?«, fragte Hagen.

»Wer wohl? Sie! Frau Hoppe!«

Wild entschlossen wagten sich die Ersten von uns ins Wasser und wateten in Richtung Boot, um es zu bergen. Das Meer war flach an dieser Stelle, es ging ihnen bis zu den Hüften, allerdings war es so kalt, dass selbst ein Fußbad wenig verlockend war.

»Los kommt, fasst alle mit an.«

Manche reagierten, andere nicht.

Ich muss gestehen, dass ich zu den Losern gehörte, die bloß blöd dastanden, die Hand wie ein Gaffer vor den Mund gepresst.

Erst als die Mutigen die *Hope* schon fast an Land verfrachtet hatten, gab ich mir endlich einen Ruck und half, wobei ich zögernd einen Blick ins Innere warf: Im Rumpf schwappte Wasser. Bis auf etwas Seetang und einen schwimmenden Krebs herrschte gähnende Leere. Von Frau Hoppe keine Spur.

Ich riss mir die Hände am Ankerseil auf, das triefnass und schwer war.

Und viel zu kurz!

Jemand hatte es durchtrennt.

Ich glaube, dass wir es alle mehr oder weniger gleichzeitig begriffen (oder zu begreifen glaubten) – und dieselben Schlüsse daraus zogen.

Unser Fund war ein großes Fragezeichen, das uns anstarrte.

Hilflos starrten wir zurück.

Plötzlich quatschten wie gewohnt alle durcheinander: Helena und Sara waren beim Boot gesehen worden.

Ich war am Boot gesehen worden.

Charlotte und Lilli auch.

Leon und Eva.

Sogar Magnus.

Völlig aufgekratzt faselten wir von Mord, die Theorie lautete: Wer das Seil gekappt hatte, hatte die Hoppe auf dem Gewissen, sie dazu verdammt, im Sturm zu ertrinken. »Elendig ersoffen ist die.«

»Wie eine Ratte«, raunte einer nach dem anderen.

»Hey, Leute, mal im Ernst. Warum sollte das irgendjemand tun?«, fragte ich irgendwann. »Alle fanden Frau Hoppe toll!«

»Du ganz besonders«, sagte Charlotte spöttisch. »Gib es zu, du warst heimlich verknallt in sie!«

»Na und?«

»Du warst nur ein nerviger kleiner Schüler für sie. Ein Namenloser. Sie wollte dich nicht!«

»Weiß ich, ich sie auch nicht mehr. Außerdem hatte sie schon zwei andere Typen. Magnus und den Fahrradheini aus dem Dorf. Diesen Sören.«

»Na, bitte, wenn das kein Motiv ist«, sagte Leon.

Das brachte mich auf die Palme. »Und was ist mit dir?«, schrie ich ihn an. »Du hast Sverre geschlagen. Hast du echt gedacht, das kommt nicht raus?«

»Und was hat das mit der Hoppe zu tun?«

»Es beweist das Ausmaß deiner kriminellen Energie, du Arsch.«

»Ich beweis sie dir richtig, wenn du willst.«

»Mach doch.«

Leon ging auf mich los, was ich im ersten Moment sogar als eine Art Erlösung empfand.

In uns hatte sich viel zu viel aufgestaut. Wut, Angst, Hilflosigkeit – jetzt war der Zeitpunkt gekommen, an dem wir alles rauslassen konnten und mussten. Es war keine Lösung, das nicht, aber es tat für den Moment einfach verdammt gut.

Eine Weile prügelten wir uns im seichten Wasser in Ufernähe, wir traten und kratzten und schlugen mit den Fäusten zu, bis wir vor Kälte nichts mehr spürten und nur noch dastanden und keuchten und der Wirbel aus Zorn sich legte, wie der Orkan sich gelegt hatte.

Dann kletterten wir an Land, gaben uns die Hand und sahen den anderen beim Durchdrehen zu.

Am Ende schossen sich alle wieder auf Sara ein, das war schon zur Gewohnheit geworden, obwohl sie nicht mal in der Nähe war.

»Sie hat die Hoppe gehasst«, sagte Lilli.

»Das wissen alle!«, rief Eva.

»Los kommt, die knöpfen wir uns vor.«

≈

Doch den Job hatte schon jemand anderes erledigt. Ich holte extra Sverre aus dem Bett, damit er mir half, das Schlimmste zu verhindern, doch als wir alle in den Mädchenschlafsaal stürmten, war Sara fort.

Ein Becher lag auf dem Boden, der Inhalt (roter Tee, kein Blut, wie ich in der ersten Schrecksekunde geglaubt hatte) war auf den Dielen festgetrocknet.

Linns Heft lag aufgeschlagen auf der Bettdecke. Darauf ein angefangener Brief: »Liebe Mama, lieber Papa, es tut mir so leid.«

»Da stimmt was nicht«, murmelte Helena.

Ich pflichtete ihr bei. »Hört zu, Leute, ich glaube, Sara steckt in Schwierigkeiten. Und egal, ob ihr sie mögt oder hasst –, wir müssen ihr jetzt helfen!«

Manchmal kann ich sehr überzeugend sein. Wenn es wirklich darauf ankommt.

Und so kam es, dass wir am Ende doch noch am selben Strang zogen. Während wir immer verzweifelter nach Sara suchten, kam mir der Gedanke, dass enttäuschte Liebe tatsächlich ein ziemlich überzeugendes Mordmotiv abgab.

Ich war kurz davor, das Puzzle zusammenzusetzen, als ich das Schlafzimmer von Frau Hoppe betrat, wo mir ein beißender, süßlicher Geruch entgegenschlug, der Gestank des Todes.

Die Entdeckung, die wir dann machten, ist so schlimm, dass ich heute noch außerstande bin, darüber zu reden.

Mein Therapeut arbeitet daran.

Nur so viel: Frau Hoppe, Hope, ist nicht ertrunken. Sie hatte die Domäne Haifisch seit ihrem Verschwinden nicht mehr lebend verlassen.

Außer Kontrolle

Sara

Alle rannten raus, ich blieb. Durch das Fenster im Speisesaal, in dem das zerbrochene Viertel mit Plane verklebt war, sah ich ihnen nach. Ich wunderte mich, dass Magnus nicht dabei war. Das ergab für mich keinen Sinn. Ich redete mir ein, er sei vorausgelaufen. Ich hätte ihn bloß verpasst. Beim Frühstück hatte er mir Angst gemacht.

Die Wirtin beschloss, über den Weststrand bis ins Dorf zu radeln, um herauszufinden, was genau bei dem Fährunglück passiert war und wann es wieder Strom gäbe. Sie versuchte, mich zu überreden, sie zu begleiten, doch mir war nicht danach. Ich hatte Angst, dass sie mich ausfragen würde. In letzter Zeit wollten zu viele Leute an mir herumdoktern.

Stattdessen beschloss ich, die Chance zu nutzen, mir mein Handy zurückzuholen, wenn ich allein im Haus wäre. Es musste irgendwo bei den Sachen von Frau Hoppe sein.

Ich muss zugeben, ich machte mir keine großen Gedanken über ihren Verbleib. Es wäre eine Lüge zu behaupten, dass sie mir fehlte. Dafür war ich einfach immer noch zu wütend auf sie, weil sie bei dem Versuch, sich mir zu nähern, so dermaßen ungeschickt vorgegangen war, dass ich erst jetzt allmählich begriff, was überhaupt ihr Ziel gewesen war: zu helfen. Die Dinge für mich wieder ins Lot zu bringen.

Heute glaube ich, es lag an ihrer Ungeduld. Anstatt zu warten, bis ich freiwillig etwas von mir preisgab, musste sie unbedingt vorpreschen und Linn ins Spiel bringen, weil meine Eltern ihr schon längst das Herz ausgeschüttet hatten und sie glaubte, ihr eigenes und mein Schicksal hingen irgendwie zusammen. Obwohl da was dran war, hatte sie sich damit ins Aus geschossen.

Überhaupt dieses miese Timing: Gerade als ich bereit gewesen war, mich in Kim zu verlieben, musste er sich mit den anderen gegen mich verschwören.

Es wäre zum Totlachen, wenn es nicht so traurig wäre.

Trotzdem: Ich merkte, wie die Veränderungen, die Maroog in mir bewirkt hatte, sich festigten.

Böses Mädchen, armes Mädchen – wie wahrscheinlich die meisten Menschen trug ich beide Identitäten in mir. Beide füllten mich nicht aus, die Wahrheit musste irgendwo dazwischen liegen. Es gab keinen Weg zurück. Wieder daheim würde ich mich neu erfinden müssen. Meine vielen Widersprüchlichkeiten irgendwie unter einen Hut zu bringen stellte ich mir kompliziert vor. Was wollte ich eigentlich?

Ich wollte frei atmen. Ein normales Leben führen. Nach vorn sehen: alles neu. Nur mein altes Smartphone hätte ich gern zurückgehabt, denn es war einfach ein Teil von mir, so wie das blaue Buch ein Teil von Linn war.

Nach kurzem Zögern schlich ich ins Arbeitszimmer und machte mich auf die Suche, ich ging ziemlich gründlich ans Werk, aber leider stellte ich den Raum vergebens auf den Kopf.

Mir blieb nichts anderes übrig, als mir als Nächstes Frau Hoppes Schlafraum vorzunehmen, was irgendwie unangenehm war, da niemand wusste, wo sie steckte. Als wäre der Vertrauensbruch dann umso größer. Ich kann es nicht besser erklären, ich empfand es eben so.

Ich öffnete den Kleiderschrank, in dem Frau Hoppes Sachen ordentlich aufgereiht auf Bügeln hingen –, und wusste schlagartig, dass ich die Kleider einer Toten betrachtete. Man könnte sagen, ich hatte eine Vision. Das Unbehagen kroch an mir hoch, wand sich um meinen Hals wie eine kalte Schlange und drückte zu.

Ich musste an Nick denken.

Ein süßlicher Geruch erfüllte den Raum, und eine Welle von Übelkeit überkam mich.

Spätestens da wollte ich wegrennen, doch ich hatte, wie gesagt, ja neuerdings diese unerklärlichen Timing-Probleme: Im Flur erklangen Schritte. Als die Tür aufflog, schaffte ich es gerade noch, mich dahinter zu verstecken, indem ich mich flach gegen die Wand drückte.

≈

Es war Magnus. Er war also tatsächlich nicht mit den anderen losgelaufen, um das Hoppe-Boot zu bergen. Stattdessen stand er knapp einen halben Meter von mir entfernt, atmete schwer – und mein Versteck war ein schlechter Witz. Eigentlich war ich schon geliefert, die Tatsache, dass er mich nicht gleich bemerkte, zog die Pein des Hoffens und Bangens nur in die Länge.

Der Holzboden unter meinen Füßen knarrte.

Magnus verharrte vor der geöffneten Schranktür und richtete seinen Blick auf irgendeinen Punkt im Innern und während er das tat, dehnte sich die Zeit unaufhaltsam aus. Jede einzelne Sekunde war ein wabbeliger Luftballon, der quälend langsam aufgeblasen wurde, bis er endlich Form annahm, weiter anschwoll und mit einem gewaltigen Knall, den nur ich zu hören schien, direkt an meinem Ohr zerplatzte.

Bähm!

Neuer Luftballon.

Bähm!

So stand ich da und erschrak immer wieder aufs Neue und sog dennoch jedes Detail auf.

Ich sah Staubkörner durch den Raum schweben.

Ich sah, wie die rote Katze hereinkam und zögernd in Richtung Schrank schlich, nur um dann wegzurennen wie von der Tarantel gestochen, als Magnus sie bemerkte und seinen Fuß hob, um sie sanft zu verscheuchen.

Ich sah, wie Magnus sich eine Strickjacke von der Hoppe griff und sein Gesicht darin vergrub. Seine Schultern bebten, er schwankte und musste sich an der Schranktür festhalten.

Eine Weile stand er da, als würde ein neuer Orkan über ihn hinwegfegen, die Tür als sein einziger Halt. Seine Verzweiflung war uferlos. Ich wusste, wie sich das anfühlte. In dem Moment tat er mir einfach nur leid, obwohl ich mich nach seinem jüngsten Ausraster beim Frühstück auch vor ihm fürchtete.

Mein Herz pochte so heftig, ich konnte kaum glauben, dass er es nicht hörte.

Wie ein kleines Kind beim Versteckspiel kniff ich die Augen zu, riss sie aber gleich wieder auf, weil ich es nicht aushielt, nichts zu sehen. Ich spürte ein Kribbeln in den Kniekehlen, einen Juckreiz in den Handgelenken, der sich zu einem Schmerz steigerte. Die Spannung in mir war so groß, dass ich am liebsten begonnen hätte, auf der Stelle auf und ab zu hüpfen, nur um sie irgendwie loszuwerden.

Dann ließ Magnus die Strickjacke fallen und schlug mit der Faust gegen die Wand.

Ich roch seinen Schweiß und – viel stärker als vorhin – den süßlichen Schrankgeruch. Mein Magen fuhr Achterbahn.

Magnus schrie und seine Faust ging noch ein zweites Mal auf die Wand nieder.

Ich weiß nicht, ob er diesmal Erlösung in dem Ausbruch fand, jedenfalls hob er danach Frau Hoppes Jacke auf, hängte sie zurück an den Bügel und verschloss die

Schranktür, bevor er den Raum verließ, als wäre nichts Besonderes geschehen.

Ich war noch einmal davongekommen. Ich konnte mein Glück kaum fassen.

≈

Im Mädchenschlafsaal hatte sich die rote Katze auf meinem Bett zusammengerollt, was mich freute, weil ich so zur Überzeugung gelangte, dass sie mich wirklich mochte. Als ich sie streichelte, schnurrte sie und ich legte mich kurz zu ihr.

Ich nahm mir dennoch vor, sie bei nächster Gelegenheit zu ihrem Zuhause zurückzubringen, wo man sich so sehr um sie sorgte. Von diesem löblichen Vorsatz war es gedanklich nur noch ein kurzer Weg zu der Erkenntnis, dass auch ich ein Zuhause hatte, in dem voller Sorge meiner Rückkehr geharrt wurde.

Auf einmal fiel es mir leicht, mich in die Situation meiner Eltern hineinzuversetzen: Erst mussten sie den Verlust ihrer Tochter verkraften und dann entglitt ihnen das andere Kind, wenn auch auf eine andere, kompliziertere Weise. Mein Verstand hatte schon lange kapiert, wie schwer das alles für sie sein musste, aber wirklich fühlen konnte ich ihren Schmerz jetzt zum ersten Mal, in diesem stillen Augenblick, den ich mit der Katze auf dem alten Stockbett verbrachte.

Ich blätterte eine Weile in Linns Buch, dann holte ich mir Zettel und Papier und begann, meinen Eltern einen Brief zu schreiben. Er begann mit einer Entschuldigung.

Ich war so konzentriert auf der Suche nach den richtigen Worten, dass ich nicht bemerkte, wie Magnus den Raum betrat.

Er war plötzlich da und schaute mir über die Schulter.

»Hey«, sagte ich wütend. »Das ist privat.«

»Entschuldige. Ich wollte dich nicht stören.«

»Hast du aber.«

Er stand vor dem Bett und musterte mich mit einem Blick, der schwer zu deuten war. In jeder Hand hielt er einen dampfenden Becher Tee.

»Hast recht, blöder Spruch«, sagte er und reichte mir einen der Becher. »Wir müssen mal reden.«

Mit Magnus zu reden, war so ungefähr das Allerletzte, wonach mir gerade der Sinn stand.

Gleichzeitig traute ich mich nicht zu widersprechen, da ich mit eigenen Augen gesehen hatte, wie aufgewühlt er war. Ich hielt ihn für unberechenbar.

Um Zeit zu gewinnen, nahm ich den Tee und nippte ein paarmal daran. Es war der hier übliche Hagebuttentee, den ich nicht mochte. Allerdings hatte Magnus mir zuliebe mehr Zucker reingetan als normal, also schmeckte er erträglich.

Ich wartete, dass er das Gespräch eröffnete.

Er räusperte sich ein paarmal und sagte dann: »Dass du dieses Video gemacht hast von Frau Hoppe und … du weißt schon. Das war nicht in Ordnung von dir.«

»Ich weiß«, sagte ich, erleichtert, weil er darauf hinauswollte. »Das war echt scheiße.«

Da ich inzwischen bereit war, für meine Verfehlungen geradezustehen, dachte ich, die Unterhaltung könnte schneller enden, als befürchtet.

»Und es tut mir sehr leid, dass ich das getan habe und auch, dass ich dir neulich den Film unter die Nase gehalten habe. Ich werde mich auch bei Frau Hoppe entschuldigen, falls –«

»Falls was?« Er herrschte mich an. »Falls? Es gibt kein falls! Frau Hoppe lebt nicht mehr.«

Seine Stimme kippte, so laut legte er los, weshalb ich vor Schreck die Tasse mit dem Rest Tee fallen ließ, was Magnus nur noch zorniger machte.

Meinte er das ernst?

Wie kam er darauf?

Er nannte mich unfähig, er nannte mich gefährlich, er nannte mich eine Soziopathin – als wäre er nicht derjenige, der sich die ganze Zeit über benahm, als hätte er mehr als nur eine Schraube locker.

»Ist ja gut, ich wisch das auf«, sagte ich und wollte eilig in die Küche verschwinden, um mich bis zur Rückkehr der Wirtin im Vorratsraum zu verbarrikadieren. Das hier war einfach zu sehr neben der Spur.

Doch Magnus versperrte mir den Weg.

»Du bleibst hier. Ab sofort wird nach meinen Regeln gespielt.«

Er konnte sich gerade noch verkneifen, mich festzuhalten, aber er ließ mich nicht vorbei.

Wie Kontrahenten vor einem Boxkampf standen wir

uns gegenüber, ich sah, wie er versuchte, sich am Riemen zu reißen.

Er atmete tief durch.

Ich wartete ab.

»Gib einfach zu, dass du sie gehasst hast«, sagte Magnus schließlich.

»Meinetwegen, wenn es dir dann besser geht. Ja, ich habe Frau Hoppe gehasst wie übrigens auch den Rest der Welt. Aber jetzt hasse ich sie nicht mehr.«

»Weil du sie umgebracht hast.«

»Ich?« Ich merkte, wie meine Gesichtszüge entgleisten. »So ein Schwachsinn. Wie denn bitte? Warum sollte ich das tun?«

»Weil du böse bist. Das weiß doch jeder hier. Du hast gemerkt, dass ihre Geduld mit dir am Ende war. Wahrscheinlich hattest du einfach Angst, dass sie alles dem Jugendamt melden würde; deine ganzen Mobbingaktionen, die Sache mit dem Friedhof und dann hast du dieses Boot gesehen und hattest die Möglichkeit, das Ankerseil zu durchtrennen – da hast du die Chance ergriffen. Schlicht und ergreifend. War es nicht so?«

»Nein! Ich durchtrenne keine Seile. Ich weiß nicht mal, wie so was geht. Auf so eine Idee würde ich gar nicht kommen.«

Ich dachte daran, wie ich mit Helena im Boot rumgealbert hatte. Also gut, die Idee war irgendwie in unsere Köpfe gelangt, als Witz, aber durchgeführt hatten wir sie selbstverständlich nicht. Allein der Gedanke war so absurd, dass ich lachen musste, bis Magnus mich erneut anschrie: Ich solle endlich die Klappe halten, sonst würde er sie mir stopfen.

Spätestens jetzt müsste ihm eigentlich selbst aufgehen, dass er seinen Beruf verfehlt hat, dachte ich.

Ich weiß, Schüler können extrem nerven. Aber so konnte er sich einfach nicht aufführen. Das ging gar nicht.

»Ich habe wirklich nichts gemacht«, sagte ich und biss mir auf die Unterlippe. »Vielleicht ist sie ja einfach nur bei ihrem Typen.«

»*Ich* bin ihr Typ«, sagte er. »Und zufällig liebe ich Hope.«

»Alles klar. Du, Magnus, das ist echt nicht meine Baustelle. Ich glaube, ich möchte jetzt nicht länger mit dir reden, ich fühle mich durch dich bedroht. Und deine Anschuldigungen muss ich mir echt nicht länger geben.«

Ich versuchte erneut, an ihm vorbeizugehen, diesmal ließ er mich durch, folgte mir aber durch den Speisesaal in die Küche.

»Warte mal!«, rief er.

Als ich mich umdrehte, hatte er die Katze auf dem Arm.

In mir zog sich alles zusammen.

»Wie wäre es, wenn wir die Kleine ihrer Besitzerin zurückbringen? Die würde sich bestimmt freuen.«

Ich zuckte mit den Schultern. »Das ist voll weit weg.«

»Wir haben doch Zeit.«

Ich sah die Gereiztheit in seinem Gesicht, die jederzeit auf eine neue Eskalation hinauslaufen konnte.

»Na los, zieh dir was an, dir liegt doch was an dem netten Tierchen.«

Natürlich ahnte ich, dass Magnus nicht wirklich vorhatte, die Katze zurück zu ihrer Besitzerin zu bringen.

Ich kapierte sogar, dass er sie als Geisel nahm, weil er mich um jeden Preis dazu bringen wollte, ihm zu folgen.

Ich spürte die Gefahr.

Normalerweise mochte ich Tiere nicht mal.

Warum um alles in der Welt war ich außerstande, die rote Katze ihrem Schicksal zu überlassen?

Fakt ist: Ich weiß es nicht. Ich weiß nur, dass ich meinen Mantel anzog und meinen Lehrer nach draußen begleitete.

≈

Überraschung: Wir gingen nicht ins Dorf, sondern betraten nach etwa einer Viertelstunde Fußmarsch durch die Dünen die wüstenartige Sandfläche am Ende der Insel, die Kniepsand hieß. Ich machte mir gar nicht erst die Mühe, Magnus darauf hinzuweisen, dass das die falsche Richtung war.

Er hatte immer noch die Katze. Er trug sie in einer Reisetasche, die er sich über die Schulter gehängt hatte. Den Reißverschluss ließ er nur ein wenig offen stehen, ich betete, dass sie durch den schmalen Schlitz genug Luft bekam.

Jedenfalls protestierte sie lautstark. Das Jaulen und Fauchen war herzzerreißend, was Magnus nicht zu bemerken schien.

Er bemühte sich, entspannt zu wirken, wie auf einem stinknormalen Spaziergang, doch ich konnte sehen, wie nervös er war. Sein linkes Auge zuckte, er blinzelte hektisch dagegen an.

Während wir im hellsten Sonnenschein immer weiter über die kalt flirrende Ebene liefen, die sich irgendwo am Horizont im Meer verlor, erzählte er mir von der Hoppe und sich. Von ihren Plänen für eine gemeinsame Zukunft, von ihrem Kennenlernen. Er wurde regelrecht sentimental.

Ich sagte nichts.

Ich merkte, wie die Übelkeit, die ich in Frau Hoppes Zimmer verspürt hatte, mit Macht zurückkam. Sie brodelte in mir, als wäre mein Magen ein Vulkan, der kurz vor dem Ausbruch stand, und erfasste jede Faser meines Körpers.

Magnus' Stimme wurde härter, er redete jetzt schlecht über Frau Hoppe und hörte auch nicht auf zu reden, als ich mich übergeben musste. Seine Tiraden wurden immer wirrer. Oder lag es daran, dass ich jetzt auch noch in einem Strudel aus gleißend hellem Schwindel versank?

Ich sackte vornüber auf die Knie.

Mir ging es wirklich so schlecht wie noch niemals zuvor.

»Ist gleich vorbei«, sagte Magnus. »Ich hab sie geliebt, verstehst du?«

Was ich verstand: Irgendetwas war mit dem Tee nicht in Ordnung gewesen. Er wollte, dass ich hier draußen sterbe und beim nächsten Hochwasser bis nach Grönland gespült werde. Der angefangene Brief an meine Eltern mit der Entschuldigung kam ihm gerade recht.

Wahrscheinlich war Frau Hoppe tatsächlich tot – und

er hatte sie auf dem Gewissen. So konnte er versuchen, mir alles in die Schuhe zu schieben. Ich war mir sicher: So musste es sein. Und auf einmal wusste ich auch, was der seltsame Gestank in ihrem Schlafzimmer zu bedeuten hatte: Er hatte ihre Leiche dort versteckt. Im Schrank wahrscheinlich.

Jetzt tat sie mir doch leid.

Ich wollte es Magnus nicht zu leicht machen, versuchte wieder und wieder auf die Beine zu kommen, doch ich war zu schwach und musste mich ein weiteres Mal übergeben.

»Ist gleich vorbei«, sagte er wieder. »Tut mir leid, dass es so unangenehm ist.«

Dann bebte der Boden unter meinen Füßen und es dauerte eine Weile, bis ich begriff, dass dieses Gefühl nicht Bestandteil meiner Übelkeit war. Die Kavallerie war im Anmarsch.

Soll heißen: Da waren jede Menge Pferde und Reiter und sie galoppierten in einer langen Reihe direkt auf uns zu. Vorneweg die Wirtin der Domäne Haifisch wie ein Racheengel. Fehlte nur noch das Schwert.

Von dem Tag an war meine Angst vor Pferden Geschichte.

Denn ich wusste, dass sie gekommen waren, um mich zu retten, was ich vielleicht verdient hatte.

Vielleicht aber auch nicht.

Das mögen andere entscheiden.

≈

Das Nächste, was ich sah, war der Hubschrauber, in den ich gerade auf einer Trage verladen wurde. Eine Ärztin mit einer ausgeprägten Zornfalte lächelte mich an und versprach mir etwas gegen die Übelkeit. Eine Kanüle steckte in meiner linken Hand, den dazugehörigen Tropf hielt sie mit festem Griff. Was auch immer sie mir spritzte, es wirkte prima.

Ich schlief wieder ein – und dann sah ich Nick. Er lag im Bett neben mir und hatte einen Arm eingegipst, guckte aber ganz fröhlich aus der Wäsche.

Das Festland hatte uns wieder.

Und wir waren sogar im gleichen Krankenhaus gelandet.

Epilog

»Willkommen unter den Lebenden!

Willkommen Hope, willkommen Linn, willkommen ihr Ertrunkenen.

Mögt ihr die Namen, die wir euch gegeben haben?

Zugegeben, sie klingen nach uns, so wie die Geschichten, die wir der Nachwelt über euch erzählen, nach unseren eigenen klingen.

Ist doch okay, oder?

Je länger ihr darüber nachdenkt, desto mehr kommt ihr vielleicht zu derselben Erkenntnis wie wir, nämlich, dass unsere Leben sich gleichen, egal wann und wo und unter welchen Bedingungen sie gelebt werden müssen: Wir lieben und wir hassen, wir erleiden Gewinne und Verluste. Wir scheitern, aber manchmal wachsen wir auch über uns hinaus. Und gerade weil das so ist, weil wir uns am Ende alle so sehr gleichen, zählt entweder jede Seele – oder keine. Niemand ist namenlos. Deswegen werden wir euch nie vergessen.«

≈

»Zu pathetisch?«, frage ich Kim, der gerade zum zweiten Mal liest, was ich geschrieben habe.

»Es ist eine Festrede. Die kann ruhig etwas Pathos vertragen. Die Leute sollen schließlich gerührt sein.« Er drückt meine Hand.

»Hast du Angst davor, wie es sein wird, Maroog wiederzusehen?«

»Ein bisschen schon. Aber wir sind ja zusammen. Das macht es leichter.«

Wir küssen uns. Kim zu küssen ist die natürlichste Sache der Welt. Wir sind jetzt seit zwei Monaten zusammen und ich war in meinem ganzen Leben noch nie so glücklich gewesen.

Natürlich hat es gedauert, bis wir die Ereignisse auf Maroog verarbeitet hatten. Die Medien sind über unsere Schule hergefallen. Ich habe vor Gericht gegen Magnus ausgesagt, was fürchterlich war. Ich weiß nicht, wie ich es ohne meine Eltern geschafft hätte. Wir sind eine tolle Familie.

Kims Leute sind übrigens auch ziemlich okay.

≈

Jeder hat also Zeit für sich gebraucht, klar. Aber dann, kurz vor Weihnachten, ist es passiert. Irgendwie ist pünktlich zum Fest der Liebe die große Harmonie ausgebrochen – auch in der Schule, die ohne Frau Hoppe und ihre verrückten Ideen eine ziemlich fade Veranstaltung ist.

Niemand sprach mehr davon, die Klasse zu teilen, wie

direkt nach unserer Rückkehr. Wir sind definitiv nicht mehr die schlimmste Klasse der Welt. Nicht mal die zweitschlimmste. Eigentlich verstehen wir uns sogar ziemlich gut, weshalb unser neuer Klassenlehrer Herr Jahn einverstanden war, uns im Frühjahr zu einer Klassenreise nach Maroog zu begleiten. Und die steht jetzt an.

Wir wollen endlich den Friedhof reparieren und das versprochene Fest mit den Einheimischen feiern.

Wir werden um Frau Hoppe weinen, die bestimmt stolz auf uns wäre.

Ich werde eine Rede halten und morgens in der Domäne meinen Haferbrei essen, ohne zu klagen.

Am Lagerfeuer werde ich mit den anderen singen. Das Lied, das ich als Erstes vorschlagen werde, heißt (Trommelwirbel):

Schrei nach Liebe.

Die Insel der Namenlosen

Alexandra Kui

Wie Träume liegen die Inseln
Im Nebel auf dem Meer.

Schöner als Theodor Storm in seinem Gedicht »Meeresstrand« hätte ich es auch nicht sagen können. Die Inseln der Nordsee zählen für mich zu den faszinierendsten Orten der Welt (und ich bin schon ein wenig rumgekommen). Fast dreißig davon gibt es zurzeit im Wattenmeer, wenn man die Halligen und die unbewohnten Vogelinseln mitzählt. Maroog ist leider keine davon, ich habe sie frei erfunden.

Da die Küstenlinie ihr Gesicht ständig verändert (Gezeiten, Sturmfluten, Strömungen und die Kraft des Windes lassen ganze Inseln und Landstriche versinken, um an anderer Stelle neues Land aufzuschichten), könnte es aber durchaus sein, dass auch »mein« Maroog irgendwann tatsächlich Gestalt annimmt.

Aber schon heute kann man sich auf den meisten Friesischen Inseln ein Bild von Maroog machen, denn die Landschaften gleichen einander von den Niederlanden über Deutschland bis hoch in den Norden nach Dänemark: Meistens gibt es zum offenen Meer hin einen breiten Sandstrand, gesäumt von einem imposanten Dünengürtel. Heideflächen schließen sich an. Zum Festland hin, auf der Wattseite, wo das Meer bei Ebbe trockenfällt, prägen dann Marschland und Salzwiesen das Bild. Manchmal finden sich (wie auf Maroog) auch Wälder und Seen im Inselinnern. Nur Marschinseln und die Halligen sehen anders aus, aber das ist eine andere Geschichte.

Die Geschichte von Sara und Kim spielt eben auf Maroog – ein Mix aus meinen Lieblingsinseln Juist und Fanø in Dänemark, wobei ich die Idee für den »Friedhof der Namenlosen« auf Amrum hatte, wo eine derartige Ruhestätte bis heute existiert und besichtigt werden kann.

Juist ist übrigens tatsächlich eine »Pferdeinsel«, auf der (fast) alles mit Kutschen erledigt wird und Autos bis auf wenige Ausnahmen verboten sind. Auf Fanø darf man dagegen an manchen Stellen sogar mit dem eigenen Auto auf dem Strand fahren, so breit ist er. Nach Stürmen wurden dort schon Bernsteinamulette gefunden, ein Hinweis auf Rungholt?

Sicher nicht. Die Handelsmetropole hat es nach heutigem Stand der Forschung zwar wirklich gegeben und sie ist auch tatsächlich bei einer verheerenden Sturmflut im Jahr 1362 (genannt »Grote Mandränke«, also »Großes Ertrinken«) vom Meer verschlungen worden, allerdings geschah diese Katastrophe weiter südlich im Umfeld der heutigen Hallig Südfall. Wo genau, darüber ist ein Expertenstreit entbrannt.

Stoff für einen Krimi und vieles mehr. Seit Jahrhunderten lockt die Legende vom reichen Rungholt, deren Einwohner für ihre Sünden so grausam bestraft wurden, Schatzsucher an und bringt Dichter und Künstler immer wieder auf neue Ideen: wie Träume im Nebel.

Autorin

ALEXANDRA KUI wurde 1973 in Buxtehude geboren. Sie studierte Soziologie in Hamburg und arbeitete für verschiedene Tageszeitungen, bevor sie anfing, Bücher zu schreiben. Nach den Krimis »Blaufeuer«, verfilmt fürs ZDF unter dem Titel »Der Tote im Watt«, und »Wiedergänger« veröffentlichte die Autorin, die auf der Geest bei Hamburg lebt, erste literarische Jugendromane bei cbt. »Trügerischer Sog« ist ihr vierter Jugendthriller.

Bei cbj ist außerdem erschienen:
Solange es hell ist (16515)

Mehr über cbj auf Instagram unter @hey_reader

Elisabeth Herrmann

Schattengrund

ca. 416 Seiten
ISBN 978-3-570-30917-9

Als die 17-jährige Nicola das Haus ihrer verstorbenen Tante erbt, ahnt sie nicht, wie bedeutsam dieser Name für sie wird. Es ist ein einsames Haus in einem abgelegenen Dorf, in dem sie als Kind oft zu Besuch war. Und kaum hat sie die Schwelle übertreten, da scheint eine lange verdrängte Wahrheit nach ihr zu greifen. Wie konnte sie das alles vergessen? Die knarrenden Treppen, den staubigen Dachboden – und Fili, ihre allerbeste Freundin. Ihre Seelenschwester. Ihre tote Freundin. Ein grauenhaftes Verbrechen hat die Mädchen damals auseinander gerissen. Und der Täter ist noch immer im Dorf.